바우키스의 말

제18회 김유정문학상 수상작품집

바우키스의 말

수상작 배수아

문지혁   박지영   예소연   이서수   전춘화

은행나무

차례

바우키스는 그리스 신화에 등장하는 인물로 오비디우스의 《변신》을 통해 우리에게 잘 알려져 있다. 그녀의 이야기인즉슨 이렇다. 어느 날 제우스 신과 헤르메스는 평범한 농부로 변장해 프리기아 지방에 있는 작은 마을에서 하룻밤만 재워줄 곳을 찾아다니지만 모두에게 거절당한다. 마지막으로 방문한 작고 허름한 오두막에 사는 노부부인 바우키스와 필레몬만이 넉넉지 않은 형편에도 이들에게 음식과 와인을 성의껏 대접한다. 이에 제우스는 자신을 환대하지 않은 마을에 홍수를 내리려고 하니 뒤돌아보지 말고 산 위로 올라가라고 노부부에게 말한다. 살아남은 바우키스와 필레몬은 제우스에게 한날한시에 죽을 수 있게 해달라고 청하고, 같은 순간에 각각 한 그루의 나무가 되어 죽음을 맞이한다.

사랑하는 이와 영원히 작별하는 순간. 동시에 나무껍질이 얼굴을 뒤덮는 죽음의 순간에는 어떤 일이 펼쳐질까. 배수아의 〈바우키스의 말〉은 이 마지막 순간에 관한 아름다운 소설이다. '나'는 눈 내리는 어느 밤 식당에서 모형 비행기 수집가를 우연히 처음으로 만나지만 결국 언젠가는 작별 인사도 없이 그와 헤어져 두 번 다시 만나지 못하게 되리라고 예감한다. 그날 이후 '나'는 모형 비행기 수집가가 보내준 크고 오래된 구형 타이프라이터로 이름도 모르는 그에게 편지를 써보려고 시도하지만 번번이 실패한다. 왜일까. 무언가를 쓰려고 할 때마다 말을 꺼내려는 마음이 나무가 되어 '나'의 입을 뒤덮기 때문이다. 마치 바우키스가 사랑하는 남편 필레몬과 헤어지는 마지막 죽음의 순간처럼 말이다. '나'는 그렇게 아득하게 막혀버린 말들의 자리를 찾을 수 있을까. '나'는 자신도 알지 못하는, 그러나 운명을 암시하는 하나의 어휘를 찾을 수 있을까.

말을 꺼내려는 인간이 한 그루의 나무가 되는 이미지는 소설 전체를 장악하면서 여러 번 반복된다. 이를테면 '나'는 언젠가 모형 비행기 수집가와 숲을 산책하다가 각각 나무를 깊이 껴안고 포옹한 적이 있다. 나무의 떨리는 내면이 느껴질 때까지. 그제야 마침내 입 없이도 하나의 어휘가 발설되고, 두 사람은 숲속 나무의 이미지와 포개진다. 그러니까 가장 결정적인 말이 나오기 위해서는 언어가 아닌 다른 무언가로 거슬러 올라가야 했을지도 모른다. 이 소설의 아름다움은 이 영원히 발설되지 못할 것 같은 어휘가 언어의 차원에서 음악의 차원으로 변신하는 순간에 예상치 못하게 온다. 몇 년 뒤 '나'는 어느 음악가의 즉흥 퍼포먼스에 초대를 받는다. 그 음악가는 관객에게 곡이 연주되는 동안 돌을 바닥으로 떨어뜨리면서 하나의 어휘를 입 밖으로 꺼내라고 지시한다. 그렇게 반복해서 발화되는 많은 어휘들은 즉흥 화음을 이루고 소용돌이치면서 하나의 조화로운 음악을 이루게 된다. 이 신비로운 장면은 바우키스와 필레몬이 영원히 헤어지는 작별의 순간을, 의미를 지닌 말이 무정형의 음악이 되는 해방의 순간으로 새로 쓴 것처럼 보인다.

소설의 마지막에서 '나'는 모형 비행기 수집가가 건네준 열쇠를 든 채 기차를 타고 산속에 있는 어느 오두막에 도착한다. 만약 지낼 곳을 찾지 못하게 된다면 뮬강의 미술관 옆에 있는 오두막에 찾아가서 지내도 된다는 이야기를 들었기 때문이다. 이곳은 어디일까? 마치 바우키스와 필레몬이 살았던 작고 허름한 오두막을 떠올리게 하는 그곳에서 '나'는 거꾸로 매달려 아래쪽으로 자라난 보리수를 보고 앞으로 자신이 이 나무와 살게 될 것임을 직감한다. 그리고 심연에서 들려오는 발걸음 소리를 들으며 미래의 풍경을 본다. 사랑하는 이들에게 작별의 인사를 건네는 장면을. 이 작은 오두막에서 '나'는 나무로 변하는 바우키스의 몸을 떠올리는 동시에 음악가의 가족과 어디론가 여행을 떠나는 동시에 손으로 흙을 파내고 감자를 캔다. 이렇게 한꺼번에 존재하고 뒤섞이는 장면들은 누구나 언젠가 마주할 수밖에 없는 작별의 순간에 우리가 취할 수 있는 자세를 암시한다. 작별의 순간들로 가득한 이 세계에서 그 자세란 사물이 풍경이 되어가는 모습에 고요하게 귀 기울이기. 말이 아닌 음악으로 존재했던 근원으로 거슬러 올라가기. 지금 여기에 없는 것들이 있는 것들을 사랑하기. 그럼으로써 이 순간을 영원히 지속시키기.

〈바우키스의 말〉이 지난 몇 해 동안 배수아 작가가 번역서(클라리시 리스펙토르의 《달걀과 닭》《G.H.에 따른 수난》), 에세이(《작별들 순간들》), 소설(《속삭임 우묵한 정원》)에서 연이어 보여준 문학적인 성취의 정수를 압축적으로 담고 있을 뿐만 아니라 앞으로도 이어질 언어예술의 깊이를 예감케 하는 아름다운 단편소설이라는 데 이견이 없었다. 이 소설은 끝없이 흘러가는 강물처럼 읽히지만 동시에 정교하게 설계된 기계처럼 보이기도 한다. 배수아 소설의 특별한 점은 이 정교한 기계가 제자리에 멈추어 있는 것이 아니라 느리고 아름답게 움직이는 것처럼 보인다는 것이다. 마치 심연으로 다다르는 나선형 계단처럼 영원히 움직이는 소설. 이 소설에서 반복적으로 울리는 "끝없는 나선형 계단을 내려가는 발소리", 그리고 그 발소리가 사라진 이후에 따라올 침묵에 귀 기울여주시기를 바란다. 누구도 떠나지 않고 영원히 머무는 문학의 순간이 그곳에 있을 것이다. 그 아득한 곳을 향한 그리움을 우리에게 알려준 배수아 작가에게 고마움과 축하를 전한다.

— 심사위원 소설가 **최수철 · 강영숙**, 문학평론가 **이경재 · 인아영**

(대표 집필 인아영)

글이 된 쐐기풀

배수아

　수상 소감을 써야 한다는 소식을 듣고 나는 가장 먼저 책상에 앉은 채로 등을 돌려 뒤편의 책장에서 책을 한 권 꺼내 들었다. 그건 토마스 베른하르트의 《나의 상Meine Preise》이라는 책이다. 수상 소감이라는 말을 보자마자 자연스럽게 마치 당연하다는 듯이 그 책이 떠올랐기 때문인데, 내가 원하는 책이 바로 그 순간에 그 자리에 있다는 것은 내 생활 여건을 생각할 때 매우 운이 좋은 경우이다. 나는 작업실이라고 부를 만한 특정한 공간을 갖고 있지 않고, 서너 군데의 거주지를 계절이나 상황에 따라 옮겨 다니면서 살고 있으며 따라서 책이나 내 물건들도 그런 장소에 임의로 흩어져 있기 때문이다. 이건 내가 글 쓰는 유목민의 삶을 원해서는 아니고, 여러 장소의 집세를 감당할 만큼 부유해서는 당연히 더더욱 아니다. 《나의 상》 첫 페이지를 펼치자 가장 먼저 나타난 문장은, 베른하르트가 서둘러 옷을 사러 가는 장면을 묘사한 것이었다. 오전 11시에 열리는 그릴파르처상 시상식을 바로 두 시간 앞두고 자신의 평소 복장인 허름한 바지와 스웨터 차림으로 시상식에 나타날 수는 없겠다는 생각이 갑자기 번득 들면서, 9시 45분에 자신이 알고 있는 유일한 고급 양복점으로 달려간다. 이 문장은 내게도 적지 않게 상관이 있었다. 왜냐하면 나 역시도 시상식에 가야 하는데 그에 걸맞은 옷이 없다는 것이 그 문장을 읽으며 떠올랐기 때문이다. 내가 겨울을 제외하고 가장 오래 머무는 곳은 시골의 오두막인데, 어둡고 습기가 많은 오두막 서랍장의 옷들은 대부분 좀이 슬어 구멍이 가득하다. 게다가 오두막에 장기간 보관한 옷들은 종류를 불문하고 습기로 인한 악취가 풍기므로 조금이라도 값나가는 옷가지를 소유한다는 일 자체가 이곳에서는 합리적이지 않다. 무엇보다도 중요한 것은 오두막에서의 삶에는 옷차림이 문제가 되는 사회생활이나 사교가 전혀 포함되어 있지 않다. 여기 시골에서의 내 삶은 여기가 아닌 곳에서 살던 삶과 아주 많이 달라졌는데 그중 한 가지는 예전에는 누더기라고 생각했을 법한 옷차림으로 살아가는 데 아무런 문제가 없는 것이다. 어쩌다 아주 가끔 베를린 시내로 가서 친구를 만나기도 한다. 며칠 전에는 베를린의 한 레스토랑에서 친구를 만났는데, 나는 그처럼 잘 차려입은 젊고 아름다운 데다 부유해 보이는 사람들이 그토록 많이 한자리에 모여 있는 것이 놀라웠다. 그건 내가 너무도 오랫동안 멀리 떨어져 있던 풍경이었다. 흰 테이블보와 와인잔이 불빛에 반짝였고, 사람들의 피부는 황금빛으로 빛났다. 게다가 마지막에 나온 계산서까지도 정말 놀라웠다. 스위스에서 온 친구들은 원래도 물가가 무척이나 놀라웠던 취리히가 이제는 더더욱 놀라운 경지에 이르렀다고 말했다. 다음 날 나는 다시 오두막으로 돌아왔다. 낡아서 틈이 벌어진 나무 울타리 문을 열고 마지막 8월의 빛 조각들이 나뭇잎 그림자와 함께 넘실대는 야생 그대로의 정원으로 들어섰다. 울타리 앞에는 쐐기풀 덤불이 무성하게 우거져 있다. 쐐기풀은 이 지역에서는 아주 흔한 식물이다. 내게 쐐기풀은 어린 시절에 읽었던 안데르센 동화를 통해서 익숙한 이름이다. 열두 명의 오빠들을 위해서 맨손으로 쐐기풀을 따고 실을 꼬아 셔츠를 짜던 엘리제 말이다. 쐐기풀 줄기에 피부가 닿으면 화끈거리고 아프다. 아무리 동화라도 그것을 맨손으로 꺾어 모은다는 것은 상상하기만 해도 고통스럽다. 처음에 나는 약간의 호기심으로 그 쐐기풀 잎을 말려 차를 만들어 마셨는데, 놀라울 정도로 맛이 좋았다. 물론 쐐기풀 차는 상점에서 티백 형태로도 살 수 있지만 직접 따서 말린 차의 맛과는 비교할 수 없다. 뿐만 아니라 봄에 올라오는 쐐기풀의 어린잎은 시금치처럼 요리하거나 수프로 만들어 먹을 수 있다. 쐐기풀에 서식하며 오직 쐐기풀만을 먹고 자라는 나비 애벌레들이 예순여섯 종류라고 들었다. 쐐기풀꽃은 작아서 거의 눈에 띄지 않는다. 대신 애벌레가 나비로 탈바꿈하는 시기에는, 가장 화려한 꽃잎들이 쐐기풀 덤불에서 일제히 하늘로 날아오르는 광경을 볼 수 있다고, 그렇게 나는 책에서 읽었다. 쐐기풀 씨앗을 모아서 팬에 살짝 볶으면 샐러드나 요구르트에 올려 먹는 훌륭한 씨앗 토핑이 된다. 내가 쐐기풀 이야기를 하는 것은, 예를 들자면 쐐기풀 차가, 산책길에 한 아름씩 꺾어오는 불가리스 쑥이, 여름 내내 어디에나 지천인 황금빛 골드루테 다발이 이 오두막의 삶에서는 아주 두드러지는 사건에 속하기 때문이다. 나는 지루함에 대해서 말하는 것이 아니다. 사랑에 대해서 말한다. 허름하고 작은 오두막이지만 그래도 나는 이곳을 사랑하게 된 것 같다. 여러 가지 이유가 있겠지만 가장 큰 이유는 내가 이곳에서 글을 썼기 때문이다. 어느 시점 이후부터는 오직 이 오두막이 내 글 쓰는 유일한 장소가 되었기 때문이다. 〈바우키스의 말〉도 그중 하나이다. 작년 가을의 일이다. 가을이 깊어질수록 오두막 주변의 나무들이 잎을 모두 잃어버리고 나무 뒤편에 있던 호수의 물이 놀랄 만큼 가까이 다가온다. 아침이면 들판은 안개와 서리로 덮인다. 가을이 깊어질수록 오두막이 있는 호수 주변은 점점 비어간다. 한여름을 보내기 위해 왔던 사람들이 떠나고 집들은 덧창이 굳게 내려진다. 직접 키운 농작물을 파는 농가 상점도 여름 카페도 문을 닫는다. 들판에는 바람과 까마귀들만이 남는다. 그런 어느 날 나는 좋아하는 작가의 글에서, 바우키스가 나무로 변하는 순간, 모든 것이 사라졌으나 물과 바람과 풀과 햇빛과 새소리 그 마지막 느낌만은 여전히 남아 있었다,라는 구절을 읽었다. 아마도 그 구절이 〈바우키스의 말〉의 시작이 되었을 것이다. 나는 마치 가장 마지막 구절로만 이루어진 하나의 단편처럼, 〈바우키스의 말〉을 쓰기 시작했다. 나는 최후의 순간에 말을 거슬러 올라가듯이 쓰기 시작했다. 이른 추위가 찾아온 가을 오두막에서, 털양말을 신은 채로 책상이 아닌 침대에서 〈바우키스의 말〉을 썼다. 오두막은 난방 시설이 없기 때문이다. 나는 쓴다, 지금 여기에 없는 것들을 향해 귀 기울이면서. 바우키스의 말, 누군가 그것을 들었을까. 만약 그렇다면 정말 놀라운 일이다. 나는 그것을 위한 불충분한 미디엄이기 때문이다. 그러므로 말에 귀 기울인 자, 그들은 정말 소중하다. 그들에게 깊이 감사드린다.

16

제18회 김유정문학상 수상작

배수아

바우키스의 말

배수아

소설가이자 번역가. 1993년《소설과사상》에 〈천구백팔십팔년의 어두운 방〉을
발표하며 작품 활동을 시작했다. 지은 책으로《푸른 사과가 있는 국도》《밀레나,
밀레나, 황홀한》《올빼미의 없음》《뱀과 물》《멀리 있다 우루는 늦을 것이다》
《작별들 순간들》《속삭임 우묵한 정원》등이 있고 옮긴 책으로 페르난두 페소아
《불안의 서》, 프란츠 카프카《꿈》, W. G. 제발트《현기증. 감정들》《자연을 따라.
기초시》, 클라리시 리스펙토르《달걀과 닭》《G.H.에 따른 수난》, 아글라야 페터
라니《아이는 왜 폴렌타 속에서 끓는가》등이 있다.

마침내 나뭇가지가 얼굴마저 뒤덮으며 자라나기 시작할 때,

그들은 서로에게 마지막 작별의 인사를 건넬 수 있었다.

잘 가요, 내 전부인 사람! 이 말이 끝나기가 무섭게

그들의 입은 나무껍질로 변했다.

―오비드, 《변신》 중 〈필레몬과 바우키스〉에서

기차가 레일 위를 움직이기 시작하자, 어떤 기억의 장면
이 차창 밖에서 떠올랐다. 우연히 들려온 말들이 그 장면 위
로 겹쳐졌다. 너는 아무것도 하지 않는다, 오직 바람이 말하
게 하라. 에즈라 파운드는 《칸토스》에서 그렇게 썼다. 그렇
게 나는 아무 말도 하지 않는다. 저녁이었고, 한순간 오직 강
둑에 길게 이어지는 보랏빛만이 있었다. 누군가 끝없는 나

선형 계단을 내려가는 발소리. 하지만 그건 통로를 지나가는 검표원이었다. 그는 내 행선지를 물었고, 내가 퓰강 미술관이라고 대답하자 미술관은 폐쇄되었는데 혹시 그 사실을 알고 있느냐고 했다. 커다란 검은 개 한 마리가 검표원의 뒤를 지나 객차의 앞으로 천천히 걸어가고 있었다. 개는 숲으로 사라지듯 모습을 감추었다. 방금 중앙역을 출발했다는 생각이지만 기차는 어느새 짙은 숲속을 관통하며 달려가고 있었기 때문이다. 객차가 두 개뿐인 지방열차인 이것은 내 마지막 기차이다. 기차는 절반쯤 사람들이 차 있었다. 나머지 절반은 잉잉거리는 벌 한 마리 그리고 살짝 부패한 식물의 냄새가 나는 미지근한 공기와 가라앉은 노란빛이었다. 8월의 마지막 빛. 누군가 잊은 지팡이가 산책길 땅바닥에 떨어져 있다. 아침 산책을 나서기 전 나무 지팡이를 공중으로 집어던지고 어떤 방향을 가리키며 땅에 떨어지는지 지켜보라고 모형 비행기 수집가는 말했다. "그 방향으로 첫 산책을 시작하는 겁니다." 단 한 번도 산책용 나무 지팡이를 가져보지 못한 나는 대신 숲을 향해 경배하듯 고개를 차창에 기댔다. 검은빛이 도는 뾰쪽한 나뭇잎들이 열차를 긁어대는 날카로운 소리가 폭포처럼 크게 들렸다. 이 느낌: 불현듯 나는 지팡이 든 숲속의 산책자이고, 빽빽하게 우거진 숲 한가운데서 갑자기 포효하며 달려오는 이런 기차와 마주친다.

나는 그것을 원했던 것일까. 그게 무엇이든, 내가 그것을 원했기 때문이다. 모든 것이 지나간 뒤 뜨거운 선로와 침목에 올려진 내 손이 있다. (흙 속에서 갓 파낸 감자 한 알을 움켜쥔 손 신음을 뿜어내는 침목 사이의 자갈 남아 있는 손 기차와 관련된 모든 것들 떨어진 지팡이가 가리킨 것들 나뭇가지로 변한 손.) 강물 소리가 들리는 역에 도착하여 기차에서 내린 나는 폐쇄된 구 역사를 지나 산 방향으로 걸어갔다. 강물 위로 놓인 작은 다리를 건너. 나는 산 위 오두막에서 머물게 되리라. 며칠, 몇 주일, 혹은 몇 달 동안, 어쩌면 더욱 기나긴 세월 동안. 저녁이었고 부처꽃이 핀 강둑에는 기나긴 보랏빛이 깔렸다.

모든 것은 우연히 들려온 말로부터 시작되었다. "나는 사회학자입니다" 하고 언젠가 눈 내리는 밤 식당에서 앞자리에 앉은 남자가 말하는 것을 들었다. 남자는 내 일행이 아니었다. 하지만 얼마 지나지 않아 영원히 기억 속에 남는 그런 풍경의 한 조각이 되었다. 식당은 사람들로 가득해서 터져 나갈 것만 같았다. 모든 좌석이 이미 찼음에도 불구하고 식당 입구로 밀려 들어오는 사람들의 행렬은 멈추지 않았고, 그래서 앉아 있는 사람보다 접시를 손에 든 채 이리저리 서성이며 절망적으로 자리를 찾아 헤매는 사람의 수가 더 많아 보였다. 운이 좋게도 나는 사회학자의 앞 벤치에 간신히

한 사람이 앉을 수 있는 공간을 발견했다. 나이가 무척 많아 보이는 백발의 사회학자는 매우 느리고 어눌한 말투에 발음은 불분명했으나 이상하게도 나는 그의 말을 이해할 수 있었다. "사회학자라구요? 당신의 주요 관심사는 무엇인가요? 내 말은, 사회학도 연구 분야가 다양할 테니 말이죠" 하고 그의 옆에 앉은 푸른 블라우스 차림의 여자가 물었다. 그러자 사회학자는 여전히 좀 더듬거리며 "내 관심 분야는 지난 4세기 동안 인류사에서 일어난 다양한 혁명입니다. 그 혁명들이 이 시대의 우리에게 어떤 영향을 미치는지를 연구하는 일이죠" 하고 힘겹게 대답했다. 옆자리에 앉은 여자의 눈동자가 커졌다. 나는 접시 위로 고개를 숙인 채 흰 빵에 잼을 바르면서 그들의 대화를 놓치지 않으려고 애썼다. 하지만 순간 어디선가, 웅웅거리는 식당의 소음이 사정없이 증폭되는 가운데서 내 이름을 부르는 소리가 들린 것 같았으므로 고개를 들고 사람들의 물결 너머를 두리번거렸다. 하지만 그것은 순간적인 착각임이 곧 밝혀졌다. 이 모임에 온 사람들 중에서 내 이름을 아는 이는 한 명도 없었기 때문이다. "우리는 설명할 수 없는 기묘한 느낌들을 알고 있어요, 그렇지 않아요?" 하고 어떤 목소리가 내 등 뒤를 지나가면서 중얼거리듯이 말했고 곧 빠르게 멀어져갔다. 아니 그것은 사회학자의 말이었던가. 다른 사람들이 대화에 끼어들

었고, 말들은 뒤섞이면서 이어졌다. "지난번 전시회에서 그
는 단 한 점의 작품을 발표했더군요. 그건 공중에 거꾸로 매
달린 나무였답니다." "……맞아요, 우리는 어떤 돌연한 사
건과 마주치고, 그것을 스쳐 지나가고, 그런 후 그에 대한 생
각에 잠긴 채 살아가게 되겠죠." 그때 나는 식당 반대편 외
투가 잔뜩 걸린 벽을 따라 걸어가는 모형 비행기 수집가의
모습을 발견하고 그쪽으로 다가가는 바람에 사회학자의 말
을 더 이상 듣지 못했다. 내가 그 순간 모형 비행기 수집가
의 모습을 발견한 것은 기적에 가까운 일이었다. 왜냐하면
식당의 조명은 어두운 데다 사람들의 입김과 뜨거운 음식의
수증기, 축축한 겉옷에서 피어오르는 습기로 실내는 침침하
고 시야는 불길할 정도로 탁했기 때문이다. 게다가 나는 시
력이 좋지 않았다. 그런데 검은 외투들이 잔뜩 걸려 있는 식
당의 벽 앞을 검은 외투 차림으로 지나가는 모형 비행기 수
집가를 어떻게 알아볼 수 있었단 말인가. 우리 자신의 생각
이라는 안개 속에서 길 잃기. 모형 비행기 수집가는 남들보
다 유난히 키나 몸집이 큰 편도 아니고 두드러지는 신체적
인 특징도 없었다. 그는 나와 마찬가지로 평범한 외모의 사
람이었다. 나는 사람의 인상이나 외모를 기억하는 데 서툴
렀고 또 그날은 내가 모형 비행기 수집가를 처음으로 만난
날이기도 했다. 그래서 내가 인파 속에서 먼저 그를 알아볼

일은 절대로 없으리라고 포기한 상태였다. 우리는 이대로 작별 인사도 없이 작별하게 되리라. 두 번 다시 만나지 못하리라. 하지만 누구나, 설사 그게 모형 비행기 수집가가 아니라 할지라도, 누구나 언젠가는 한때 가까웠던 누군가를 두 번 다시 만날 수 없게 된다. 식당 입구에서 인파 때문에 나와 헤어지게 된 모형 비행기 수집가는 내가 작별 인사도 없이 집으로 돌아가버린 줄 알았다고 했다. 그는 한동안 냉랭한 바깥 로비에 서서 식당 안을 지켜보고 있었다. 어둠, 눈이 내리기 시작했다. 식당의 흐릿한 조명 아래서 모든 언어들이 후덥지근한 연기처럼 뒤섞이고 거울에 반사되며 흩어지는 동안. 그러자 말은 투명한 육체와 같다는 생각이 들었다고 했다. 고양시키고 고양된 육체, 우리는 그것을 가지게 될 것입니다, 하고 모형 비행기 수집가가 말했다.

그를 처음 만난 이후 나는 모형 비행기 수집가에게 편지를 써보려고 헛되이 시도했다. 편지를 쓰겠다는 마음은 내 안에서 저절로 점점 자라나 걷잡을 수 없는 나무가 되었다. 나무는 내 입을 뒤덮었다. 나무는 내가 있는 강변을 넘어 반대편 기슭까지 가지를 뻗어 내었다. 녹색의 빛이 투명한 터널을 이루었다. 때때로 내가 쓰는 것은 나무에서 떨어진 녹색 뱀이었다. 그것은 꿈틀거리며 저절로 문장을 이루었고, 완성되자마자 흰 종이 위를 재빨리 미끄러져 방구석 보이지 않는 틈새로 달아나버렸다. 밤이면 내 입은 침묵의 절규를 터뜨렸다. 내 이름은 무의미한 말이었다. 마치 내가 정말로 거기 있는 것처럼, 나는 모든 구덩이마다 멈추어서 나를 탕진했다. 시체처럼 나를 묻었다. 나는 나로부터 잊혔다. 그 이야기를 써 보내려고 했던가? 전자메일을 사용하지 않는 모형 비행기 수집가를 위해서 처음으로 구형 타이프라이터에 종이를 끼웠다. 구형 타이프라이터는 내가 가진 물건 중에서 가장 의외의 것에 속했다. 나는 모든 사람들이 타이프라이터를 사용하여 편지를 쓰던 시기에 태어났지만 한 번도 타이프라이터를 사용하지 않았기 때문이다. 물론 편지도 쓰지 않았다. 어린 시절 가족과 함께 (그런데 가족이라니 누구를 말하는 것일까) 사는 집 방 한구석 책상 위에는 구형 타이프라이터가 놓여 있지 않았고 자란 이후라도 그것을 만져볼 만한 어떤 계기도 없었다. 남자 친척의 책상 서랍에서 편지지와 흰색 만년필을 훔쳤을 뿐이다. 남자 친척은 큰 회사의 높은 자리에 있는 사람이었고, 매달 우리에게 약간의 도움을 주었으며 비록 한 달에 한 번뿐이긴 하지만 우리가 자신의 피아노를 쳐도 좋다고 허락했다. 어쩌면 나는 자라서 사무원이 되었을지도 모른다. 눈에 띄지 않는 사무실 한구석 책상에 앉아서 하루 종일 타이프라이터를 두드리는 사무원. 지루한 업무상의 편지를 대필하는 사무원. 그래도 삶의 기뿐이 있는데, 주말이면 예쁘게 차려입고 극장에 가기 때문이다. 그러던 어느 날, 사소해 보이지만 내 인생의 사건이라고 할 만한 일이 일어났다. 마치 거짓말처럼 구형 타이프라이터 한 대가 집 앞에 놓여 있었던 것이다. 아무도 더 이상 타이프라이터를 사용하지 않는 시대에, 누군가 내게 보내준 선물이었다. 놀랍게도 그것을 보낸 사람은 내가 단 한 번 우연히 만나 어수선한 행사장의 식당에서 (그런데 그게 무슨 행사였던가?) 저녁을 먹었던 모형 비행기 수집가였다. 처음 만난 날 그는 퉁퉁 불은 국수가 든 닭고기 수프 접시를 앞에 둔 채 자신에게 사용하지 않는 구형 타이프라이터가 있으니 혹시 진짜 '구형' 타이프라이터에 흥미가 있다면 내게 보내줄 수도 있노라고 스치듯이 말했던 것이다. "당신이 그런 오래된 사물에 흥미가 있다면 말입니다." 아마도 그 직전에, 내가 오래된 사물에 관심이 많다고 말했던 것 같다. 사물뿐 아니라 오래된 장소나 나무, 오래된 이야기나 꿈도 마찬가지이다. 그런데 나는 구형 타이프라이터를 안다고 할 입장이 아니었으므로 그것에 흥미를 갖고 있는지 아닌지 당장 그 자리에서 판단을 내릴 수가 없었다. 그래서 애매한 표정으로, 하지만 입으로는 좋다고 대답해버렸다. 아마도 그는 내가 구형 타이프라이터에 큰 관심을 갖고 있다고 믿었을 것이다. 사실 나는 사물 그 자체가 아니라 '타이프라이터'라는 어휘를 좋아한 것이다. 그건 내가 한 번도 가져보지 못한 어휘였고, 나는 그런 어휘를 아무렇지도 않게 사용했을 뿐만 아니라 특수 가방에 넣어서 여행지마다 들고 다녔던 오래된 사람들에 대한 막연한 그리움이 있었기 때문이다. 그런데 실제로 구형 타이프라이터를 눈앞에서 보게 된 나는 약간 실망하고 말았다. 낡아서 모서리가 너덜너덜해진 케이스를 벗기자 나타난 본체의 모습은 내 예상보다 훨씬 더 크고 육중했다. 마치 100년 전에 가라앉은 난파선에 실려 있다가 바닷속에서 지금 막 꺼내 온 녹슨 고철 덩어리로 보였다. 줄을 바꾸는 핸들은 엄청나게 무거웠고 전체가 검은 기름때로 번들거렸으며 모든 기능을 오직 수동으로만 조작할 수 있었다. 손가락에 힘을 주어 자판을 쳐야 했는데 활자와 그것을 받치고 있는 쇠막대들은 녹슨 데다 금방이라도 바스라질 듯이 보여서 혹시 부러져버릴까 두려울 정도였다. 아마도 100년은 족히 되어 보이는 이 고물 쇳덩어리는 여행자가 들고 다닐 수 있는 물건은 아니라는 생각이 들었다. 처음 만난 날 내 낯빛은 시멘트처럼 회색에 가까웠고 입은 한 번도 웃어본 적이 없는 사람처럼 보였노라고 나중에 모형 비행기 수집가가 말했다. 또한 내가 불행해 보였다고도 했다. 그것도 많이. 하지만 어쩌면 실상은 정반대일지도 모른다고 했다. 만약 내가 불행을 행운으로 생각하는 데 능숙한 사람

이라면 말이다. 혹은 그 반대이거나. 그에게 편지를 쓰려고
했으나 막상 종이를 타이프라이터에 끼우는 데 어렵게 성
공하고 나자 어떻게 편지를 시작해야 할지 알 수가 없었다.
그제야 깨달은 것인데, 내가 그에게 편지를 써서 보낸다면,
그 말은 내 편지가 나를 영영 떠난다는 의미였다. 내게서 나
온 말은 내 기억에서 사라질 것이다. 혹은 나는 기억을 상실
한 말과 다름없게 되리라. 그리하여 수십 년이 흐른 후, 어쩌
면 나는 어딘가에 남아 있을 내가 쓴 편지들을, 내 말의 조
각들을 다시 찾아 나서야 할지도 모른다. 그러나 당연히 대
부분의 편지들은 폐기되었고 받은 사람의 기억에서조차 떠
나버렸으므로, 모든 시도는 헛될 것이다. 나는 오래전에 충
동에 사로잡혀 썼던 편지들을 떠올렸고, 그 편지들은 타이
프라이터가 아니라 손으로 쓴 것이지만, 자세한 내용은 기
억나지 않음에도 불구하고 깊은 수치심과 그리움을 동시에
느꼈다. 내가 쓴 편지들이 나를 다시 이끄는 것을 느꼈다. 그
것들은 몸을 잃은 영혼과 같았다. 할 수만 있다면 나는 우체
부가 되어 내 편지를 다시 찾아오고 싶었다. 어쩌면 나는 자
라서 우체부가 되거나 편지지를 파는 잡화점의 판매원이 되
었을지도 모른다. 내 어머니도 빵 판매원이었기 때문에 (물
론 빵 이외의 다른 것도 닥치는 대로 팔았다) 이 말은 그럴듯하
게 들린다. 우리는 말-핏줄로 연결된 관계이기 때문이다. 밤

28

이면 어머니의 앞치마는 늘 우리가 잠자는 방문 앞에 걸려 있었다. 한밤중에 잠에서 깨어나면 열린 창으로 들어온 바람에 살짝 흔들리는 어머니의 흰 앞치마가 보였고, 그러면 나는 항상 어머니가 거기 서서 잠든 우리를 지켜보는 거라고 믿었다. 어쩌면 나는 자라서 우체부 혹은 불면증 환자가 되었을 수도 있다. 혹은 둘 다이거나. 하지만 내가 남몰래 갖고 있던 꿈은 주인 없는 자연 동물원의 새 사육사였다. 황새나 왜가리, 두루미처럼 몸이 둥글고 크면서도 다리가 길고 바람처럼 걷는 그런 새들. 높은 나무 위에 커다란 둥지를 짓는 새들. 그러다 어느 바람 부는 날, 갑자기 텅 비어버린 둥지. 사육사가 된다면 나는 한밤중에 장화를 신고 늪지로 들어가 잠든 새들 사이로 거닐 수 있으리라. 단지 물과 새들의 꿈-정원. 모형 비행기 수집가에게 보내는 편지의 첫 문장을 나는 영영 모르는 채로 있었다. 뿐만 아니라 그의 이름 역시 아직 모르는 상태였다. 아마도 그래서 편지를 시작하기가 더욱 어려웠을 것이다. 그는 자신을 모형 비행기 수집가라고 소개했다. 어리숙하고 세상 물정에 밝지 못한 편이지만 그래도 나는 그것이 그의 진짜 직업이 아니라는 것쯤은 짐작할 수 있었다. 단 한 번도 그가 모형 비행기를 갖고 있는 것을 본 일도 없었다. 그에게 나는 학생이라고 말했다. 그건 절반쯤만 사실이었다. 중단했던 대학을 다시 다닐 생각을 하고 있었지만 정말로 실행에 옮기지는 못한 상태였던 것이다.

기차가 아니라 말. 숲속 좁은 산책로에서 말과 마주친 적이 있다. 검은 얼룩점을 가진 회색 말은 나를 전혀 개의치 않고 마치 내가 거기 없다는 듯이 내 몸을 가볍게 스치면서 빠른 걸음으로 지나가버렸다. 나는 놀랍게도 전혀 놀라지 않았고, 그 사실에 스스로도 깜짝 놀랐다. 코앞으로 다가온 말은 나를 잡아먹을 수 있을 만큼 거대해 보였기 때문이다. 그늘진 숲 바닥은 축축하고 미끄러운 진흙이었다. 만약 내가 말과 부딪히면서 쓰러지기라도 했다면 검은 진흙투성이가 되는 일을 피할 수 없어 보였다. 그날 나는, 말과 마주친 숲속에서는 아직 그 사실을 모르고 있었지만, 저녁에 모형 비행기 수집가를 두 번째로 만나게 된다. 만약 내가 말과 부딪혀서 쓰러졌고 말이 그런 나를 기차처럼 밟고 지나갔다면, 그와의 두 번째 만남은 아예 없었을 것이다. 그의 이름뿐 아니라 그가 사는 곳도, 무슨 일을 하는지도 나는 아직 정확히 모르고 있었다. 그리고 그날은 내 자매가 죽은 날이기도 했다. 하지만 나는 자매의 죽음을 한참 시간이 흐른 다음에야 듣게 되는데, 그건 내가 여행 중이어서이기도 하지만 사실상 아무도 내가 어디에 있는지 몰랐기 때문이다. 나는 하나의 어휘를 고르듯이 도시를 골랐다. 신적인 예감도 없이,

오직 도피하듯이 나는 떠났다. 당연하게도 지독히 어리석은 실수들을 연이어 저질렀다. 실제로 나는 불행하고 어리석은 도피자처럼 보이기도 했다. 내 자매는 나보다 나이가 훨씬 많았다. 자매는 성인이 되자마자 집을 떠났고 이후로 우리는 연락을 주고받는 법도 없이, 서로에 대해서 거의 모르는 채로 살았다. 열 살이 넘는 나이 차이에도 불구하고 사람들은 항상 우리가 놀랄 만큼 닮았다고 말하곤 했다. 내 자매는 머리가 뛰어났고 음악과 미술에도 놀라운 재능을 보였지만 나는 정반대로 사람들과 눈 마주치기를 두려워하는 수줍고 우둔한 소녀였는데도. 우리가 닮았다는 말들은 어린 나를 특히 불안하게 만들었는데, 내 미래의 모습을 하필이면 내 자매에게서 발견하기를 원치 않았기 때문이다. 내가 남자 친척의 값비싼 만년필을 훔친 사실이 밝혀지자 내 자매는 화를 내며 매우 수치스러워했고, 나와 두 번 다시는, 설사 간접적으로라도 말을 나눌 일은 없을 거라고 선언했다. 도피는 자연스럽게 내게 어울리는 일이 되었다. 내 여행 역시 나는 기꺼이 도피라고 표현한다. 그래서 모형 비행기 수집가를 두 번째로 우연히 만났을 때 어쩌면 그가 나를 추적하기 위해 따라다니는 사람일지도 모른다는 근거 없는 의심이 들기도 했다. 내 자매는 이미 예전에도 나를 찾기 위해 사람을 보낸 적이 있었다. 그 사람은 자매가 결혼한 남자의 친척이었는데 그의 사촌 동생이라고 했다. 자신의 정체를 공공연히 밝히지는 않았으나 나는 충분히 짐작할 수 있었다. 마침내 내가 참지 못하고 먼저 물었다. "당신은 내 자매가 보낸 사람이잖아요, 그렇죠?" 그러자 그 사람은 긍정도 부정도 하지 않았다. 그 사람은 몸매가 가냘픈 아주 젊은 여자였고 검은 머리카락이 거의 허리까지 닿을 만큼 길었다. 생김새는 첫눈에는 평범해 보이지만 크고 검은 눈동자를 한번 깊이 들여다보게 되면 도저히 빠져나올 수가 없었다. 내 자매는 내 경계심을 누그러뜨리기 위해 일부러 그와 같은 젊은 여자를 스파이로 보내 내 주변에, 그것도 나와 같은 기숙사에 머물게 했을 것이다. 물론 그 여자는 자신이 내 자매와 잘 아는 사이이기는 하지만 자매의 부탁으로 나를 감시하고 있는 건 아니라고 부인했다. 내 안부를 늘 궁금해하는 내 자매가 그 여자에게 혹시 가능하다면 이 도시에 살고 있다는 나를 찾아봐달라고 부탁한 건 사실이긴 하나, 오직 그것 때문에 자신이 여기로 온 건 아니라고 했다. 그야말로 모든 것이 우연일 뿐이라고. 나는 하나의 어휘를 고르듯이 도시를 골랐다. 나는 내 자매를 두 번 다시 만나고 싶지 않을 뿐 아니라 그녀가 내 소식을 간접적으로라도 듣게 되기를 원하지 않았다. 그래서 그 여자에게, 어차피 소용없는 짓이라고, 나는 미국에 새 일자리를 구했고 그래서 조만간 미국으로 떠날 예정이라고 했다. 물론 새빨간 거짓말이었다. 즉석에서 떠오른 거짓말을 태연하고 차분하게 꾸며내며 나는 스스로를 스파이처럼 느꼈다. 그러다 문득 든 생각은, 내가 여기 있는 것 또한 어쩌면 누군가 나를 이곳으로 보냈기 때문은 아닐까. 예를 들자면, 이름을 감춘 채 활동하는 어느 반체제 예술가를 감시하기 위하여. 그렇다면 나는 도피자이자 동시에 파견된 자, 감시자였다. 어쨌든 나는 미국에 가본 적이 한 번도 없으며, 미국에 아는 사람도 하나 없는 입장이었다. 미국과의 관련이라고는 오직 단 하나, 오래전 같은 학원에 근무하던 동료 강사가 내게 함께 미국으로 가자고 제안한 일이 있었다. 나는 그 강사와 친하지도 않았고 사실대로 말하자면 거의 모르는 사이나 마찬가지였으므로 그 제안은 어느 면으로 보아도 놀라운 일이었다. 아마도 그녀는 홀로 미국으로 가기가 두려운 나머지, 가족을 떠났고 달리 갈 곳이 없어 보이던 나를 모험에 끌어들이려고 한 것 같았다. 미국에 가면 슈퍼마켓을 운영하는 자신의 삼촌이 우리 둘을 위한 일자리쯤은 마련해줄 것이라고 했다. 나는 한 번도 미국에 가고 싶어 한 적이 없었고 더구나 그녀와 함께 간다는 건 생각도 해보지 못했으므로 그 제안을 거절했다. 이민은 가장 큰 도전이라고 그녀는 내게 가르치듯이 말했다. "어떻게 보면 가장 가치 있는 도전이기도 하죠. 특히 당신이나 나 같은 사람에게는. 그런데 당신은 하찮은 두려움 때문에 움츠러들기만 하는군요! 당신도 알고 보면 현실에 안주하고 싶은 그저 그런 여자였단 말인가요?" 그녀는 격렬한 분노에 거의 몸을 부들부들 떨다시피 했다. 어쩌면 나는 자라서 미국의 아시안 슈퍼마켓의 판매원이 되었을지도 모른다. 어떤 경우라도 나는 스스로 희망하지도, 기대하거나 계획하지도 않은 미래를 살게 되리라는 막연한 확신이 있었다. 안개와 같은 그 확신이 나로 하여금 계속해서 나를 부정하게 만들었다. 그것이 내가 앞으로 가는 방식이었다. 끝없는 나선형 계단을 내려가면서. 어쨌든 내 자매는 그 젊은 여자로부터 내 주소를 알아냈고, 그래서 심지어는 내가 기숙사를 떠나기 전에 한번 편지를 보내오기도 했다. 편지에는 자신이 어머니보다 더 오래 살지 못할 것 같다는 두려움이 적혀 있었는데(요즘 들어서 계속 드는 생각인데, 나는 어머니의 나이를 넘어서게 될 것 같지 않아) 당시에 병든 것도 아니고 나와는 비교할 수도 없게 물질적으로나 정신적으로 풍족한 인생을 사는 게 분명한 자매가 그런 두려움에 평생 시달린다는 고백은 의아하게 들렸다. 내 자매는 자신의 예감대로 어머니와 같은 나이에 죽었다. 물론 우연일 것이다. 박물관에서. 모형 비행기 수집가와 나는 브랑쿠시의 〈입맞춤〉 앞을 나란히 지나갔다. 그리고 얼마 뒤 나는 모형 비행기 수집가가 끝없는 나

선형 계단을 내려가는 것을 위에서 지켜보고 있었다. 계단
은 바람 속의 황야풀처럼 움직였다. 영원히 닫히지 않는 원
을 향한 그리움의 도형이었다. 그것이 마침내는 소용돌이치
는 거대한 눈동자처럼 그를 집어삼켰다. 그가 나선형 계단
아래로 사라진 다음에도 여전히 그의 발걸음 소리는 수직으
로 상승하며 텅 빈 건물 내부 동공에 울려퍼졌다. 내가 모르
는 하나의 어휘를 암시하는 소리. 그 암시에 매료당한 채 나
는 난간 위로 허리를 깊이 숙인 자세로 나선형의 깊은 심연
을 들여다보았다.

　모든 인간은 저마다 하나의 심연이라고 뷔흐너는 썼다. 그
런데 그 말은 모형 비행기 수집가로부터 들은 것이 분명하
다. 나는 뷔흐너의 희곡을 읽지 않았기 때문이다. 말뿐만 아
니라 내게 남아 있는 몇몇 물건들도 그로부터 왔다. 예를 들
자면 모형 비행기 수집가로부터 첫 번째로 받은 물건은 구
형 타이프라이터이고 마지막으로 받은 물건은 열쇠이다. 내
가 그에게 준 첫 번째이자 마지막 물건은 직접 그린 어휘-스
케치였다. 사실 그것은 본격적인 스케치라기보다는 어휘로
이루어진 낙서에 가까웠다. 식당의 자욱한 연무 속에서. 나
는 연필을 쥔 손을 자유롭게 종이 위에 두고, 순간순간 사방
에서 내 귀로 밀려오는 말들의 파편을 불완전한 형태로 받
아쓰면서 그것들로 즉석에서 문장을 조립하고 있었다. 내

앞에 앉은 늙은 마르크시스트가 말했다. "······그리고 비명 이후의 침묵을 향해 우리는 귀 기울입니다. 정말로 아무것도 없는 걸까요? 정말로 아무도 없는 걸까요? 지금 우리 각자를 둘러싸고 있는 이 고밀도의 침묵은 정말로 텅 비어 있는 걸까요?" 그리고 잠시 뒤 그는 다시 말했다. "예를 들자면 권력과 거리를 두는 방식으로, 중심으로부터 가장 멀리 있는 방식으로 하나의 혁명이, 하나의 예술이 생존할 수 있는 방법 말입니다." 나중에 종이를 구겨서 버리려는 나를 제지하며 모형 비행기 수집가는 그 스케치를 갖고 싶다고 정중하게 부탁했다. 종이에 일종의 서명으로 내 이름을 써달라고도 했다. 그렇게 나는 자신도 모르게 내 이름을 누설하고 말았다. 세월이 흘렀다. 밤에. 우리는 숲을 산책하다가 마주친 두 그루의 나무를 각자 껴안았다. 그렇게 오랫동안 나무를 포옹한 자세로 서로 움직이지 않았다. 마침내 단단한 껍질 아래서 나무의 떨리는 내면이 느껴질 때까지. 마침내 입 없이도 하나의 어휘가 저절로 말해질 때까지. 숲에서 살게 되면 어떨까요, 하고 내가 말을 꺼냈다. 어린 시절, 숲에서 사는 사람들을 많이 보았다고 나는 이어서 말했다. 그들의 숲에는 나무가 한 그루도 없었다. 마을에 떠도는 소문에 의하면 그들은 도끼로 숲의 나무들을 잘라내고 마침내는 자신의 발까지 스스로 잘라낸 사람들이라고 했다. 그래서 그들이 발이 없는 거라고 했다. 그들은 모든 것을 태웠다. 사람들은 그들을 두려워했는데 언젠가 그들이 도시 전체에 불을 지르게 될 거라고 믿었기 때문이다. 그러자 모형 비행기 수집가는 자신의 어린 시절 친구 한 명도 숲에서 사는 아이였다고 말했다. 아주 어린 시절, 마치 저절로 산비탈 너머로 사라진 듯 너무 먼 이야기. 학교가 파하면 그 아이는 조금도 무서워하지 않으면서 홀로 숲으로 깊이 들어갔는데, 아무도 그 아이의 가족을 알지 못했고 그 아이의 집을 보지도 못했다고. 나뭇잎 모양의 눈꺼풀이 유난히 하얗게 투명하던 그 아이는 항상 마치 잠든 것과 같은 표정이었다고. 아마도 지금 생각하면 그 아이는 연두색 환한 이파리를 가진 어린 나무였던 것 같다고, 모형 비행기 수집가는 진지한 어투로 말했다. 숲에서 살게 되면 어떨까요, 하고 내가 다시 말하자 모형 비행기 수집가는 자신은 사실 이미 숲에서 살고 있다고 대답했다. 나는 이미 한 그루 나무니까요, 하고 그가 진지한 얼굴로 덧붙였다.

그가 내게 주고 싶어 했던 것 중에는 물건뿐만이 아니라 좀 더 살아 있는 것, 좀 더 따뜻한 것이 있었다. 어느 날 그는 어쩌면 내게 필요할지도 모를 몇몇 일들에 대해서 말했는데 놀랍게도 그 첫 번째는 가족이었다. 모형 비행기 수집가는 내게 가족이 필요할 거라고 했다. 어머니와 아버지 그리고 아들과 딸. "당신의 하나뿐인 자매가 얼마 전 죽었다고 들었어요, 그렇죠?" 자신이 잘 아는, 마음이 열린 친절하고 교양 있는 가족이 있다고 했다. 그들은 친구들이 방문하면 머물 방을 갖고 있고, 매일 따뜻한 저녁 식사를 준비한다. 무엇보다도 그들은 우정의 소중함을 이해한다. 그들은 내게 말을 걸고 기꺼이 내 대화 상대가 되어줄 것이다. 그들은 한 음악가와 그의 아내 그리고 세 아이들이다. 그들과 친구로 지낸다면 좋을 거라고 모형 비행기 수집가는 말했다. 사람은 더 이상 고독에 시달리지 않아도 된다. 병들거나 가난하거나 실패했을 때, 누군가 곁에 있어줄 것이다. 더 이상 외톨이가 아니어도 된다는 불타는 유혹. 하지만 나는 그 제안을 차갑게 거절할 수 있었다. 그가 꺼낸 가족이라는 어휘가 내 반발을 불러일으켰다. 그리고 내 안에는 그것이 바로 그가 나를 떠나는 방식일 거라는 막연한 예감이 있었다. 가족을 통하여, 가족 안에서 차츰 멀어지는 그런 방식으로, 어떤 가족의 식탁 위에 나를 위해 차려진 따뜻한 수프 한 접시의 이름으로, 그리고 마치 발이 없는 것처럼, 마치 영원히 닫히지 않는 나선형 계단에 의해 저절로 삼켜지듯이, 그렇게 해 뜨기 직전의 별처럼 그 자리에서 꼼짝도 하지 않으면서 서서히 모습을 감추려는 것이라고 믿었다. 나는 마음이 열린 친절한 시민계급 가족의 집을 방문하고 싶지 않다고 대답했다. 그들의 식탁에 앉아 그들이 내어주는 차를 마시고 식사를 하고 싶지 않다. 그들과 친구 혹은 유사 가족이 되는 일에는 조금도 관심이 없다. 계속해서 나를 동정한다면 나는 뮬강에 빠져 죽어버리겠노라고 했다. 나는 뮬강에 어디에 있는지, 그것이 실재하는 강의 이름인지 아닌지도 모르지만 이상하게도 그 순간 그 강의 이름이 문득 머리에 떠올랐던 것이다. 말뿐만이 아니라 정말로 온몸으로 강물에 뛰어 들어갈 거라고 협박했다. "내가 말하지 않았던가요? 하나뿐인 내 자매도 그렇게 죽었습니다." 결국 나는 모형 비행기 수집가의 입을 막았고 그가 끝내 그 가족의 이름을 말하지 못하게 했다.

그런데 모형 비행기 수집가는 왜 나를 떠나려 했을까? 작별은 우리의 인생에서 일어나게 될 가장 확실하고도 결정적인 사건임을 우리는 잘 알고 있었다. 왜 어떤 사람들은 반드시 언젠가는 누군가의 곁을 떠나게 되는 걸까. 가족이 떠난, 혹은 가족을 떠난 경험이 있다. 그래서 나는 그런 사람들을 잘 이해하며, 나 또한 그들에게 속한다는 것을 안다. 8월의 빛 속에서. 이제 붉은 가을이 다가올 것이다. 내 자매는 짐을 쌌다. 외국의 대학으로 간다고 했다. 우리에게는 돈이 없었지만 내 자매의 총명함을 사랑하는 부유한 사람들이 많았고 그들이 도움을 준다고 했다. 어느 외국인지는 듣지 못했다.

어머니와 내 자매는 방 안에서 대화를 나누었고 나는 마루를 지나가다가 우연히 방문 틈으로 새어 나온 말소리를 엿들었을 뿐이다. 가장 늦게 태어난 아이가 마지막까지 집에 남는 법이라고 내 자매가 말했다. 그 아이가 성인이 될 즈음이면 이미 어머니는 혼자 힘으로 요강을 비우지도 못할 만큼 늙어버릴 테니 말이다. 밤에 어머니의 앞치마는 여전히 우리의 침실 문 앞에 걸려 있었다. 오래되고 조금 더러웠다. 모형 비행기 수집가의 귀에 대고 "비명"이라고 속삭이기. 그 이후에 따라올 침묵을 향해 귀 기울이기.

어느 날 모형 비행기 수집가는 내게 열쇠를 하나 건넸다. 뮬강 오두막 열쇠라고 했다. 언젠가 내가 정말로 살 집을 구할 수 없게 된다면, 그때 붉은 가을에, 뮬강가에 있는 산 위 오두막을 찾아가라고 했다. 기차를 타고 뮬강에서 내리면 된다. 참고로 뮬강의 역사는 사설 미술관으로도 꽤 알려진 곳이다. 현재 지방열차가 다니고 있는 그 뮬강의 역사가 아니라, 30여 년 전에 선로의 궤도가 바뀌면서 폐쇄된 과거 역을 말하는 것이다. 당연히 나는 뮬강이 어디 있는지 전혀 알지 못했으나 굳이 묻지 않았고, 그도 자세한 설명은 생략했다. 그는 계속 말했다. 현재 역사와 가까운 거리에 있는 구 역사는 원래 철거될 운명이었지만 한 예술 애호가에게 팔렸다. 예술 애호가는 인근 도시에 호텔을 소유하고 있기도 한

데, 당장 필요해서라기보다는 낡고 아름다운 것들이 사라지는 데 슬픔을 느껴서 그것들을 최대한 보존하고 싶다는 오직 그 소망으로 옛집과 건물들을 구입하는 사람이라고 했다. 마찬가지 이유로 100살이 넘은 여자 노인이 홀로 살던 인근의 오두막을 굳이 사들이기도 했다. 그냥 준다고 해도 들어와 살 사람이 없을 정도로 낡은 오두막이었다. 노인이 죽고 나자 오두막이 철거되고 오두막 뒤에 있는 한 그루 늙은 보리수가 베어질 운명이었는데 그것을 막고 싶다는, 단지 그 이유 때문이었다고 했다. 구 역사를 사들인 호텔 주인은 그곳을 미술관으로 꾸몄다. 예술가 친구들이 그에게 영향을 미친 탓이다. (굳이 말하지는 않았으나 모형 비행기 수집가도 그중의 한 명이 분명했다.) 실제로 몇몇 설치 예술가들의 전시가 열리기도 했다. 전시가 열리는 기간에 멀리서 예술가들이 찾아온다. 예술가들은 강가의 산 중턱에 있는 오두막에서 머문다. 며칠, 몇 주일, 혹은 몇 달 동안, 어쩌면 더욱 기나긴 세월 동안. 호텔 주인이 사들인 바로 그 죽은 여자 노인의 오두막이다. 도대체 언제부터 살았는지 짐작할 수도 없게 엄청나게 나이가 많았던 그녀가 정확히 몇 살인지 아는 이는 아무도 없었다. 그래도 최소한 100살이 넘은 것은 확실했다. 그런데 노인의 죽음에는 약간의 사연이 있다. 그녀는 사실 죽은 것이 아니라 사라져버린 것이기 때문이다.

언젠가부터 여자 노인의 모습이 보이지 않았고, 토마토와 호박은 아무도 수확하지 않아 줄기에서 시들어갔으며 닭장 문은 열려 모이를 얻지 못한 닭들이 뿔뿔이 흩어졌다가 여우에게 잡아먹힌 흔적만이 정원 곳곳에 남았다. 경찰뿐 아니라 마을 사람들까지 나서서 집 근처는 물론 노인이 자주 버섯을 캐러 다니던 인근 산과 딸기를 따던 뮬강변의 수풀까지 샅샅이 뒤졌으나 흔적도 찾지 못했다. 혹시 발을 헛디뎌 강에 빠진 것이 아닌가 하여 강도 수색도 했으나 아무런 수확이 없었다. 그녀의 남편과 자식들은 모두 오래전에 그녀를 앞서서 죽거나 먼 도시로 떠나버렸고, 도시에서 배를 타고 더 먼 외국으로 떠났으며, 마치 세상의 끝으로 가서 이름까지 바꿔버린 듯 완전히 소식이 끊어진 지 오래라고 했다. 호텔 주인은 마을 공동체의 재산으로 귀속된 오두막을 사들였고 간혹 뮬강 미술관을 찾아오는 손님들을 묵게 했다. 그 밖에는 사실상 주인 없이 비어 있는 것이나 마찬가지라고. 오두막은 열쇠만 있으면 들어갈 수 있다고 했다. 만약 내가 정말로 살 집을 구할 수 없게 된다면, 기차를 여러 번 갈아타고 일곱 시간이나 걸리는 거리이기는 하지만, 비좁고 불편한 낡은 집이지만, 내가 상상할 수 있는 것보다 훨씬 더 오래된 낡고 낡은 집이지만, 그래도 따뜻하게 지낼 수 있고 수도와 전기도 사용할 수 있는 뮬강 미술관의 오두막으로 갈 수 있다고 모형 비행기 수집가는 말했다. 그것은 좀 터무니없이 들리는 친절이었다. 왜냐하면 모형 비행기 수집가는 뮐 미술관의 주인이자 오두막의 주인이 아니었기 때문이다. "혹시 당신 자신이 구 역사를 사서 뮐 미술관으로 만든 호텔 주인인가요?" 이렇게 내가 희망을 가지고 물었을 때 모형 비행기 수집가는 분명 아니라고 대답했다. 자신은 결코 그만한 부자가 아니라고. 뮐 미술관의 모든 행사는 오직 예술가들의 기부금으로만 운영되었고 그때마다 자신도 약간의 기부금을 내기는 했지만 그건 정말로 적은 소소한 금액이었을 뿐이다. 그리고 이제 앞으로는 그럴 일도 없을 것이다. 내가 이유를 묻자, 뮐 미술관의 주인이 작년에 갑작스럽게 죽었기 때문이라고 했다. 최근 몇 년 사이 친구들이 사방에서 미친 듯이 죽어가고 있다고 그는 말했다. 마치 축제를 벌이듯이, 바람도 없이 무거운 소리를 내며 한꺼번에 떨어지는 낙엽처럼. 지금은 그런 시기, 모종의 역사적 전환기라고. 미술관 주인의 상속자들은 시내의 호텔에만 관심이 있고 뮐 미술관의 일에 대해서는 아무도 신경 쓰지 않는다. 게다가 다 쓰러져가는 산 중턱의 오두막은 더더욱 그들의 관심 밖이다. 모형 비행기 수집가는 미술관 주인이 죽기 직전 열린 마지막 전시회의 관련자였으므로 그로부터 오두막 열쇠를 받았는데, 돌려줄 기회를 영영 잃고 말았다고 했다. 미술관 주인의 상속자들은 모두 외국에 있는 데다가 이미 말했듯이 그들은 미술관 일에 대해서는 관심도 없고 알려고 하지도 않는다고. 그리고 상속자들끼리의 분쟁이 아직 해결되지 않아서 열쇠를 돌려주려 해도 누구에게 돌려주어야 할지 알 수가 없다고. 그러니 만약 내가 가방을 들고 중앙역을 서성일 신세가 된다면, 정말로 그런 일이 일어난다면, 내가 동전을 넣고 사용하는 공중화장실에서 몸을 씻어야 할 처지가 된다면, 그래서도 안 되고 그러기를 바라지도 않지만, 만약 그렇게 된다면, 적어도 상속자들이 철거 인부들을 몰고 찾아오기 전까지는, 미술관에 딸린 오두막에서 지낼 수 있을 거라고 했다. 오두막에는 여자 노인이 쓰던 가구가 그대로 있고 난로 겸 화덕인 무쇠 아궁이와 낡은 매트리스가 있으니 슬리핑백만 가져오면 지내는 데는 문제가 없을 것이다. 정말로 그 먼 곳까지 찾아갈 수 있을 거라고 기대하지는 않았지만, 나는 그로부터 열쇠를 건네받았다.

그리고 몇 년 뒤, 거짓말처럼 음악가가 내 눈앞에 나타났다. 그의 집 식탁에서 따뜻한 수프를 대접받은 것이 아니라 그의 즉흥 퍼포먼스에 초대를 받은 것이다. 초대받은 몇몇 사람들이 연주회장으로 모여들었을 때, 음악가는 홀로 두 눈을 감은 채 피아노 앞에 앉아 있었다. 이미 오래전부터 그 자세로 앉아 있었다고 했다. 홀은 텅 비었고 관객을 위한 의

자조차 없었다. 그의 음악은 뚜렷한 시작이 없었다. 오직 앞서서 듣는 행위, 최초의 음이 발현하기를 기다리는 행위, 그것이 전부였다. 음악가는 앞서서 듣는 자였다. 음악가는 계속해서, 계속해서 듣고 있었다. 지금 여기에 없는 것들을 향해서 귀 기울임으로써 그는 음악을 시작하고 있었다. 보리수 안의 바람, 강비탈에 핀 부처꽃들의 기울어짐, 언젠가 붉은 가을, 자갈을 밟으며 다가오는 발자국, 기차가 도착하는 신호음, 창으로 들어온 바람에 책상 위의 편지들이 흩어지는 소리, 서로 은밀하게 마주 잡는 두 손, 새들이 만들어내는 허공, 하나의 편지 위로 내려앉는 또 다른 편지, 그리고 붉은 가을. 오직 하나의 어휘가, 하나의 음이, 하나의 그림이 떠오를 때까지. 마침내 모든 음들이 소리의 최소 성분으로 수렴될 때까지. 멜로디 없는 음악. 최소의 음악. 돌과 나무의 내부로부터, 저절로-중얼거림. 겨울 아침 서리의 속삭임. 지금 여기 없는 것들의 기억. 그 어휘가 무엇일까. 강물에 비친 하루. 아무도 어디로 가는지 묻지 않았다. 그리고 어느 순간 음악가는 피아노 건반을 하나 누르고 소리의 울림이 사라질 때까지 손가락을 움직이지 않았다. 그리하여 아무것도 들리지 않는다고 귀가 믿게 되는 순간 그는 또다시 건반을 하나 눌렀다. 빛이 소리와 함께 있었다. 손에 저마다 모양과 크기가 다른 다양한 종류의 돌을 하나씩 든 청중들이 홀

여기저기에 흩어져 있었다. 그들은 근처의 숲에서 임의의 돌을 하나씩 집어 들고 오라는 안내를 받았다. 음악가가 말했다. "이 곡은 약 10분 정도 이어집니다. 곡이 연주되는 동안 누구라도, 스스로 음악의 일부가 되어야 한다는 느낌이 드는 바로 그 순간에, 손에 쥔 돌을 바닥으로 떨어뜨리면 됩니다. 물론 원한다면 돌을 끝까지 쥐고 있는 것도 가능합니다. 돌을 떨어뜨리면서 그 순간 나타난 하나의 어휘를 입 밖으로 말하는 겁니다. 어떤 말이라도 좋아요. 의미는 중요하지 않으니 그냥 으엉 하는 소리라도 상관없습니다. 그 순간 떠오른 하나의 어휘를 반복해서, 스스로 정한 간격을 두고 반복해서 말하는 겁니다. 돌 안에 들어 있던 그 어휘가 음악을 이룰 겁니다." 음악가는 하나의 건반을 길게 눌렀고, 그리고 잠시 뒤 첫 번째 건반을 여전히 누른 상태로 다음 음계의 건반을 동시에 눌렀다. 그 어휘가 무엇일까. 아무것도 깔리지 않은 바닥으로 최초의 돌이 떨어지는 소리는 깜짝 놀랄 만큼 크고 높게 울렸다. 그리고 동시에 "강"이라는 어휘가 말해졌다. 어쩌면 그것은 "강물"일지도 몰랐다. 이어서 불규칙한 간격으로 크고 작은 돌들이 떨어졌다. 누군가 비명처럼 커다랗게 "비명"이라고 말했다. "당신"이라고 속삭였다. 어휘들이 뒤섞였다. 음들이 즉흥 화음을 이루었다. 목소리들이 하나하나 강물 속에서 춤처럼 솟아올랐다. 음악가는 마찬가지 방식으로 다시 세 번째 건반을 눌렀다. 자유롭게 풀려난 어휘들은 자신들도 모르게 겨울 새 떼의 거대한 무리가 일제히 날아오르는 모양을 이루며 비상했다. 바람이 불어오자 소리의 육신은 바람의 방향을 따라 자라는 나무처럼 비스듬히 기울어졌다. 말들은 소용돌이치며 허공을 이루었고 허공이 세계의 밀도를 빨아들였다. 돌이 어휘로 변신하는 순간이었다. 어쩌면 나는 자라서 하나의 어휘가 되었을지도 몰랐다. 고양시키고 고양된 육체, 하고 모형 비행기 수집가가 말했다. 그러나 말 없는 고통 그 자체가 최후의 진리라고 나중에 모형 비행기 수집가는 말했다. 나날이 그 안으로 빨려 들어가고 있는 우리 자신을 발견하는 장소. 그때 모형 비행기 수집가의 눈꺼풀은 절반쯤 나뭇잎으로 변한 듯이 보였다. 나는 손을 뻗어 나무껍질처럼 거칠고 차가워진 그의 손을 잡았다. 우리는 단단한 두 개의 손만 남았다. 사람은 서서히 자연의 실제적 사물로 변해갔다. 최선의 일은 풍경의 일부가 되는 것. 풍경을 이루는 소리의 일부가 되는 것. 퍼포먼스가 끝난 후 음악가는 내게 다가왔다. 자신의 집을 언제든지 방문해도 좋다고 했다. 그의 가족이 사는 집을 말하는 것이다. 음악가는 이미 오래전에 모형 비행기 수집가로부터 내 이야기를 들었다고 했다. (만약 내가 가방을 들고 중앙역을 서성일 신세가 된다면, 불행한 일이지만 정말로 그것이 일어난다면 어쩌면 내가 원한 그것이) 그들의 집은 충분히 넓은 데다 빈방도 있으니 단순한 방문을 넘어서 내가 원하는 만큼 얼마든지 오래 머물러도 좋다고 너그러운 제안을 해왔다. 며칠, 몇 주일, 혹은 몇 달 동안, 어쩌면 더욱 기나긴 세월 동안. 만약 내가 정말로 원한다면 가끔 아내를 도와 자신의 아이들을 돌봐줘도 좋지만, 그건 의무는 아니라고 했다. 물론 아이들의 통학을 도와주고 샌드위치 도시락을 만들어준다면 보통의 오페어 급료 이상을 지불할 용의가 있다고 했다. 그러니 나는 그들의 집에 살면서 따로 일자리를 구하려고 애쓸 필요가 없을 것이다. 어쩌면 나는 자라서 미니멀리즘 음악가가 되었을지도 모른다. 그게 아니라면 미니멀리즘 오페어가 되었을 것이다. 이렇게 큰 친절을 베푸는 이유에 대해서 물으니 음악가는 대답했다. "알고 있나요? 최근 몇 년 사이 친구들이, 둘도 없이 소중했던 친구들이 사방에서 미친 듯이 죽어가고 있습니다."

그로부터 한동안 나는 일주일에 네 번 버터를 엷게 바른 빵 사이에 사과와 오이, 치즈를 넣고 샌드위치를 만들었다. 음악가의 아내와 함께 아이들을 데리고 해변과 공원으로 소풍을 갔다. 내가 절반쯤 다른 생각에 잠긴 채 기계적으로 손과 발을 움직이는 사이 세월이 지나갔다. 그러던 어느 날 갑자기 나선형 계단이 다시 눈앞에 나타났다. 나는 허리를 굽히고 소용돌이치는 난간의 머나먼 아래쪽을 응시하려고 했다. 깊고도 짙은 심연에서 울려오는 발걸음 소리. "우리가 단 한 번 마주친 어떤 사건, 우리는 그것에 대한 생각에 잠긴 채, 하지만 그것이 아니라 그 주변을 맴도는 다른 일들에 관해 쓰면서 일생을 보내게 되겠지요." 하고 모형 비행기 수집가가 말했다. 어린 시절 그의 꿈은 자연사박물관의 경비원이 되는 것이라고 했다. 물론 수많은 꿈 중의 하나였다는 뜻이다. "기다려요!" 나는 내면으로 절규했다. 그러나 그 말은 낮은 속삭임이었다. "잠깐만 멈추어요, 내 말을 들어요." 하지만 아무도 그러지 않았다. 나는 가장 나중에 태어난 아이였으나 마지막까지 어머니의 곁에 있지 못했다. 나는 계단의 보이지 않는 심연을 향하여 더욱 몸을 깊이 수그렸다. 나는 내 미래를 알게 되었다. 여기에 없는 이 풍경이 될 것이다.

이미 오래전부터 나는 여전히 오두막에서 살고 있다. 앞으로도 계속해서 여기서 살게 된다. 아무도 내가 어디에 있는지 모른다. 그리고 사람들이 모르는 사실이 또 하나 있는데, 모형 비행기 수집가의 구형 타이프라이터를 이곳까지 갖고 온 것이다. 타이프라이터를 위한 특수 가방이 없는 나는 타이프라이터를 두터운 옷가지로 몇 겹이나 싸서 가방에 넣어 운반했다. 내 일생의 어떤 물건이 있다면, 그건 분명이 타이프라이터일 것이다. 오두막은 부엌과 침실과 거실이 하나로 합쳐진 공간이었는데, 처음 열쇠로 문을 열고 들어온 순간 나는 이곳에 누군가 커다란 나무를 거꾸로 매달아놓았다고 생각했다. 오두막 외부에서 천장 가장 높은 곳의 낡은 환기창을 관통하여 아래쪽으로 자라난 한 그루 보리수가 그을음이 시커멓게 앉은 화덕과 벽을 배경으로 묽은 어둠 속에서 반짝이고 있었다. 열린 문으로 들어온 늦은 8월의 저녁 빛 속에서 나는 그것을 보았다. 나는 집 안으로 들어가 곧장 나무로 향했고 손을 들어 서리에 덮인 듯 흰 껍질과 이파리를 만졌다. 나는 이 나무와 함께 살게 된다! 열린 문으로 신선한 공기가 들어오자 노랗게 변한 잎들이 무성하게 달린 가지가 조금씩 흔들리기 시작했고 물기 없이 바싹 마른 잎들이 뚝뚝 떨어졌다. 나무는 죽어 있었다. 그제서야 문득, 어쩌면 이 죽은 나무는 원래 이 형태로 자란 것이 아니라 뮐 미술관의 마지막 설치 작품일지도 모른다는 생각이 들었다. 나는 가장 먼저, 모형 비행기 수집가가 알려준 대로 마분지와 낡은 헝겊을 찾아 눈에 띄는 모든 창문과 벽 틈새를 막았다. 밤의 추위도 무섭지만 쥐가 들어올 수 있기 때문이다. 9월이 되자 산에는 이미 겨울바람이 불었고 강물은 검게 흘렀다. 나는 덧창을 닫았다. 나는 이곳에 상속자들이 찾아오는 것을 원하지 않았다. 추위나 쥐는 크게 두렵지 않

았으나 상속자들은 두려웠다. 그들이 찾아온다고 해도 나는
문을 열어 주지 않을 것이다. 이른 서리가 내렸다. 아침이면
풀밭은 얼음 방울 안개로 덮였다. 나는 장롱 속에 남아 있
는 여자 노인의 옷가지 중에서 거친 모직 망토를 찾아내 항
상 걸치고 다녔다. 그리고 지팡이. 문 옆에는 오래되어 손잡
이가 반들반들하게 닳아버린 나무 지팡이가 있었다. 산책을
하거나 버섯을 따러 갈 때 사용하는 물건이다. 길을 나서기
전에 나는 지팡이를 공중으로 던져 올린다. 그리고 떨어진
지팡이가 가리키는 방향으로 걸음을 옮긴다. 산에서 누군가
와 마주치면 그들은 여자 노인의 외투를 걸치고 여자 노인
의 감자 자루와 여자 노인의 지팡이를 든 나를 실종된 여자
노인이라고 생각하고 그녀의 이름을 부를 것이다.

　돌과 돌이 떨어지는 사이, 음악가는 사람들이 아직 모르고
있던 것을 말했다, 이 곡의 이름은 '바우키스의 말'입니다.

　밤에 문득 잠이 깨자, 허공에 걸려 있는 희끄무레한 앞치
마가 눈에 들어왔다. 나는 어머니가 거기 서 있다고 생각했
다. 늘 그렇듯 밤에 잠들지 못하는 어머니가 방문 앞에 서서
잠든 우리를 물끄러미 내려다보고 있다고 생각했다. 바람이
불지도 않는데 앞치마의 거친 천이 저절로 사각거리는 소
리가 들려왔다. 오래되고 조금 더러운. 그러나 잠시 뒤 어둠
에 눈이 익고 나자 그것은 희게 반짝이는 마른 보리수 가지

의 잎사귀였음이 밝혀졌고 나는 불안한 잠 속으로 다시 빠
져들었다. 오두막에서의 꿈. 어머니는 요강을 비워줄 사람
이 없는 채로 홀로 누워 있었다. 가장 마지막에 태어난 아이
마저 집을 떠났기 때문이다. 음악가가 두 번째 건반을 눌렀
고, 그 소리의 공명은 영원히 멈추지 않을 것만 같았다. 모형
비행기 수집가는 산비탈을 내려갔다. 강물 속에서 나는 그
의 뒷모습을 지켜본다. 나는 작별의 인사를 건넨다. 그날 이
후 나는 말을 잃었거나 의미 없는 말이다. 대신 바람이 말하
게 한다. 나는 아이들이 가져갈 샌드위치를 만든다. 음악가
의 아내를 도와 아이들을 데리고 해변으로의 여행을 준비
한다. 그러나 동시에 나는 감자를 캐고 숲을 산책하다가 기
차를 만난다. 나는 하루 종일 손으로 흙을 파내고 감자를 캔
다. 저녁에는 음악가로부터 온 편지를 읽는다. 나는 말과 마
주친다. 나는 신 없는 여자이다. 음악가는 썼다: 그 순간이
다가오자 바우키스의 몸은 나무로 변했습니다. 내 음악은
그 바우키스의 변신의 순간에 그녀의 주변에서 일어나고 있
던 일들에 귀 기울이기입니다. 그 순간을 이루고 있던 오래
된 소리를 발견하는 것입니다. 한번 공명한 소리는 사라지
지 않으니까요. 예를 들자면 그것은 가을이었을까. 강물은
어떤 소리를 냈을까. 그리고 바람은. 돌은. 마지막 편지의 말
은. 붉은 가을이었을까. 최후의 순간 바우키스의 입에서 나

온 말은.

나는 감자를 캔다. 지금 여기에 없는 것들을 향해 귀 기울이면서.

그 순간이 다가오자 바우키스의 팔은 가지로 피부는 껍질로 머리카락은 잎사귀로 눈동자는 아무것도 보지 못하는 뭉툭한 옹이로 변했다. 두 발은 감자처럼 흙 속으로 파고들었다. 이제 그녀는 영원히 이 자리에 머물 것이다. 그 무엇도 떠나게 하지 않는다. 손바닥에 피어나는 초록빛 이끼. 그러나 예상과는 달리 완전히 사라지지 않는 것이 있었다. 그녀의 감정과 느낌, 기억과 생각은 모종의 형태로 남아 있었다. 네가 있었구나. 최후의 순간 그녀의 눈동자에 들어온 초록 강독의 한 줄기 보랏빛 광선은 눈이 사라진 이후에도 그대로 남았다. 한 목소리가 말했다, 대지가 있는 한 씨앗과 곡식과 강물과 바람은 영원할 것이다. 햇빛과 서리, 겨울과 한여름, 더위와 나무와 들판이 거기 있으며, 밤과 그리고 낮이 멈추는 일은 영원히 없으리라는 속삭임. 바우키스는 나뭇잎 사이를 술렁이는 바람을 느꼈고 가까이서 흐르는 강물을 느꼈고 음악가가 친 두 번째 음의 여운이 떨리는 것을 느꼈으며 날아가는 새를 느꼈다. 손이 가지로 변하면서 손바닥에 쥐고 있던 한 알의 감자가 바닥에 떨어지는 것을 느꼈다. 그리고 지금 이 순간 어딘가에서 마찬가지로 한 그루 나무로 변하고 있을 필레몬을 느낄 수 있었다. 마지막으로 입이 나무껍질로 완전히 변하기 직전, 바우키스는 작별의 인사를 건넨다. 마침내 나뭇가지가 얼굴을 뒤덮기 시작한 최후의 순간, 일생 동안 내 입에서 살던 하나의 어휘가 해방되었다. ■

제18회 김유정문학상 수상 후보작

문지혁

허리케인 나이트

ⓒ윤관희

문지혁
2010년 단편소설〈체이서〉를 발표하며 작품 활동을 시작했다. 지은 책으로 장편소설《중급 한국어》《초급 한국어》《비블리온》《P의 도시》《체이서》, 소설집《고잉 홈》《우리가 다리를 건널 때》《사자와의 이틀 밤》, 작법 에세이《소설 쓰고 앉아 있네》, 옮긴 책으로《라이팅 픽션》《끌리는 이야기는 어떻게 쓰는가》등이 있다. 대학에서 글쓰기와 소설 창작을 가르친다.

1

바닥에 물이 차오르고 있다는 걸 알게 된 건 저녁 식사 후였다. 10분 전만 해도 알리오올리오가 담겨 있었던 빈 그릇을 들고 일어섰는데 양말 끝이 차가웠다. 누가 카펫 위에 물을 쏟았나. 그러나 492sq.ft.의 복층 스튜디오에 살고 있는 생명체는 나뿐이었다. 창밖으로 시선을 돌렸더니 검은 나무들이 빗속에서 세차게 흔들리고 있었다. 허리케인. 낮에 같이 수업 듣는 동료들이 몇 차례 입에 올렸던 단어가 떠올랐다. 아무리 그렇다고 해도?

처음에는 키친타월 몇 장을 뜯어 닦아보려 했다. 나중에는 화장실에서 수건 여러 장을 들고 와서 막아보려 했다. 하지만 그럴 수 있는 정도가 아니었다. 처음에 대한민국 정도 크기였던 검은 얼룩은 빅뱅에 맞먹는 속도로 세계지도로 변해가다가 마침내 광활한 우주가 되었다. 1층 전체가 물에 젖어버리는 데는 채 30분도 걸리지 않았다.

머리가 하애졌다. 나는 아직 젖지 않은 나무 계단에 걸터앉은 채로 휴대전화를 들고 연락처 목록을 살폈다. 스마트폰도 없던 시절, 누구한테 뭐라고 연락을 해야 할지 막막했다. 집주인에게 해야 하나. 관리 사무소 연락처가 뭐였더라. 일요일 밤이었고 모든 것이 망설여졌다. 가장 최근에 등록된 번호를 검색해보니 낯익은 이름이 떴다. Peter Choi. 옆 동네에 살고, 2주 전 맨해튼 다운타운에서 같이 밥을 먹었던 고등학교 동창. 번호를 불러주면서 피터, 아니 최용준이 했던 말을 떠올렸다.

아무 때나 연락해. 밥이나 먹게.

쉽게 통화 버튼을 누를 수 없었다. 아주 많은 시간이 흐를 때까지, 그러니까 비교적 최근까지, 나는 그 순간에 대해 오랫동안 생각했다. 나는 그때 왜 망설였을까. 일요일 밤이어서? 부탁하는 게 부담스러워서? 친구에게 민폐를 끼치고 싶지 않아서? 과거의 기억 때문에? 아니면 그저 최용준이라서?

지금이라면 내 선택은 달라질까.

하지만 2010년의 나, 비바람이 몰아치고 카펫이 젖어가던 포트리의 1250달러짜리 월셋집에 살던 나에게는 다른 선택의 여지가 없는 것처럼 보였다. 나는 통화 버튼을 눌렀고, 몇 번 울리기도 전에 피터가 전화를 받았다. 그는 큰 소리로 말했다.

"야, 너 괜찮냐?"

2

검은색 BMW X5가 집 앞에 도착한 건 15분 후였다. 나는 소지품과 옷가지를 간단하게 싼 백팩 하나를 메고 로비에서 기다리고 있다가 차에 올랐다. 베이지색 가죽 시트에 빗물이 튈까 봐 조심스럽게 우산을 묶었다. 내 낡은 운동화 밑창에서 조금씩 새어 나오는 구정물이 신경 쓰였다. 은은한 우디 향이 감도는 차내에서는 둔중한 베이스가 강조된 힙합이 흐르고 있었다. 볼륨이 지나치게 컸다.

"이 난리가 났는데 모르고 있었어?"

피터는 텔레비전을 보고 있었다고 했다. 지금, 이 동네 전체가 패닉이야. 오죽하면 와이프가 너한테 전화해보라고 하더라고. 네가 안 했으면 몇 분 있다가 내가 했을걸. 피터가 말하면서 와이퍼의 속도를 높였다. 두 개의 검은 손이 흐릿한 세계와 선명한 세계를 가르며 빠르게 움직였다.

"텔레비전이 없어서."

내 대답은 어딘지 변명처럼 들렸다.

피터의 아내는 지난 식사 때 처음 만났다. 미인이라는 소문을 듣기는 했지만, 피터가 그녀와 함께 등장했을 때 나는 적잖은 충격을 받았다. 세상에 저렇게 생긴 사람이 존재할 수 있구나. 그건 예쁘거나 매력적이라는 말과는 조금 다른 감정이었다. 놀라움이나 경외감이라고 해야 할까. 마치 다른 세계에서 온 생명체를 조우하는 기분이었다. 그녀가 말을 걸 때마다 나는 당황하며 횡설수설하기 일쑤였고 보다 못한 피터가 한마디 했다. 애가 원래 좀 이래. 숫기가 없어가지고.

"와이프한테 내가, 급하면 전화하겠지, 했는데 딱 그때 진짜로 너한테 전화 온 거 알아? 소름."

한 치 앞도 잘 보이지 않는 도로를 피터는 여유 있게 달렸다. 실제로는 그렇지 않겠지만 나한테는 다 비슷하게 들리는 래퍼의 목소리가 열심히 F-워드를 뱉어냈다. 원래라면 환하게 밝았어야 할 거리의 상점들은 불이 다 꺼져 있었다.

3

  1995년, 우리는 중곡동에 있는 외국어고등학교에서 만났
다. 1월생이었던 나는 만으로 열다섯 살이었고 금호동에 있
는 중학교를 졸업한 직후였다. 입학 전에 신입생 환영회 비
슷한 모임이 있었는데 거기서 피터를 처음 봤다. 피터는 대
치동에 있는 중학교를 나왔는데, 매년 수십 명을 외고에 보
내는 학교라서 그런지 이미 아는 친구가 많은 것 같았다. 내
가 나온 중학교에서 그 외고에 진학한 사람은 나를 포함해
달랑 두 명뿐이었다. 하지만 그 한 명조차 전혀 모르는 친구
였고, 과묵한 데다 과도 달라서 그와는 입학 후로 만날 일이
없었다.

  그날 모임에서 우리는 합격을 자축하며 이제 앞으로 3년
간 영어과라는 이름 아래 함께 지내게 될 것을 기대했다. 남
녀 비율은 절반 정도였다. 돌아가면서 장래 희망을 말하는
순서가 있었는데, 남자아이들의 절반은 국제변호사가 되겠
다고 했다. 국제변호사라는 말은 존재하지 않고 그저 한국
변호사나 미국 변호사가 있을 뿐이라는 걸 그때는 누구도
지적하지 않았다. 분위기에 휩쓸려 나 역시 내 꿈이 국제변
호사라고 말했다. 사실 그날 처음 들어본 단어였지만, 본능
적으로 그렇게 말해야만 이 세계에 진입할 수 있을 것 같은

느낌이 들었다. 국제변호사는 일종의 패스워드이자 암구호였다. 다만 그 와중에도 조금 달라 보이고 싶었는지 나는 자신 없는 목소리로 '소설을 쓰는 국제변호사'가 꿈이라고 말했고 20여 년의 세월이 흐른 뒤 그 꿈은 앞쪽 절반만 겨우 이루어졌다.

정말로 국제변호사가 된 것은 피터뿐이었다.

정확히 말하자면 피터는 미국 변호사가 되었고 이후 맨해튼에 있는 유대계 대형 로펌을 다니다가 나와서 자기 회사를 차렸다고 했다. 그의 회사가 정확히 뭘 하는지, 업계에서 어떤 위치인지 나는 잘 몰랐지만 피터가 하고 있다면 대단한 일일 거라고 생각했다. 고등학교 때부터 그렇게 생각하면 대부분 맞았으니까. 용준이는 그런 아이니까.

고등학교 때 운동장에서 농구를 하다가 작은 소동이 벌어진 적이 있었다. 피터와 아이들이 골대 근처 주차된 자동차 위에 옷이며 소지품 들을 잠시 올려두었는데 운동하는 사이 그 차가 사라져버린 것이다. 땀 냄새 나는 아이들의 티셔츠나 양말 같은 건 차가 떠난 길 위에 떨어져 있기도 했지만, 피터가 올려놓았다는 손목시계만은 끝내 찾을 수 없었다.

너 진짜 괜찮아?

수돗가에서 세수하던 피터는 고개를 끄덕이며 교실 쪽으로 걸어갔다. 물어봤던 친구는 이해가 안 된다는 듯 피터와 차가 사라진 방향을 한동안 번갈아 쳐다보았다.

왜, 비싼 거야?

내가 묻자, 친구는 약간 허탈하게 웃으며 대답했다.

롤렉스잖아.

생각해보면 우리는 친해질 이유가 없었다. 같은 학교 안에서도 모두가 친한 건 아니었다. 시간이 지날수록 끼리끼리 어울려 다니는 그룹이 생겼고 서로 딱히 적대적이거나 폭력적인 것은 아니었지만 선이 분명했다. 여기도 저기도 모두 어울리는 친구는 드물었다. 누가 정해준 것도 아닌데 아이들은 자석 옆 쇳가루처럼 자신과 비슷한 사회·문화·경제·가정환경을 지닌 친구들 쪽으로 모여들었다. 금호동의 나와 대치동의 최용준 사이의 거리는 N극과 S극만큼이나 멀었다. 우리가 다닌 고등학교는 마치 대학 같았다. 사복을 입었고, 남녀 합반에다가, 전공마다 다른 교실로 이동해서 수업을 들었다. 아이들의 마인드도 그랬다. 투박하고 거칠지만 끈끈한 무엇이 오가는 고등학생 느낌이 아니었다. 정제되고 젠틀했지만 개인적이고 차가웠다. 대학과 한 가지 다른 점이 있다면 모두가 공평하게 매일 야간 자율 학습을 했다는 것. 물론 그 자율 학습은 자율이 아니었고.

저녁 6시부터 밤 10시까지 진행되는 자율 학습 시간에도 쉬는 시간이 있었다. 50분 공부하고 10분 쉬는 식이었다. 넘치는 혈기를 주체하지 못한 몇몇은 쉬는 시간마다 농구공을 들고 나가 텅 빈 운동장에서 운동을 하고 오기도 했다. 운동에 별로 취미가 없던 나는 운동장 끄트머리에 있는 난간, 우리끼리는 전망대라고 부르던 장소에 가는 걸 좋아했다. 용마산을 뒤로하고 지어진 학교는 지대가 꽤 높아서, 전망대에 서면 서울 시내가 한눈에 내려다보였다. 낮의 빛이 사라지고 밤의 그림자가 드리워진 도시는 그 본래 모습이 어떻든 꽤 그럴듯해 보였다. 어둠 속에서 다닥다닥 모여 있는, 하늘보다 밝게 빛나는 인공적인 불빛들은 저마다 자신의 존재를 알리는 조난신호처럼 보였다. 나는 멍하니 서서 불빛 사이로 보이는 붉은 십자가의 개수를 세다가 쉬는 시간이 끝나는 종소리를 듣곤 했다.

전망대로 내려갈 때는 저녁 시간에 사놓은 캔 커피를 하나 들고 갔다. 야경을 내려다보며 뜨뜻미지근하고 달콤 쌉싸름한 커피를 마시는 일은 마치 어른이 된 것만 같은 착각을 주어 좋았다. 파란색 캔 커피에는 레쓰비라고 적혀 있었는데, 생각해보면 아무도 그다음 빈칸을 궁금해하지 않았다. 레츠 비. 우리는 뭐가 되고 싶었던 걸까. 무엇이 되고 싶었던들 아마 우리가 원한 대로 되지는 못했을 테지만.

네 소설 읽어봤어.

언젠가 깜짝 놀라 뒤를 돌아보았더니 피터가 서 있었다.

나는 뭐라고 답을 해야 할지 몰라 얼버무리듯 말했다.

왜 그랬어.

피터는 몇 걸음 더 앞으로 나와 내 옆에 섰다. 학교 외벽에 설치된 조명이 그의 얼굴 위에서 두 쪽으로 갈라졌다.

재밌던데.

얼굴이 달아올랐다. 중학교 때 쓴 소설을 인쇄해 와서 짝에게 보여준 적이 있는데, 아마 그걸 본 것 같았다. 로봇에 의해 점령된 지구에서 인간들이 반란을 일으키는 이야기였다. 아이들이 돌려 읽는다는 걸 알면서도 애써 모른 척했던 지난날의 내가, 그 작은 우쭐함이 부끄러웠다. 진작 돌려받았어야 했는데. 애초에 왜 그런 걸 가지고 와서.

난 한 번도 그런 걸 써보겠다는 생각을 해본 적이 없어서. 신기해.

내가 아무 말이 없자 피터가 말했다. 우리는 말없이 잠시 서울의 밤을 내려다보다가, 종이 울리자 교실 쪽으로 걷기 시작했다.

나중에 또 보여줘.

교실로 들어가기 직전에 피터가 말했다. 나는 계속 소설을 썼지만 그날 이후로는 절대로 학교에 가져가지 않았다.

4

리버 로드를 따라 내려가던 차가 좌회전 신호 앞에 멈췄
다. 비 때문에 흐릿한 창밖으로 얼핏 '럭셔리 콘도미니엄'
이라고 적힌 간판이 보였다. 노란색 차단기가 올라가고 아
파트 지하 주차장으로 들어서자 노이즈 캔슬링 헤드폰을 낀
것처럼 비바람 소리가 작아졌다. 빗물이 침입하지 못한 주
차장은 아늑하고 평온했다.

"배고프지?"

피터는 차에서 내리며 말했다. 나는 방금 저녁을 먹었다
고 답하려다가 말았다. 이상하게 허기가 졌다. 따뜻한 노란
색 조명이 달린 엘리베이터 내부는 고풍스러운 나무 장식으
로 꾸며져 있었다. 피터는 20층 위에 P라고 적힌 버튼을 눌
렀다. 내 옷과 신발에서 비 비린내가 나는 것 같아 자꾸 움
츠러들었다.

"우리 왔어."

문을 열고 들어서는 피터를 따라 나도 집 안으로 들어갔
다. 엘리베이터에 적힌 P는 펜트하우스를 말하는 거였구나.
뒤늦은 깨달음에 혼자 속으로 무안해하고 있는데 피터의 아
내가 나타났다. 지난번 만났을 때보다는 편안한 차림새였지
만 이번에도 역시 이 세상 사람이 아닌 것 같은 느낌은 별반

다르지 않았다.

"어서 오세요. 외투는 저 주시고요."

나는 아 네, 네, 하면서 어색하게 빗방울 묻은 점퍼를 벗어 건넸다. 서둘러 팔을 빼다가 어깨 근육이 놀랐는지 통증이 느껴졌다. 거실에서는 방금 세탁한 침구 같은 냄새가 났다. 잠시 사라졌던 피터가 금세 반팔에 반바지 차림으로 나타나서 말했다.

"손 씻고 잠깐 소파에 앉아 있어. 먹을 것 좀 만들어줄게."

"나 사실 아까 저녁을……."

"알았어, 조금만 먹어. 오늘 밤은 아주 길 거니까."

나중에야 알게 되었지만 피터의 말은 사실이 되었다. 사람들은 참 신기하다. 우리의 무의식은 뭔가를 알고 있는 것만 같다. 아니, 어쩌면 모든 것을 알고 있는지도 모른다. 난파선 위에서 먼저 뛰어내리는 건 쥐뿐만이 아니다. 우리도 우리의 미래를 안다. 그저 모종의 이유로 망각하고 있는 척할 뿐. 우리가 하는 말은 결국 자기실현적 예언이거나 결과를 이미 알고 치는 점괘로 판명된다. 하지만 그때 나는 아직 아무것도 알지 못했으므로…….

소파에 앉아 텔레비전에서 계속 흘러나오고 있는 뉴스를 봤다. 헬멧을 쓴 기자가 바로 아래 허드슨강 변 어딘가에서 리포트를 하고 있었다. 빗물이 기자의 얼굴 위에서 번들거리며 흘러내렸다. 강한 바람 때문에 가만히 서 있기조차 어려운지 그는 말하면서 조금씩 뒷걸음질을 쳤다. 멀찍이 1인 소파에 앉아 있던 피터의 아내가 조용하게 물었다.

"마실 것 좀 가져다 드릴까요?"

원래 필요 없다고 말할 생각이었는데, 그녀와 눈이 마주치자 나는 다른 말을 해버렸다.

"따뜻한 물이요."

얼마 후 미지근한 물을 마시며 뉴스를 보던 나를 부엌 쪽에서 피터가 불렀다. 나는 어색하게 물잔을 들고 식탁에 앉았다. 테이블 가운데의 커다란 접시 위에 배가 갈린 랍스터 세 마리가 놓여 있었다. 희미한 김과 함께 고소하고 향긋한 냄새가 올라왔다.

"마침 엊그제 홀푸드에서 랍스터 사놓은 게 있어서. 먹어봐."

피터는 파란색 요리용 장갑을 벗으며 내 앞에 마주 앉았다. 그가 먼저 랍스터를 하나 자기 앞접시로 옮겨 가더니 거침없이 잘라 입에 넣었다. 어느새 내 왼쪽에 앉은 피터의 아내도 랍스터를 가져갔다. 나는 으흠, 하는 피터의 콧소리를 들으며 내 몫의 마지막 랍스터를 옮겨 담았다.

"요리까지 잘하는 줄은 몰랐네."

내 말에 피터는 나와 내 접시를 쳐다보더니 웃었다.

"아직 먹어보지도 않고?"

"이 정도면 안 먹어봐도 알지."

나도 따라 웃으며 랍스터를 잘라 입에 넣었다. 예상대로 비주얼을 배반하지 않는 맛이었다. 부드럽고 짭조름하면서도 고소한 맛. 이 맛을 어떻게 표현할 수 있을까 생각하다가 그의 손목을 봤다.

롤렉스였다.

엉뚱하게도 순간 나는 오래전 학교 운동장에서 겪었던 일을 떠올렸고, 그제야 피터가 롤렉스를 한 번도 잃어버리지 않았다는 것을 깨달았다. 잃어버린다는 건 다시 찾을 수 없다는 뜻이다. 다시 찾을 수 있다는 건 잃어버려도 괜찮다는 뜻이다. 어떤 사람들에겐 잃어버려도 잃어버리지 않을 방법이 있고, 그게 무엇이든 도무지 잃어버릴 수 없는 사람들도 있다. 그가 롤렉스를 잃어버렸다는 것은 나의 착각에 불과했다.

"와인 한잔할래?"

피터가 말했고 나는 고개를 끄덕였다. 남은 랍스터를 씹을 때마다 입안에서 풍미가 진한 버터 향이 파도처럼 철썩였는데, 나는 그 맛을 어떻게 표현해야 할지 알게 되었다. 그건 불편한 맛이었다.

비슷한 불편함을 느낀 적이 있다.

피터가 뉴욕에 있는 로스쿨로 유학을 떠나기 전, 그러니까 이십대 중반에 둘이 여행을 갔을 때였다. 왜 둘이서만 여행을 갔는지는 아직도 미스터리다. 우리의 과거란 대체로 개연성이 엉망인 소설 같아서, 돌아보면 이해할 수 없는 일이 허다하다. 굳이 서사를 만들어보자면 우리가 같은 대학교에 다녔기 때문이 아닐까. 길 가다 우연히 만나서 방학 계획을 이야기하다가, 아니면 학교 식당에서 노닥거리다가, 혹은 서넛이 가려던 여행에 결원이 생겨서 그랬을지 모른다. 물론 실제로는 아무 계기가 없었을 수 있고 그것이야말로 가장 유력한 가설이다.

일본을 여행지로 하는 데는 흔쾌히 합의가 이뤄졌다(고 나는 기억한다). 도시를 고르는 데는 다른 이유로 의견이 일치했다. 교토. 그는 역사와 유적에 관심이 많았고, 나는 문학 쪽이었다. 피터는 금각사에 가보고 싶다고 했다. 이유는 달랐지만 나도 그랬다. 여행 내내 미시마 유키오의 《금각사》를 읽겠다는 야심 찬 계획을 세우고 책도 샀다. 우리는 아주 짧은 준비 기간을 거쳐 여행을 떠났다. 그에게는 수십 번째, 나에게는 첫 해외여행이었다. 사실 내가 정말로 가보고 싶었던 곳은 윤동주가 공부했다는 도시샤대学이었다. 청년 윤동주가 자신의 가장 빛나는, 그러나 가장 어둡다고 느꼈을 시절을 보냈던 곳. 거기 있는 윤동주 시비가 내 진짜 목적지였다. 하지만 나는 여행 마지막 날까지도 도시샤대학 이야기를 꺼내지 못했다. 우리는 금각사, 은각사, 청수사를 돌아다니느라 바빴고 중간에는 기차를 타고 고베와 나라에 다녀오기도 했다. 고베에서는 바다를 보고 나라에서는 사슴을 봤지만 정작 내가 보고 싶은 건 다른 거였다.

돌아가는 날에는 아침부터 비가 왔다. 귀국행 비행기 시간은 저녁이었으므로 오전에 한 군데 정도 둘러볼 여유가 있었다. 망설이던 나는 윤동주와 도시샤대학 이야기를 꺼냈고 침대에 반쯤 누워 있던 피터는 예상대로 썩 반기지 않았다.

좀 쉬는 게 좋을 것 같은데. 비도 오고.

나도 알았다. 하지만 피터가 원했던 곳 중심으로 돌아다닌 이번 여행에서 내가 소외되었다는 느낌이 들자 갑자기 분이 차올랐다. 한 군데 정도는 내가 가고 싶은 곳에 갈 수도 있는 거지. 그래야 공평하지 않아?

그럼 나 혼자라도 다녀올게.

공평하지 않다고는 말하지 못했다. 그게 내가 말할 수 있는 최대한이었다. 그러자 피터는 잠시 창밖을 바라보다가 몸을 일으켰다.

같이 가.

우리는 숙소에서 나와 버스를 타고 도시샤대학으로 향했
다. 문제는 버스에서 내려 걷는 동안에 생겼다. 여행 가방 안
에는 여행 내내 내가 꺼내지 않은 물건이 두 개 있었는데,
하나는 《금각사》였고 또 하나는 토즈 샌들이었다. 책은 피
곤해서 읽을 엄두가 나지 않았고 샌들은 내가 가진 유일한
명품이었기 때문에 신기가 주저됐다. 여행을 떠나기 전, 내
가 피터와의 동행을 염려하자 당시 사귀던 여자 친구는 백
화점에 가서 명품 신발을 하나 사주겠다고 했다. 처음 보는
브랜드 매장에 들어가 이것저것 나에게 신겨보던 여자 친
구는 작은 목소리로 여기가 티는 안 나지만 아는 사람만 아
는, 진짜 명품이라고 말했다. 신발들은 다 멋지고 근사해 보
였지만 가격은 언제나 내가 예상했던 것보다 0이 하나 더
붙어 있었다. 나는 구두나 운동화를 사주겠다는 여자 친구
의 제안을 끝내 거절하고, 여행 경비가 빠진 내 통장 잔고로
살 수 있는 유일한 신발이었던 샌들을 샀다. 사이즈가 한 치
수 컸지만 남은 물건은 그것뿐이었다. 엑스 자로 발등을 감
싸는 로마 군인 같은 샌들이었고 가격은 39만 원이었다. 그
걸 사서 집에 갔을 때 엄마는 박스와 더스트 백을 보고 무슨
'쓰레빠'가 이렇게 포장이 요란하냐고 했고, 내가 가격을 이
야기하자 기가 차다는 듯 샌들에 발을 꿰어보며 말했다. 야,

3만 9천 원이라고 해도 못 믿겠다. 나는 명품의 가치를 알아보지 못하고 그런 말을 거침없이 하는 엄마가 부끄러웠다.

그날 교토에서 나는 토즈 샌들을 꺼내 신었다. 마지막 날이었고, 비가 오고 있었으니까. 그리고 오늘의 목적지는 내가 정했으니까.

하지만 도시샤대학 쪽으로 걷기 시작했을 때부터 샌들 속 발은 들이치는 빗물 때문에 자꾸 미끄러졌다. 평범한 나이키 운동화를 신고 있던 피터는 앞서서 빠르게 걸어갔다. 애를 쓰면 쓸수록 피터와 나 사이의 거리는 점점 멀어졌고, 억지로 끼워 움직이던 발은 점점 아파왔다. 대학 정문을 지날 때쯤 멈춰 살펴보니 엑스 자로 마감된 발등 부분이 까져 피가 나고 있었다.

이거 맞아?

윤동주 시비 앞에 먼저 도착해 있던 피터는 흥미롭다는 듯 비석을 내려다보며 말했다. 시비 앞에는 누가 먼저 다녀갔는지 소주와 소주잔, 몇 개의 꽃다발이 놓여 있었다. 비에 젖어 번진 편지와 펜도 있었다. 여행의 무수한 목적지가 그렇듯 막상 도착해보니 별다른 감흥이 없었다. 죽는 날까지 하늘을 우러러 한 점 부끄럼이 없기를 잎새에 이는 바람에도 나는 괴로워했다…… 억지로 시비를 읽는 척했지만 실은 옆에 코팅해서 붙여둔 한글 안내 문구가 눈에 더 들어왔다.

먹을 것 놓고 가지 마시오.

잠시 후 피터가 마지막 점심 식사 장소로 정해놓은 시내의 100년 된 유도후집으로 발길을 옮기려는데, 피터가 반대쪽을 가리켰다.

여기 또 뭐가 있네?

윤동주 시비 맞은편에 거의 비슷하게 생긴 시비가 하나더 있었다. 가서 보니 그건 정지용의 시비였고 거기엔 비석말고 아무것도 없었다.

6

피터가 와인을 가지고 왔다. 피터의 아내가 텔레비전을 끄고 클래식을 틀었다. 피터가 와인병을 보여주었지만 내가 해독할 수 있는 언어는 많지 않았다. 좋은 거겠지. 내 말에 피터가 웃으며 차례로 잔을 채웠다. 잔을 받아 들자 옅은 피 같기도 하고 보라색 벨벳 같기도 한 액체 위로 나무에 문지른 버터 같은 향이 올라왔다. 병을 내려놓고 피터가 말했다.

"뭘 위해야 하나?"

피터의 아내가 답했다.

"오늘 밤?"

"그래."

"오늘 밤을 위해."

잔이 부딪히자 맑은 종소리가 났다.

그리고 그때 불이 나갔다.

7

불 꺼진 펜트하우스에서는 밖이 더 잘 내려다보였다. 정전은 뉴저지 지역만인지 강 건너 맨해튼은 폭우 속에서도 불길에 휩싸인 것처럼 여전히 빛나고 있었다. 우리는 아무 일 없다는 듯 어둠 속에서 대화를 나눴다. 허리케인의 진로, 미국 대선과 한국 정치, 테니스와 야구, 근황을 알고 있거나 소식이 끊긴 동창들에 관해. 그사이 피터의 아내가 어디선가 캠핑용 랜턴을 가지고 와서 거실에 두었다. 노란색 불빛이 모닥불처럼 일렁이자 분위기가 더 그럴듯해졌다.

"오늘은 어쩔 수 없이 일찍 자야겠다."

와인잔이 다 비워졌을 때 피터는 손전등을 하나 켜더니 손님방으로 나를 안내했다. 바깥에서 들어오는 희미한 빛 속에 보이는 넓은 방에는 호텔처럼 잘 정리된 침구가 준비되어 있었다. 인사를 나누고 피터가 문을 닫은 뒤, 나는 옷을 갈아입고 누웠다. 몸은 피곤했지만 잠이 오지 않았다. 거실에서 두런두런 말소리가 들렸다.

우리 정도면 괜찮은 거야.

언젠가 정전이 되었을 때 아빠는 말했다. 그건 아빠의 말버릇이기도 했다. 괜찮지 않을 때도 아빠는 늘 그렇게 말했다.

고등학교 때 우리 집은 산꼭대기에 있었다. 사람들이 우리 동네 주변을 일컬어 달동네라고 한다는 건 나중에야 알았다. 텔레비전에서 재연 프로그램을 보는데, 가장의 사업 실패로 폭삭 망한 집이 이사하는 장면에서 화면 아래 자막이 떴다. 서울 금호동. 우리 집은 동네에서 가장 잘살았지만 학교 아이들 중에서는 가장 못살았다.

리바이스 청바지를 사달라고 엄마를 졸랐던 적이 있다. 교복을 입지 않을 때라 매일 다른 옷을 입고 학교에 가야 하는 게 싫었다. 내가 가진 옷들이 메이커 옷이 아닌 것도 싫었다. 청바지는 티가 덜 날 것 같았다. 리바이스 정도면 쪽팔리지는 않겠다 생각했다. 그러나 엄마는 내 요청을 단칼에 거절했고 그때부터 나는 식사를 거부하기 시작했다. 잠긴 방문을 두드리며 엄마는 우리 집이 망하면 그건 네가 옷을 사 재껴서일 거라고 말했다. 일주일 후 엄마는 결국 리바이스를 사주었고 나는 그걸 입고 학교에도 가고 교회에도 가고 목욕탕도 가고 농구도 하고 잠도 잤다. 학교에서는 티도 나지 않았지만 동네에서는 잘난 척한다고 욕을 먹었다. 동네 친구들은 우리 집에 단독 화장실이 있는 걸 부러워했지만 나는 학교 친구들의 대궐 같은 집과 비싼 물건들을 부러워했다. 서로 다른 두 개의 현실이 지닌 불균형 속에서 오락가락 괴로워하는 나에게 아빠는 말했다. 사람이 아래를 보고 살아야지, 위를 보면 끝도 없다. 우리 정도면 괜찮은 거야.

야간 자율 학습이 끝나면 대다수 아이들은 스쿨버스를 타러 갔다. 학생이 많이 거주하는 지역을 따라 노선과 차 번호가 정해졌는데, 우리 집 쪽으로 가는 스쿨버스는 없었다. 나는 산 위에 있는 학교에서 내려와 대로변의 차고지 옆에서 집 근처로 가는 시내버스를 기다렸다. 배차 간격이 뜸해진 버스를 기다리다 보면 1호부터 15호까지 스쿨버스가 한 대씩 지나갔다.

나는 좋아하는 여자애가 타던 7호 차를 일부러 기다리곤 했다. 간혹 정류장에서 문을 열어도 타지 않는 나를 보고 시내버스 아저씨는 욕을 뱉기도 했다. 스쿨버스 실내등 아래, 혹시라도 내가 서 있는 쪽 창가에 앉아 있을지 모르는 그 애를 기다리는 일은 지루하게 반복되는 하루의 유일한 희망이자 위로였다. 눈이 마주친다 해도 겨우 1, 2초에 불과할 그 시간을 위해 나는 매일 밤 몇백 배의 시간을 걸었다.

비 오던 밤, 이상하게 7호 차가 오지 않아 평소보다 오래 기다렸던 날이었다. 서너 대의 시내버스를 보내고 이제 차고지에 남은 버스가 단 한 대뿐이라는 걸 알게 되었을 때 나는 조금 두려웠다. 막차를 놓치면 집에 어떻게 가야 할지 상상조차 할 수 없었다. 마지막 버스가 내 앞에 올 때까지 7호차는 오지 않았고 나는 어쩔 수 없이 시내버스에 올랐다. 그때 멀리서 7호 차가 속력을 내며 오기 시작했는데, 두 버스가 스치듯 지나칠 때 나는 그 아이 옆자리에 피터가 앉아 있는 것을 보았다. 그날 밤 나는 우리 가족의 이사 계획에 관해 물었고 지친 표정의 아빠는 고개를 저으며 말했다. 우리 동네 정도면 괜찮은 거야.

대학 시절 엘리베이터에서 피터를 만난 적이 있다. 영문과였던 내가 '법과 문학' 수업을 들으러 법대 강의동에 갔다가 법대를 다니고 있던 그와 마주친 것이다. 친구들과 농담을 주고받으며 낄낄거리는 그와 인사를 하고 가만히 서있다가 1층에서 내리려는데, 그가 손목을 잡으며 내가 차고 있는 시계를 가리켰다. 부모님이 생애 첫 미국 여행을 갔다가 아웃렛에서 120달러에 사 온 코치의 쿼츠 시계였다.

"야, 어떻게 학생이 명품을 차고 다니냐."

그는 내 어깨를 한 번 툭 치고 씩 웃으며 친구들과 강의실 쪽으로 사라졌다. 그때도 나는 아빠의 말을 떠올렸던 것 같다. 우리 정도면 괜찮은 거야.

누워 있던 나는 발끝에 힘을 주어보았다. 많이 걸은 것도 아닌데 허벅지가 뻐근했다. 밖에서 희미하게 아이 울음소리 같은 것이 들렸다. 흐느끼는 소리 같기도 하고, 아파하는 소리 같기도 한 어떤 소리가.

8

나는 조심스럽게 일어나 문을 열었다. 거실은 여전히 어둠 속에 잠겨 있었다. 소리는 피터 부부가 자고 있는 마스터 베드룸 쪽에서 나는 듯했다. 그쪽을 향해 다가가다가 문을 서너 걸음 앞에 두고 가만히 멈춰 섰다. 울음소리. 한숨 소리. 낮게 투덕거리는 소리. 문이 닫히는 소리. 신음 소리. 문 긁는 소리. 짧은 비명. 날카로운 소리가 차례로 들렸다. 나는 다음 소리를 남김없이 채집하려는 사람처럼 모든 감각을 귀에 집중한 채 한동안 그 자리를 지켰다. 수많은 상상과 가능성과 비밀이 머리를 스쳐 갔지만 그중에서도 가장 두려운 장면은 내가 걸어가 그 문을 열어버리는 것이었다.

마침내 더 이상 아무 소리가 들리지 않게 되었을 때, 나는 방으로 돌아왔다. 발소리가 나지 않도록 물 위를 걷듯 거실을 걸었다. 문을 닫고 침대에 눕자 마치 온몸이 물에 잠긴 것 같았다.

9

다음 날 눈을 떠보니 빛이 환하게 쏟아져 들어오고 있었
다. 밤사이 날이 갠 모양이었다. 거실로 나가자 텔레비전이
켜져 있고 부엌에서 피터의 아내가 인사를 했다. 어제 봤던
리포터가 퀭한 눈으로 허리케인이 북대서양으로 완전히 빠
져나갔다고 반복해서 말했다. 어디선가 규칙적으로 떵, 떵,
하는 소리가 났다.

"마실 것 좀 드릴까요?"

"좋죠."

내가 말했다.

사과주스가 담긴 유리잔을 받아 들고 피터는요? 하고 묻
자 그녀가 창 쪽을 가리켰다. 통유리로 다가가 아래를 내려
다보니 피터가 초록색 테니스 코트에서 혼자 서브 연습을
하고 있었다. 밤새 비바람이 몰아쳤는데도 코트는 전혀 젖
지 않은 것 같았다. 머리부터 발끝까지 하얗게 차려입은 그
는 윔블던 대회 참가자처럼 보였다. 나는 사과주스를 천천
히 홀짝이며 피터 옆의 볼 카트가 천천히 비어가는 모습을
지켜보았다. 인기척에 옆을 돌아보자 피터의 아내가 다가와
같이 아래를 내려다보고 있었다.

"좋은 사람이죠, 피터는?"

내가 말했다.

"좋은 사람이죠."

그녀가 잠시 쉬었다가 덧붙였다.

"나빠질 기회를 얻지 못했던 사람이기도 하고요."

그녀는 웃으며 말했다. 나는 어제 무슨 일이 있었던 거냐고 묻는 상상을 했다. 아이 우는 소리와 흐느끼는 소리의 정체에 관해. 완벽해 보이는 피터와 당신 뒤에 존재할 비밀과 그림자에 관해. 우리가 모두 어쩔 수 없이, 그러나 공평하게 빠져 있는 시궁창에 관해. 그러다 검은색 줄무늬고양이 한 마리가 피터의 방 쪽에서 걸어 나오는 것을 발견했다. 피터의 아내가 말했다.

"환한 빛을 좋아하는 아인데 어제 아주 무서웠나 봐요. 밤에 시끄럽지 않으셨어요?"

나는 고개를 저었다. 피터가 요란한 소리를 내며 집 안으로 들어왔다.

점심으로는 피터의 아내가 만들어준 샌드위치를 먹었다. 세서미 베이글 사이에 BLT를 넣은 샌드위치였다. 베이컨 향이 너무 세서 조금 거슬렸지만 전체적으로는 먹을 만했다. 우리는 악수에 이어 가벼운 포옹을 하고 헤어졌다. 그가 집까지 데려다준다고 했지만 나는 어제 먹었던 랍스터가 너무 맛있어서 바로 옆 홀푸드에 들렀다가 버스를 타고 가겠노라고 말했다. 거짓말을 하려던 건 아니었는데 피터의 집을 나서자 거짓말처럼 랍스터를 먹고 싶은 마음이 사라졌고 그래서 그냥 버스를 탔다. 집에 돌아와 여전히 젖어 있는 카펫을 보니 비로소 현실로 돌아온 기분이 들었다. 나는 신발을 신은 채 그 위에 서서 집주인에게 전화를 걸었다.

10

며칠 후 침수 카펫을 청소하기 위해 한 무리의 인부들이 들이닥쳤다. 백인, 흑인, 황인이 골고루 섞인 청소 업체 사내들은 파란색 비닐봉지로 신발을 감싸고 청소기처럼 생긴 커다란 기계를 돌려 물기를 제거했다. 덕분에 나는 더 이상 위층에서만 생활할 필요가 없어졌고 다시 신발을 벗은 채 집에서 알리오올리오를 만들어 먹을 수 있었다. 그날 이후 피터에게서 전화가 몇 번 더 왔지만 나는 받지 않았다.

학교를 졸업하고 취업이 좌절되어 한국으로 급하게 귀국할 때까지 나는 피터 부부를 다시 만나지 못했다.

11

오늘 피터를 생각하게 된 건 뉴스 때문이었다.

소설에 참고할 자료를 찾다가 미주 한인 신문 사이트에서 단신으로 처리된 작은 헤드라인을 봤는데, 피터 초이라는 이름의 변호사가 60억 원대 사기 혐의로 구속되었다는 소식이었다. 기사를 눌러 살펴보니 사진은 없었고 사건 정황상 그건 내가 아는 피터가 아니었다. 구글링으로 몇 개의 키워드를 넣어 피터 초이의 얼굴을 찾아보았지만 나오지 않았다. 아니, 정확히는 너무 많은 피터 초이의 얼굴이 나와 누가 누군지 분간할 수가 없었다.

오랫동안 들어가지 않았던 페이스북에 비밀번호까지 재설정하면서 들어가 피터 초이를 찾았다. 낯익은 동창 이름들을 클릭해 거기서 피터 초이의 흔적을 발견해보려고 했지만 역시 실패였다. 나는 인스타그램으로 옮겨 피터 초이의 이름을 다양한 방식으로 조합해 검색어에 넣어보았으나 그의 얼굴은 끝내 나타나지 않았다.

마감 기한을 보름 넘긴 소설을 새벽까지 붙들고 있다가 나는 편집자에게 정중한, 그러나 템플릿 형태로 늘 가지고 있는 사과 이메일을 보낸 뒤 노트북을 덮었다. 아내와 두 딸이 잠들어 있는 안방에 들어가 하던 대로 습도와 온도를 체크하고, 이불을 걷어찬 첫째와 배를 내밀고 있는 둘째의 잠자리를 정리했다. 그리고 내 방으로 돌아와 삼단으로 펴지는 접이식 매트리스를 깔고 누워 뒤척이다가……

일어나 서랍을 열고 안쪽 깊숙이 들어 있는 피터의 롤렉스를 꺼낸다. 아니, 이제는 내 롤렉스라고 하는 편이 더 옳을 것이다. 어느덧 시계는 나와 함께 보낸 시간이 더 길고, 피터에게는 언제나 새로운 롤렉스가 함께할 것이므로.

시계를 차고 다시 자리에 눕는다. 묵직하고 서늘한 시계의 감촉이 손목에서 온몸으로 퍼져나간다. 피터는 아직도 내가 쓴 소설이 궁금할까. 나는 이미 그 대답을 알고 있다. ■

제18회 김유정문학상 수상 후보작

박지영

장례 세일

박지영

2010년 조선일보 신춘문예에 단편소설 〈청소기로 지구를 구하는 법〉이 당선되며 작품 활동을 시작했다. 장편소설 《지나치게 사적인 그의 월요일》《고독사 워크숍》, 소설집 《이달의 이웃비》《테레사의 오리무중》이 있다. 2013년 조선일보 판타지문학상을 수상했다.

1

독고 씨의 묘비명을 생각하면 현수에게는 떠오르는 사자
성어가 하나 있었다. 토사구팽. 그러나 그 말을 새길 기회는
쉬이 오지 않을 거였다. 묫자리도 없이 묘비만 세울 수는 없
을 테니까. 어쨌거나 그것은 차차 생각해볼 일이었고, 그러
자면 선행되어야 할 것이 있었다. 독고 씨의 죽음이었다.

요즘 현수에게는 한 가지 진실된 기도 주제가 있었는데,
아버지 독고 씨가 장례 세일 기간 중에 운명하는 것이었다.
현수가 22개월의 계약직으로 들어와 1년 8개월간 3교대 경
비원으로 근무해온 병원의 장례식장은 계약직의 경우 30퍼
센트의 직계가족 할인이 적용되었다. 이왕이면 그 혜택을
누리고 계약을 만료하고 싶은 게 현수의 지나친 이기심이나

불효는 아닐 터였다. 코로나로 인해 요양병원의 면회가 전면 금지되었던 시기에도 이미 두 번의 임종 면회를 가진 적이 있었다. 곧 돌아가실지 모른다는 연락에 근무를 하다 말고 달려가 금세라도 숨이 넘어갈 듯한 독고 씨를 보고 왔는데, 그 후 독고 씨는 (어쩌자고) 다시 회복되기를 반복했다. 회복되었다고 해서 가족들의 얼굴을 알아보거나 의식을 차릴 정도는 아니었고, 여전히 코에 꺼놓은 줄로 음식을 섭취하고 목에 뚫어놓은 구멍을 통해 숨을 쉬었지만, 심장이 갑자기 멎거나 숨이 꼴딱 넘어가지는 않을 정도로, 침대에 가만히 누워 밭은 숨을 쉬며 호흡하는 심장을 유지할 정도는 되었다는 이야기였다.

이건 연명 치료에 해당하는 것 아닌가? 그 부분에 대해서 의료진의 의견을 물었으나 판단은 전적으로 가족의 몫이었다. 독고 씨가 연명 치료 중단 의사를 밝힌 건 수년 전이었지만, 어디서부터 연명 치료로 볼 것인가에 대해서는 명확한 견해를 들은 바 없었고 가족 간에도 의견이 엇갈렸다. 결국 대외적으로 가족 된 도리에 어긋나 보이지 않을 정도를 가늠해 심폐 소생술은 하지 않는 좁은 의미의 연명 치료 중단으로 합의를 본 게 지금 독고 씨의 상황이었다.

저렇게 한 달, 두 달 더 사는 게 무슨 의미가 있나. 현수가 대단히 매정하거나 부모의 은혜도 모르는 불효막심한 자식

이라서가 아니라, 뭐 효자라고는 할 수 없지만 여하튼 사실
이 그렇지 않은가, 했다. 현수가 근무하는 그리 길지 않은 시
간 동안에도 친지상을 당한 병원의 관리팀 직원들이 세 명
이나 있었다. 한 명은 조부였고 한 명은 시부, 한 명은 모친
이었는데 모친상을 당한 약제실 보조원 경선의 경우에는 병
원의 장례식장을 할인된 가격으로 이용하는 혜택을 누렸을
뿐 아니라 1년 계약직에 직무 연관성도 없음에도 불구하고
새로 온 오지랖 넓은 관리팀장의 독려로 관리실 전 직원이
번갈아 조문을 갔다. 현수도 야간 근무를 끝낸 후 피곤한 몸
을 이끌고 조문을 가서 육개장을 먹었는데, 육개장과 그때
딸려 나온 삼색 냉채와 김치, 동그랑땡이 어찌나 맛있던지
인사를 하러 온 경선에게 맛있다는 말을 여러 번 했고, 그러
자 경선은 현수를 보며 동그랑땡이라도 좀 싸 갈래요? 하고
물었다. 현수가 가만히 있자 경선은 작게 한숨을 쉬더니 맛
있게 먹어주면 나야 고맙지, 하고는 일회용 그릇에 동그랑
땡을 담아 위생 지퍼백에 깔끔하게 넣어주었다. 현수는 동
그랑땡을 들고 돌아오며 조의금 3만 원은 너무했나 5만 원
은 할 걸 그랬나 생각했지만 시간을 되돌려도 자신은 3만
원 이상은 하지 않으리라는 걸 알고 있었다.

동그랑땡은 냉장고에 넣었다가 하루 지난 후에 데워 먹어
도 맛있어서 본 적 없는 경선의 모친에 대한 애도의 마음이

새록새록 샘솟았다. 이렇게 맛있는 음식을 제공하는 장례식장을 30퍼센트 할인된 가격으로 이용할 수 있는 기회가 쉽게 오는 건 아니었다. 게다가 계약 기간이 끝나고 새로운 일자리를 구하기 전에 상을 당하면, 빈소에 조문을 올 현수의 지인이라고는 지금은 그만둔 극단 '숲으로'의 단원들, 조의금 3만 원짜리 연극쟁이들 두어 명이 전부일 터였다. 조의금도 조의금인 데다 빈소가 너무 쓸쓸해 보이면 남들 보기 물색없을 터였고, 또 어머니 순정 씨나 동생 민영에게도 체면이 서지 않는 일일 게 분명했다. 독고 씨의 죽음이 할인 기간 안에 이루어지기를 바라는 현수의 생각을 독고 씨가 안다 한들 서운해할 일도 아니었다. 다 아버지 가시는 길 외롭지 않길 바라는 현수의 배려심에서 비롯된 소망일 뿐이었다.

인생은 타이밍이다. 죽음 역시 타이밍이 중요했다. 존엄사라는 건 그런 거였다. 스위스에서 2천만 원, 3천만 원씩 주고 하는 것도 존엄사긴 하겠지만, 그거야 돈 있는 사람들의 이야기고, 진짜 존엄사란 이런 거라고 생각했다. 남은 가족이 부담해야 할 장례 비용을 최소한, 30퍼센트 할인된 가격으로 이용할 수 있는 기간 안에 죽어주는 것. 조의금 낼 사람이 한 명이라도 더 있을 때 죽는 것. 살아서 뭐 대단한 영광이나 추억이라도 애써 만들 수 있다면 모르지만 그것도 아닐 바에야. 그것이 결국 독고 씨도 원하는 존엄사일 거라고 현수는 생각했다. 독고 씨는 그런 사람이니까. 평생을 그렇게 살아왔으니까. 그러자 다시 한번 토사구팽이라는 사자성어가 떠올랐다. 현수가 아는 사자성어라는 게 몇 개 되지 않아서 돌려막기 하느라 그런 것만은 아니고.

2

죽기 전에는 지난날들이 필름처럼 지나간다는데, 독고 씨에게는 그런 정신조차 없을 것 같아서 현수가 대신 회상해주기로 했다.

독고 씨의 지난 삶에는 현수에게 또렷하게 각인된 몇 가지 기억이 있었는데, 그중 하나가 토끼탕이었다. 현수가 초등학생일 때, 작은 제약회사의 영업사원으로 일하던 독고 씨가 직장 상사라는 남자 둘과 함께 귀가한 적이 있었다. 손에는 살아 있는 토끼가 들려 있었다. 털이 잿빛이고 코가 분홍색인 토끼였다. 첫 사냥인데 토끼를 산 채로 잡더라니까. 독 과장 그렇게 안 봤는데 아주 타고난 사냥꾼이야. 등산 조끼를 입은 덩치 큰 남자가 우렁우렁한 목소리로 독고 씨를 칭찬했다. 독고 씨는 칭찬을 들을수록 어쩐지 초조하고 괴로워 보였다. 그 모습이 현수의 눈에는 사과 상자에 든 토끼와 꼭 닮아 보였다. 토끼는 낯선 환경이 불안한지 귀를 쫑긋 세우고 웅크린 채 현수를 겁먹은 눈으로 쳐다보고 있었는데 작은 입을 끊임없이 오물거리는 게 배가 고파 보이기도 했다.

"당근하고 감자 좀 사와라."

어머니 순정 씨가 심부름을 시켰다. 토끼에게 주려는 거구나. 현수는 신이 나서 심부름을 갔다. 토끼는 진짜 당근을 좋아하나 봐. 그런데 토끼가 감자도 좋아하나? 고개를 갸웃거리며 가게에 가는 동안 현수는 토끼에게 붙여줄 이름을 생각했다. 뭐가 좋을까. 강아지나 고양이는 몰라도 토끼를 키우게 될 거라고는 생각해본 적이 없어서 어떤 이름을 붙여야 할지 알 수 없었다. 현수가 아는 한 반에서 토끼를 키우는 아이는 한 명도 없었다. 내일 학교에 가서 친구들에게 자랑할 생각을 하니 벌써 마음이 부풀어 올랐다. 일요일인데 같이 놀아주지도 않고 아침 일찍 나가버렸던 독고 씨에게 화가 났던 마음 같은 것도 다 잊을 수 있었다. 자신이 토끼라도 된 듯 깡충깡충 뛰면서 현수는 당근과 감자를 사가지고 집으로 돌아왔다. 그런데 토끼가 보이지 않았다.

"내 토끼는?"

"네 토끼라니?"

"나 주려고 가져온 거 아니야?"

순정 씨는 대답하지 않았다. 대신 말없이 감자 껍질을 벗기기 시작했다. 독고 씨에게 물어보고 싶었으나 보이지 않았고, 함께 온 남자 둘만 거실에 차려놓은 술상을 앞에 두고 앉아 벌써 얼큰하게 취해 있었다.

그때, 독고 씨가 욕실에서 커다란 냄비를 들고 나왔다. 순정 씨가 곰국을 끓일 때 쓰는 큰 냄비였다. 현수는 열린 문틈으로 욕실 안을 보았다. 욕실 바닥에는 채 씻겨나가지 않은 피와 조금 전까지 토끼의 몸에 붙어 있던 털들이 날리고 있었다.

현수가 아는 독고 씨는 순정 씨의 표현에 의하면 벌레 한 마리 죽이지 못하는 사람. 순정 씨에게 남자가 저렇게 얌전하고 배포가 없어서야, 그러니 맨날 이 모양 이 꼴로 살지, 하고 구박받으면 실없이 웃으며 현수의 옆구리를 괜히 쿡쿡 찌르면서 오늘은 아빠가 실컷 혼났으니 현수는 덜 혼나겠네, 하던 사람.

순정 씨는 아무렇지 않게 커다란 냄비를 받아 썰어놓은 감자와 당근, 양파를 넣고 불 위에 올렸다. 남자들은 그날의 성공적인 사냥에 대해 떠들기 시작했고 독고 씨는 그들의 잔이 빌 때마다 얼른 술을 따랐다. 상사라고 해도 한 명은 독고 씨보다 확연히 어려 보였는데 독고 씨가 꼬박꼬박 어른 대접을 하는 것이 어린 현수의 눈에도 우습게 느껴졌다. 같이 어린이대공원에 가기로 한 약속도 깨고 아침 일찍부터 나가더니. 그래도 선물로 토끼를 가져왔으니 용서해줄 생각이었는데 내 토끼를 기껏 저런 아저씨들의 술안주로. 그래도 싸다, 저런 대우를 받아도 싸다,라고 현수는 생각했다. 그날은 현수가 독고 씨의 삶이 '그래도 싼' 인생이라는 걸 처음 목격한 날이었다. 순정 씨 역시 웃는 얼굴로 옆에 앉아 마른오징어를 찢고 토끼탕을 덜어주며 그들이 기세등등하게 늘어놓는 사냥 성공담을 적절한 감탄사와 함께 경청했는데, 그 모습이 현수를 더 화나고 우울하게 했다. 그래도 싼 인생은 결코 혼자만 그래도 싼 인생으로 남는 게 아니었다. 가족들까지 도매금으로 넘겨버리는 거였다.

잠시 후, 현수는 화장실에 가려다 안에서 순정 씨가 구역질하는 소리를 들었다. 살짝 문을 열고 보니 순정 씨가 고무장갑을 끼고 욕실 바닥을 철 수세미로 박박 닦고 있었다. 바닥 타일 틈새에는 아직도 피가 묻어 있었는데, 그 위에 락스를 뿌리던 순정 씨가 현수가 문밖에 서 있는 것을 발견하고는 황급히 문을 닫았다. 그리고 달칵, 안에서 문을 잠그는 소리가 들렸다.

취한 남자들은 자정이 넘어서야 일어섰다. 순정 씨의 부름에 현수는 자다 말고 현관으로 달려가 그들에게 허리를 굽혀 인사했고, 등산 조끼가 벌겋게 취한 얼굴로 현수의 머리를 쓰다듬으며 말했다.

"고 녀석, 말썽 많이 피우게 생겼네. 너 엄마 아빠 속 많이 썩이지?"

현수가 대답하기 전에 순정 씨가 웃으며 말했다.

"말도 마세요. 말도 엄청 안 들어요. 아주 혼내주세요."

그러자 등산 조끼가 지갑에서 만 원 한 장을 꺼내어 현수의 눈앞에 들이밀고 흔들며 말했다.

"그래요? 너네 아빠는 말 잘 듣는데 왜 그럴까. 너도 아빠 닮아 말 잘 듣는다고 약속하면 만 원."

현수가 입을 꾹 다문 채 대답하지 않자 등산 조끼가 말했다.

"약속 안 해? 자식 고집 있네. 그래도 꺼낸 거니까 받아라."

등산 조끼가 내민 돈을 현수가 선뜻 받지 않자 등산 조끼가 옆에 서 있던 독고 씨의 손에 만 원을 쥐여주며 말했다.

"싫음 말고. 봐라. 너네 아빠는 착하게 구니까 가만히 있어도 만 원을 벌잖니."

독고 씨가 사람 좋게 허허 웃으며 그 돈을 다시 등산 조끼에게 건네주었고, 등산 조끼가 (됐어, 애나 줘) 독고 씨의 손을 쳐내는 바람에 바닥에 떨어진 만 원은 순정 씨가 집어 웃으며 (현수야, 고맙습니다 해야) 현수의 주머니에 넣어주었다. 순정 씨와 독고 씨가 두 남자를 배웅하러 나간 사이 혼자 남은 현수는 어지럽혀진 거실의 술상 위에 놓인 냄비를 들여다보았다. 그 안에는 현수를 쳐다보던 토끼의 불안한 눈동자나 움찔거리는 코 같은 건 없었고, 먹다 남긴 고기 조각 두 개만 뻘건 기름과 함께 남아 있었다. 다 먹지도 못할 거면서 내 토끼를. 현수는 망설이다가 조각 하나를 집어 살짝 혀로 핥아보았다. 뜻밖에도 익숙한 맛이 났다. 순정 씨가 해주던 닭볶음탕 맛과 별로 다르지 않았다. 현수는 아주 천천히 뼈에 붙은 토끼의 살 조각을 뜯어먹기 시작했다. 이 맛을 무어라 표현할 수 있을까. 갸륵한 맛. 혹은 거룩한 맛. 남은 한 조각마저 남김없이 먹은 후, 현수는 주머니의 만 원을 꺼내어 독고 씨가 비상금을 숨겨두는 담배 케이스 안에 넣어두었다.

그때 어린 현수가 제게는 전 재산이었던 만 원, 처음으로 아버지 독고 씨의 '그래도 싼' 인생을 목격한 대가로 받은 돈을 에누리 없이 독고 씨의 비상을 위해 기부했다는 것, 그 마음으로 지금 독고 씨의 죽음을 함부로 에누리하려는 마음 같은 건 상쇄될 수 있다고 현수는 생각했다.

3

그래도 싼 죽음이라면.

경선이 추천해준 상품의 이름은 '클래식'이었다. 경선의 지인이 시작했다는 장례 토털 서비스 업체의 상품 아홉 개 중 아래에서 세 번째. 베이직과 스탠더드 다음으로 저렴한 상품이지만 이름이 클래식이라 그렇게 저렴한 느낌은 들지 않았다. 그 위로는 노블이니 프리미엄, 로열 같은 단어들이 붙어 있었는데 독고 씨는 살아생전에도—지금도 살아 있기는 하지만—프리미엄이나 로열 같은 단어가 붙은 상품은 이용해본 적 없는 사람이었으니, 이 정도면 넘치면 넘쳤지 모자라지는 않아 보였다. 아주 싸지도 않고 적당히 품위 유지는 하면서 그래도 싼 장례 상품. 문제는 장례업체의 입장에서는 그래도 싼 상품이 현수에게는 그래도 비싼 상품이라는 데 있었다. 현수가 아무래도 스탠더드로 해야 할까 봐, 하고 고민하자 경선이 이런 정보를 알려주었다.

"지금 계약하면 같은 비용으로 한 등급 업그레이드해주는 오픈 기념 이벤트 중이긴 한데, 그게 기간이 정해진 거라."

남은 행사 기간은 두 달. 그러니 두 달 안에 죽기만 하면 스탠더드 가격으로 클래식한 죽음을 누릴 수 있다는 이야기였다. 평생을 세일즈맨으로 살아온 독고 씨라면 자신의 죽음을 가지고 저비용 고품격,까지는 아니더라도 기본은 하는 클래식한 장례를 치를 수 있는 세일 찬스를 현수가 놓친다면 세일즈맨의 기본이 안 되었다고 안타까워할 게 분명했다. 싸게 사고 비싸게 판다. 결국 세일즈의 기본은 그게 전부라고 독고 씨는 말하곤 했다. 그렇게 잘 아는 것치고는, 본인의 인생은 비싸게 사서 싸게 팔아넘기는 식으로 마무리될 게 뻔했지만 말이다.

관건은 역시 타이밍이었다. 두 번째와 세 번째 임종 면회 사이에는 네 달이라는 간격이 있었다. 네 번째 임종 면회는 좀 더 빨리, 최소한 두 달 이내에 해프닝이 아닌 임종이라는 명칭에 부합하는 종결된 방식으로 성공적으로 이루어지길 바랄 뿐이었다.

현수가 친분이 없던 경선에게 장례 절차나 준비와 관련해 조언을 구하게 된 건 독고 씨의 세 번째 임종 면회를 끝낸 직후였다. 두 번째까지는 병원의 전화를 받자마자 헐레벌떡 달려갔지만 세 번째는 달랐다. 이미 두 번이나 근무 중간에 예정에 없던 조퇴와 반차를 쓴 터라 이번에도 별일 아닌데 괜히 팀장에게 밉보이게 될까 봐 조심스러웠다. 별일이 생길까 무서운 게 아니라 별일이 생기지 않을까 봐, 아무 일도 생기지 않아서 회사 사람들 보기에 겸연쩍어질까 봐 그게 무서웠다. 순정 씨가 반찬 가게 문을 닫고 집에 있는 민영을 데리고 먼저 요양병원으로 향했고, 현수는 일단 근무를 마치고 가기로 했다. 퇴근 후 현수가 병원에 가는 사이 다행히 (그럼 그렇지) 위급 상황은 지나갔다. 갑자기 악화되어 당장 내일 돌아가실지 두 달, 세 달 이대로 연명하실지는 지켜봐야 안다는 의사의 말을 들으며 현수는 이렇게 묻고 싶었다. 당장은 말고 세 달은 길고 두 달이 지나기 전, 그때가 딱 적당한데 어떻게 안 될까요. 그러나 당연히 아무 말도 하지 못하고 물러섰고, 그래도 남은 계약 기간 내에 돌아가실 확률은 확실히 높아졌다는 생각을 하며 장례 비용을 알아보기로 했다. 그렇게 해서 모친상을 치른 후 장례지도사를 준비 중이라는 경선의 도움을 구하게 된 거였다.

장례 준비를 시작하며 현수는 종종 장례식장에 들러 모르는 사람들의 장례 풍경을 살펴보기도 했다. 어떤 곳은 북적이고 어떤 곳은 한산했는데, 어떤 곳은 현수도 알 만한 이름들이 보낸 근조 화환들이 즐비해서 죽은 사람이 누구인지 궁금하게 만들기도 했다. 뭐 얼마나 대단한 죽음이기에. 위풍당당한 죽음과 의기소침한 죽음 사이에서 근조 화환 리본에 적힌 국회의원과 이사장과 대표와 사장 들의 이름을 보며 현수는 이게 다 진짜일까, 혹시 그냥 보여주기식으로 대충 붙인 이름은 아닐까 그런 의심을 품기도 했다. 그러나 그런 의심 또한 부러움과 선망의 감정에서 비롯된 것이었다.

흥행에 성공한 공연들, 관객이 몰려들고 커튼콜을 외치는 공연을 보며 느꼈던 그 진한 부러움, 자신은 결코 가질 수 없을 것 같은 그 흥성한 에너지와 찬란한 미래를 약속하는 한자리에 군집된 군중이 뿜어대는 추대의 기운들, 그런 흥행작들을 관객석 끝자리에서 보며 손톱만 물어뜯던 기억이 새삼 떠올랐다. 독고 씨에게는 이왕이면 흥하는, 파격가에 타임 세일하는 마트 수산물 코너처럼 사람들로 북적이는, 남들 보기에 쓸쓸하지 않은 장례를 치러주고 싶었다. 그것이 죽은 이보다는 산 사람의 욕심이고 허례허식이라는 건 알지만 현수는 가진 것도 없는 주제에 최소한의 허례허식을 포기하고 싶은 생각은 조금도 없었다. 결국 삶이란 보여지는 것이 전부였다. 무대 아래에서 보낸 시간보다 무대 위에서 보낸 짧은 시간, 그 시간을 얼마나 강렬하게 마무리하느냐가 전 생애의 흥행 여부를 결정하는 건지도 몰랐다.

그러나 이대로라면. 독고 씨의 장례식장은 매우 한산할 뿐 아니라 근조 화환도 거의 없을 게 분명했다. 너무 허전하면 제 돈으로 근조 화환을 주문해 리본만 달아놓아도 되긴 할 터였다. 장례식장에 온 조문객들이 애써 진위 여부를 따져 묻지는 않을 테니까 대충 한국문화예술연극위원회 구자성 대표니 공연문화연대 정만석 이사 같은 이름만 새겨두어도 그럴듯해 보일지 몰랐다. 그러나 그러자면 돈이 문제인데, 하고 생각하다 보니 이 많은 근조 화환들은 장례식이 끝나면 어떻게 되는지 궁금해졌다. 알아보니 싼값에 재활용하려고 화원에서 수거해가는 경우도 있고, 장례식장에서 자체적으로 폐기 처분하는 경우도 있다고 했다. 그제야 근조 화환이라고 해서 다 같은 게 아니라는 사실이 눈에 들어왔다. 어떤 화환은 이미 두어 번의 장례를 치르고 온 듯 시들시들했고 어떤 화환의 리본에는 재생하지 않은 화환이라는 글자가 당당히 표기되어 있었다. 미리 부탁만 잘해두면 남의 죽음을 애도하기 위해 쓰인 근조 화환을 싼값에 양도받아 리본 갈이만 해도 될 것 같았다. 어차피 한 번 쓰이고 버려질 애도라면 충분히 애도되지 못한 누군가의 죽음을 위해 재활용되는 게 더 의미 있는 거 아닌가, 그렇게 생각하고 싶었다. 재활용되는 애도라고 해서 뭐 그리 다르랴. 그러나 독고 씨가 받을 수 있는 애도란 결국 남의 죽음에 쓰이고 남은, 폐기 처분 직전의 애도일 뿐인지도 모른다 생각하니 조금 우울해지긴 했다. 그러나 현수는 그래도 싸다,라고 생각하기로 했다. 유산 한 푼 남겨주지 않고 사망보험 하나 들어두지 않은 독고 씨에게는 그 정도도 싸다고. 그래야만 괜한 죄의식에서 벗어날 수 있을 것 같았다. 중요한 건 이익을 남기는 거였다. 독고 씨가 평생을 몸담았던 세일즈의 윤리란 그런 거였다. 최대한 영업이익을 남기는 것. 그렇게 따지면 독고 씨는 얼마나 비윤리적인 세일즈맨이었는지.

애도에 가성비를 따진다고 해서 그게 뭐 불법도 아니고, 현수는 죄의식도 사치라고 생각했다. 죄의식은 가성비로 따져봐도 소장 가치 없는, 쓸데없는 감정의 낭비일 뿐이었다. 현수가 물건을 사거나 소비할 때 가장 중요하게 생각하는 건 어쩔 수 없이 가성비였다. 아버지 독고 씨의 죽음에 드는 비용의 결정에도 가성비를 가장 중요하게 고려하는 건 어찌 보면 현수의 입장에서는 당연한 일이었다. 그렇다고 그게 독고 씨의 생애에 대한 모독이거나 애도의 뜻을 빛바래게 하는 건 아니라고 생각했다. 그렇게 믿고자 했다. 그리고 그 믿음을 경선에게도 확인받고 싶어서 이렇게 물었다.

"어차피 장례 비용에 따라 죽음의 가치나 애도의 깊이가 달라지는 건 아니잖아요. 그렇죠?"

현수의 질문에 경선이 조금 머뭇거리더니 애매하게 웃으며 말했다.

"뭐 그렇긴 한데. 꼭 아니라고 하진 못하겠다. 조의금 액수 같은 것만 봐도 사실, 그렇잖아?"

경선이 자신이 낸 3만 원을 기억하고 말하는 것 같아서 현수는 괜히 물어봤구나 후회가 되었다. 역시 5만 원은 했어야 했나. 만약 경선에게 부탁할 일이 생길 줄 알았다면 그때 5만 원은 했을 수도 있었다. 경선을 통하면 할인을 받을 수 있다고 해서 장례 업체 소개를 부탁한 건데 쓸데없는 짓을 했나 싶기도 했다. 사실 경선은 이제 장례지도사가 될 거니까, 고객에게 돈으로 애도를 표현하는 것으로 고인에게 못다 한 마음의 빚을 갚고 죽음에 대한 존중을 보여달라고, 미안해하는 마음을 건드려 더 많은 비용을 지불하게 만들어야 하는 사람이니까 이렇게 반응하는 게 당연한지도 몰랐다. 괜히 그 말에 마음 상해 능력 이상으로 무리한 상품을 선택하거나 독고 씨의 죽음을 헐값에 처리하려 한 자신의 무정에 자책할 필요는 없었다. 그러나, 그러나 말이다.

시장에서 나물이나 티셔츠 하나를 사면서도 가격 흥정을 한답시고 터무니없이 깎으면 욕먹는 게 당연한 이치였다. 하나뿐인 아버지 독고 씨의 죽음에 드는 비용을 이런 식으로 후려치려는 것은 독고 씨의 삶마저 후려치는 불공정한 거래일 수도 있었다. 아무리 그것과 이것은 다르다고, 자신이 지불할 수 있는 능력보다 무리하는 것으로 자식 된 도리를 다했다고 홀가분해하려는 마음은 그저 생전 못다 한 효도에 대한 잘못된 정산 방식이라는 생각이 들면서도, 현수는 자신이 독고 씨의 죽음 값을 터무니없이 후려치고 있는지도 모른다는 의혹을 완전히 제거할 수는 없었다.

어쩌면 더 공정한 죽음 비용에 대한 고민이 필요한 건 아닐까?

그러자 며칠 전 퇴근을 하며 들른 순정 씨의 반찬 가게에서 순정 씨와 나눈 대화가 기억났다. 저녁 시간이 지나면 순정 씨는 오늘이 아니면 팔 수 없는 반찬들에 새로운 가격표를 붙이곤 했다. 7시에는 정가보다 10퍼센트 할인된 가격표가, 8시 이후에는 30퍼센트 할인된 가격표가 붙었다. 그날 만든 모든 반찬에는 똑같은 할인율이 적용되었는데, 현수가 보기에는 도통 융통성이 없어 보였다.

"이런 미역줄기 같은 거는 잘 팔리지도 않잖아. 그냥 반값 할인해서 팔아버려. 인기 있는 거, 이런 전이나 부침 종류는 똑같이 할인하면 다른 게 안 팔리니까 그냥 10퍼센트만 하고."

그러나 순정 씨는 현수의 제안에도 똑같은 할인율을 적용한 가격표를 붙일 뿐이었다. 융통성이 없기는 독고 씨와 똑같았다. 그러면서 한다는 말이, 그런 건 공정하지 않잖아, 했다. 현수는 어이가 없어서 웃음이 났다. 시금치나 콩나물이 무슨 공정을 안다고. 무슨 콩자반이 불공정하다고 엄마한테 시위라도 한대?

"아니 그러니까 맨날 미역줄기만 남아서 우리 집 반찬이 맨날 안 팔리는 미역줄기나 가지무침뿐인 거잖아."

현수가 툴툴대자 허리를 숙이고 새로운 가격표를 붙이던 순정 씨가 몸을 일으키더니 현수를 똑바로 보며 말했다.

"내가 만들어 내가 파는 건데 가격도 내 맘대로 못 붙이니?"

"아니 내 말은 그게 아니라."

"너도 알잖아, 현수야. 엄마가 평생 해본 게 시급 받는 일 밖에 더 있었니? 최저 시급보다 낮은 시급 받을 때도 내 능력이 그것밖에 안 되니까 어쩔 수 없다고 생각하면서, 남들이 가격표 붙여주는 대로 후려치면 후려치는 대로 그게 내 가격인가 보다, 그러고 다녔었다."

당황하는 현수를 보며 순정 씨가 들려준 이야기는 이런 거였다.

"어떤 때는 최저 시급보다 300원, 400원 더 준다고 해서 가면 딱 고만큼 더 일이 힘들더라. 어떤 곳은 최저 시급보다 덜 준다고 해서 일이라도 편하겠지, 하면 그것도 아니었어. 물론 운 좋을 때는 이 돈 받고 이렇게 편하게 일해도 되나 싶을 때도 있었는데, 당연히 그런 일은 다시는 주어지지 않더라. 그냥 어디선가는 같은 돈을 받으면서 이렇게 편한 일을 하는 사람도 있다는 것만 알게 되었고 말이야. 엄마가 하는 일이라는 게 다 그랬어. 마트고, 청소 업체고, 식당이고. 일을 하고 임금을 받으면서도 그게 내 시간, 내 노동에 대한 공정한 가격인지 그런 거는 생각할 틈도 없었어. 그냥 그렇게 정해진 걸 받아들이는 것뿐이었지. 물가가 오르면 또 오르는 대로, 이게 맞나 따지지도 못하고 불평하면서 그냥 미끼상품이나 할인된 상품들 사 먹고 쓰면서, 그렇게 살았다."

순정 씨가 원래 이렇게 말이 많은 사람이었나. 현수는 괜히 머쓱해져서 코다리강정에 새로 붙은 30퍼센트 할인된 가격표만 만지작거리며 중얼거렸다.

"엄마는 내가 뭐라 그랬다고."

순정 씨가 남은 할인 가격표를 마저 붙이며 덧붙였다.

"살면서 있잖니, 내 맘대로 결정할 수 있는 가격이란 게 하나도 없더라. 여기 반찬 가게에서 일하면서도, 현서 이모가 있을 때는 내 맘대로 할인 가격 하나 제대로 못 붙인 거 너도 알잖아. 너 현서 이모가 전에 일하던 급식실 폐암 산재 문제로 단체 소송 중이라 가게 안 나오는 건 알지? 자기 목숨값조차 그렇게 함부로 에누리당하고 자기 손으로 결정 못 하는 게 사람인데, 내가 유일하게 내 맘대로 가격 정할 수 있는 건 고작 내가 내 손으로 만든 반찬 몇 가지뿐인데, 그냥 이것만큼은 내가 생각하는 공정한 방식으로 가격표 붙이면 안 되는 거니? 나도 알아. 고작 이런 걸로 세상의 가치들이 공정한 가격으로 거래되는 건 아니지만, 최소한 내가 만든 건, 내가 생각하는 공정한 가격 정도는 지켜주고 싶다고. 그러니까, 그냥 좀 놔두면 안 될까?"

물론, 그때 순정 씨가 이렇게 무슨 연극 대사처럼 기다렸다는 듯이 조목조목 말을 한 건 아니었고, 이것은 나중에 현수가 독고 씨의 죽음 비용을 계산해보며 참고하려고 순정 씨의 하소연에 가까운 말들을 정리해 기록해둔 거긴 하지

만, 어쨌거나 그날 순정 씨의 요점은 이런 거였다. 토 달지
마. 내 반찬 가격은 내가 결정한다.

순정 씨의 기세에 현수는 대꾸할 말이 없었다. 뭐 엄마가
그렇다면 그런 거겠지. 그래도 미역줄기와 잘 팔리는 소시
지부침에 똑같이 30퍼센트 할인율을 적용하는 게 꼭 공정
한 것인가 하는 의문은 여전히 남았지만, 그래 그게 엄마가
생각하는 공정한 가격이라면, 잘 안 팔리는 미역줄기와 가
지무침도 때로 찾는 사람이 있다는 이유로 제외시키지 않고
만들어놓았다가, 떨이로 가격을 후려치지 않고 공정하다 믿
는 가격을 붙여주어야만 엄마가 스스로 당당해진다면, 그건
그것으로 좋다고 생각했다. 그렇다면.

독고 씨의 죽음이 시간이 지나면 쉬어버리고 말 미역줄
기무침보다 못할 것은 없었다. 독고 씨의 죽음 역시 보다 공
정한 가격표가 붙을 자격이 있는 거였다. 그의 삶이 남긴 업
적이 대단하거나 대단히 조명할 만한 죽음이어서가 아니라,
다만 하나의 죽음에는 그에 따른 정당한 애도의 몫이 있을
테니까. 그렇게 현수는 독고 씨의 죽음에 너무 일찍 '그래도
싼' 가격표를 붙인 것은 아닌지 돌아보기 시작했고, 독고 씨
의 죽음에 대한 진짜 공정한 가격은 무엇인지 다시 고심해
보기로 했다. 아직 시간은 있었다.

그러고 보니 그날의 기억에는 이런 장면도 있었다. 현수

가 먼저 집에 가려 하자 순정 씨가 민영과 먹으라며 명란계란말이와 잡채를 봉투에 담아 건네주었다. 인기 있는 반찬이어서 늘 가장 일찍 떨어지는 품목들 중 하나였다.

"어떻게 이게 여태 남았어?"

현수가 묻자 순정 씨가 말했다.

"남은 게 아니라 남긴 거. 너희들 먹으라고, 따로 빼둔 거."

그러니까 아껴둔 것. 그래서인지 순정 씨가 준 명란계란말이와 잡채에는 정가도, 할인 가격표도 붙어 있지 않았다. 세상에는 그런 가격도 있는 거였다.

4

독고 씨의 공정한 죽음 비용 결정을 위해 현수는 사망보험금이나 산재 보상금의 결정 기준들과 함께 몇 가지 참고 서적들을 찾아보기 시작했다. 그중 하워드 스티븐 프리드먼의 저서 《생명 가격표》*를 읽으며 현수가 느낀 것은 모든 생명의 값을 결정하는 것은 결국은 불공정이라는 것이었다.

---

* 하워드 스티븐 프리드먼, 《생명 가격표: 각자 다른 생명의 값과 불공정성에 대하여》, 연아람 옮김, 민음사, 2021.

인종, 연령, 젠더, 평생 기대 소득, 희생자의 신원과 배경 등 목숨값이라 할 수 있는 보상금을 결정하는 조건들은 저마다 다르게 작용했지만 따지고 보면 그 모든 조건은 마침내 불공정에 수렴했다. 생명에 가격표를 붙이는 데 절대적인 공정함이라는 게 가능할 거라고는 사실 누구도 기대하지 않을지도 몰랐다. 그것은 언론에서 조명하는 죽음에 대한 개개인의 관심과 각기 다른 애도의 크기로도 확연히 드러났다.

얼마 전까지 현수는 타이태닉호의 잔해를 보러 개인당 약 3억 4천만 원의 비용을 지불하고 심해 잠수정 타이탄에 탑승한 승객 다섯 명의 죽음에 관한 기사들을 꼼꼼히 찾아 읽곤 했다. 애쓰지 않아도 온라인의 여러 게시판에서 화제가 되었기 때문에 자연히 접하게 되었고 알수록 그 죽음은 다른 죽음들과 구별되며 현수의 마음 안에서 또렷한 애도의 형체를 띠게 되었다. 그에 반해 비슷한 시기에 약 750명의 난민을 태우고 침몰한 그리스 난민선에 대한 기사는, 사망자가 대략 78명이라고 했던 초기 기사와 살아남은 사람 전원이 성인 남자고 여자와 어린아이는 탈출하기 힘든 갑판 하부 화물칸에 갇혀 있었다는 참담한 진실, 그리고 최종 사망자 수가 600명이 넘는다는 정도의 헤드라인 기사만을 확인했을 뿐이었다. 두 개의 상반된 죽음에 대한 전 세계인의 극명하게 대비되는 관심도에, 비판적인 논조의 기사들이 올

라오기도 했지만 어쩔 수 없지 않나, 현수는 생각했다. 그런
건 그냥, 어쩔 수 없는 거라고.

그 어쩔 수 없음에 대해 현수는 몇 가지 의견을 가졌다.
그것은 차마 대놓고 말할 수 없는 비윤리적인 것이었으나
대부분의 사람들 역시 속으로 은밀히 공유한다고 믿는, 죽
음에 대한 각기 다른 가치의 부과에 대한 불공정한 주요 항
목들의 관례적 수용이었다. 그리고 그 어쩔 수 없음 안에서
현수는 당연한 진리를 다시 한번 인식하게 되었다. 죽음에
따른 애도를 확장하고 가치 비용을 올리기 위해서 필요한
것은 죽음의 화제성과 특수성을 극대화하는 것이었다. 흥미
를 제공하는 것, 소비하고 싶어지는 오락거리로서의 죽음,
타인의 비극에 적극적인 관객이 됨에 있어 반도덕적이라는
윤리적 반성을 부과함 없이, 타인의 죽음 앞에서 어떤 불평
등에 대한 죄의식을 공유함 없이, 단지 객관적인 거리를 확
보하고 올바른 편(이라 믿는 쪽)에 서서 죽음을 애도할 수 있
도록 해주는 것. 애도를 개인의 카타르시스를 위한 오락으
로 소비할 수 있게 만드는 것. 결국 그것이 개인적 죽음의
가치를 보다 고점에서 결정 가능하게 해주는 마감 임박 폐
업 세일의 성공 비밀이라고, 현수는 생각했다.

사실 처음부터 세상의 가격을 결정하는 건 공정가에 대
한 객관적 지표나 정당한 고민이나 의지가 아니라, 이렇게

많은 이들의 어쩔 수 없음인지도 몰랐다. 수많은 어쩔 수 없음이 모여서 지금 유통되는 합리적 가격을 결정하고 마침내 불공정에 이르는 것이다. 그 불공정함으로 이익을 얻는 특정한 소수를 위해서 세상은 어쩔 수 없음의 윤리와 신념을 더 넓게 퍼뜨리고, 교세를 확장해나가는 것이다. 그러니 독고 씨의 죽음 비용을 결정하는 데 고려할 것은 공정함이 아니었다. 불공정함, 그 불공정한 축을 어떻게 최대한 내 쪽으로 기울게 할 것인가, 그리고 그 불공정함을 위해 죽음의 흥행성을 결정할 오락적인 면을 어떻게 효과적으로 부과할 것인가가 현수가 진짜 고민해야 할 문제였다.

애초에 공정한 죽음 비용은 독고 씨를 위한 것이 아니었다. 보편적이고 관례화된 공정가격을 기준으로 보아 병상에 누워 있는 칠십 넘은 노인이며 일구어놓은 업적이나 유산도 변변찮고, 현재와 미래의 경제적 가치는 마이너스에 수렴하는 독고 씨의 죽음 비용은 지금 고려 중인 '그래도 싼' 수준조차도 언감생심이거나 지나치게 고평가된 것일 수도 있었다. 그러나 문제는 고인의 죽음 비용이란 사실 본인이 창출해온 경제적 · 비경제적 가치와 효용성에 대한 공정가가 아니라 대부분 유족의 능력에 따라 결정된다는 것이었다. 그러니 독고 씨의 장례가 그래도 싼 수준에서 이루어질 경우, 그때 목격되는 건 독고 씨의 그래도 싼 인생이 아니었다. 독고 씨의 장례를 책임지는 현수의 삶이 그래도 싸다는 것을, 그래도 싼 인생은 그렇게 대물림된다는 것을 공개적으로 선언하는 자리가 될 거란 점이었다. 생각해보면 독고 씨가 토끼를 사냥해 온 날, 현수가 목격한 것은 단순히 아비 된 자의 그래도 싼 인생이 아니었다. 높은 확률로 대물림될 수밖에 없는 그래도 싼 자신의 인생에 대한 피할 수 없는 스포일러를 목격했던 것이다.

그렇다고 방법이 없는 건 아니었다. 가격을 결정할 때 객관적 지표만큼이나 중요하게 고려해야 할 것이 있었다. 변수였다. 늘 변수는 있었다. 그리고 독고 씨의 죽음 비용에 변수로 작용하는 것은, 당연히 현수였다. 현수의 흥행에 대한 욕심이었다. 제가 쓴 희곡으로는 한 번도 성공해본 적 없는 그 흥행을 독고 씨의 장례라는 마지막 이벤트에서만큼은 꼭 성공적으로 완수하고 싶은 현수의 욕망이었다. 아무리 생각해도 그것만이 그래도 싼 중저가의 삶에 대한 스포일러를 피하는 유일한 길인 것만 같았다. 그것을 위해서 무엇을 해야 하나. 현수는 평생 세일즈맨으로 살아온 독고 씨의 자식이었다. 본능적으로 알 수밖에 없었다. 해야 하는 것은 하나뿐, 독고 씨의 죽음으로 제대로 된 마감 세일을 해보는 것이다.

문제는 현수에게 세일즈맨의 자질이라고는 먹고 죽으려 해도 없다는 것이었다. 독고 씨의 보증이었으니 그것은 틀

림없는 사실일 터였다. 그러나 그 말을 할 때 독고 씨는 조금도 아쉬워하지 않았고 오히려 조금 뿌듯해 보이기도 했는데, 현수가 세일즈맨의 자질뿐 아니라 제조업이나 기타 생산직, 기능직, 운동이나 예술 그 어느 쪽으로도 특출난 자질이 없다는 걸 몰랐던 덕분이었다.

확실히 현수에게는 세일즈맨의 자질뿐 아니라 예술가의 자질도 부족했다. 코로나가 터지기 전까지 몸담았던 극단에서도 현수의 작품은 무대에 오르지 못했는데, 희곡 자체의 작품성도 문제이거니와 그것의 가치를 설득하고 투자자에게 파는 데 있어 늘 소극적인 태도도 문제였다. 창작자들의 고질병, 들쭉날쭉하는 오만함과 패배 의식 사이에서 현수는 주로 자신과 자신이 쓴 글을 그래도 싼 위치에 놓아두고는 어쩔 수 없지,라는 패배의 바다 속에서 느긋하게 유영하는 것으로 비뚤어진 자존감을 지킬 뿐이었다. 팔아먹을 수 없는 희곡 같은 건 아무 가치 없는 폐지와 다를 바 없었다. 그렇게 창작에 대한 의지도 꺾인 채 그만둘 시기를 놓쳐 의욕 없이 관성으로 극단 생활을 지속하던 중, 코로나로 인해 극단이 사실상 휴업 상태가 되면서 현수는 미련 없이 극단을 그만둘 수 있게 되었던 것이다.

얼마 전 흩어졌던 단원들이 모여 새로운 공연을 무대에 올릴 준비를 한다는 소식을 들었다. 그러나 다시 돌아가고 싶은 생각은 없었다. 그때 같이 그만둔 다른 단원들이 어떻게 지내는지 궁금해 근황을 알아보기는 했다. 그중에는 강선동도 있었다. 유튜버가 되었다고 해서 호기심에 찾아보았다가 현수는 실소를 금치 못하고 말았다. 하다 하다 아버지의 치매를 팔아먹다니. 치매 걸린 아버지를 이용해 유튜브를 하다니 인생 참 저렴하다, 너도 갈 데까지 갔구나, 싶었다. 그러나 지금 생각하면 치매라고 팔지 못할 게 뭔가 싶었다. 지금 자신은 독고 씨의 죽음을 팔려 하고 있지 않은가 말이다.

독고 씨 역시 말하곤 했다. 세상에 팔지 못할 것은 없다고. 중요한 건 팔아먹을 수 있는 것들뿐이라고. 명색이 세일즈맨이라면 그것을 알아야 한다고. 그것은 현수가 근처 도서관의 제적 세일에서 헐값에 사 온 아서 밀러의 희곡《세일즈맨의 죽음》에 나오는 찰리의 대사였는데, 독고 씨는 그 책이 세일즈 교본이라도 되는 양 밑줄을 그어가며 읽더니 시도 때도 없이 찰리의 대사를 중얼거리곤 했던 것이다. 그렇게 본다면, 독고 씨의 죽음조차 팔아먹을 생각을 하는 자신은 독고 씨가 생각했던 것보다 훨씬 세일즈맨 기질이 충만한 건지도 모른다.

죽음을 어떻게 세일즈할 것인가. 중요한 것은 더 많은 고객을 유치하고 더 많은 고객의 마음을 움직일 세일즈 포인트를 잡는 일이었다. 독고 씨의 죽음을 어떻게 브랜딩하고 마케팅하느냐에 따라, 어떻게 화제성과 오락성을 부과하느냐에 따라, 독고 씨의 죽음의 가치 비용은 얼마든지 천차만별 달라질 수도 있었다.

달걀을 한 바구니에 담지 말라는 투자 원칙은 장례 세일에도 적용될 터였다. 불가능할지도 모르는 기간 한정 세일에만 의존하는 것보다는 회수 가능한 죽음 비용을 최대한 높게 설정해두는 것이 더 나은 선택일 수 있었다. 가끔 온라인 쇼핑을 하다가 90퍼센트 할인된 상품이라고 해서 사려고 보면, 애초에 터무니없이 높은 정가를 붙여놓은 경우가 종종 있었다. 그럼에도 불구하고 90퍼센트 할인이라고 하면 손이 갔다. 안 사면 손해를 보는 기분이었다. 그러니 손이 가는 죽음, 안 사면 손해인 것 같은 죽음, 그렇게 90퍼센트 할인가를 붙이고도 최대한의 수익을 거두려면 결국 독고 씨의 죽음의 정가를 최대한 높게 설정해두어야 했다. 그래야 너도나도 세일된 가격의 죽음에 선뜻 애도의 손길을 내밀게 될 거였다.

독고 씨의 죽음에 어떻게든 높은 가격표를 붙여놓고 그게 정가인 양 속이며 기간 한정 파격 세일을 붙여 소비자를, 더 많은 조문객을 끌어모으고 더 두툼한 조의금으로 장례 비용을 충당하고 이왕이면 영업이익도 남기는 것, 독고 씨의 죽

음을 싼값에 자신의 슬픔과 애도로 소유하고 싶게 만드는
것, 그것이 지금 현수가 하고자 하는 장례 세일의 목표였다.
그렇다면 어떻게 해야 독고 씨의 죽음을 비싼 값에 세일즈
할 수 있을까?

5

"들어봐."

언젠가 현수는 경선에게 왜 장례지도사 준비를 하는지 물
어본 적 있었다. 그러자 경선은 이런 이야기를 들려주었다.

"햄스터가 있어."

"햄스터요?"

"응. 나도 들은 이야기인데, 자기가 기르던 햄스터가 죽어
서 시골집 앞마당에 묻어줬대. 그런데 시간이 지난 어느 날
시골집에 놀러 갔더니, 햄스터를 묻어준 곳에 해바라기가
피었더라는 거야. 누구도 그곳에 해바라기 씨앗을 심은 적
이 없는데. 그래서 생각했대. 내가 해바라기 씨앗을 넉넉히
주어서 다행이다. 먹고도 남아 입안에 저장하고 죽을 수 있
을 정도로 해바라기 씨앗을 주어서, 이렇게 죽어서도 예쁜
꽃을 피우는구나. 너는 죽어서도 끝내 그렇게 어여쁘구나.

이런 죽음이라니, 너무 사랑스러운 이야기잖아."

"뭐 그러네요. 그런데 그래서 장례지도사가 될 생각을 했다고요?"

"응. 이 이야기를 해준 게 누군지 알아? 우리 엄마 죽었을 때, 그때 도와준 장례지도사였어. 그러면서 그러더라. 우리가 장례에 들이는 비용, 그 정성 하나하나가 넉넉한 해바라기 씨앗이 되어서 망자 가시는 길을 꽃길로 바꿔준다는 거야. 아, 나는 원 없이 보내드렸구나, 나는 할 만큼 했구나, 한 점 아쉬움 없이 그렇게 정성을 다하면 그게 다 해바라기 씨앗이 되어 시간이 흐르고 나면 슬픔은 잊히고 유족들 기억에 아름다운 꽃밭의 추억만 남게 된다는 거지."

"뭐예요, 그게. 그건 유족들한테 더 고가의 상품을 팔려는 수작 아니에요?"

"그래, 지금 생각해보면 그런데 그때는 그게 참 위로가 되더라. 내가 조금만 무리하면 엄마 가는 길에 꽃길을 깔아줄 수 있다는 거. 살아서는 그렇게 속만 썩여놓고 말이지. 그렇게 해바라기가 가득한 들판을 떠올리니까 자꾸 국화 장식도 작은 거 하면 되는 걸 중짜를 택하게 되고 영정 앨범 크기도, 수의도, 꼭 내가 할 수 있는 것보다 한 단계 위의 상품을 골라 무리한 비용을 결제하고 있더라고. 내가 무리했다는 것만으로도 괜히 슬픔이 상쇄되고 이상하게 위로가 되는 것 같고 말이야. 웃기지? 근데 알고 보니 그 햄스터 이야기도 자기 이야기가 아니었어. 인터넷에 떠도는 이야기를 제 추억인 양 각색한 거더라고. 근데 더 웃긴 건, 지어낸 이야기인 걸 안 후에도 나는 이 이야기가 좋더라는 거야. 그래서 이런 죽음이라면 괜찮지 않나, 이런 죽음을 돕는 사람이 되고 싶다, 그런 생각이 들었어."

어쨌거나 경선은 그래서 장례 사업에 뛰어들게 되었다고 했다. 뭐라 포장하든 현수가 보기에는 애도를 돈으로 표현하게 하는 것, 죽음 앞에서 세세하게 비용을 따지는 것이 슬픔에 대한 예의가 아니라고 생각하게 만드는 것만 잘하면 꽤 수익성 높은 사업이 될 거라 판단한 걸로 보였다. 그런데 그런 거라면, 현수 역시 잘 해낼 수 있을 것 같았다. 원래 현수는 다른 건 몰라도 불행을 파는 데는 소질이 있는 편이었다. 자신의 글을 유일하게 비싼 값에 판 적 있었는데, 그것이 독고 씨의 파산 신청서를 작성해주는 일이었던 것이다.

처음에는 독고 씨가 직접 파산 절차에 대한 서류를 작성해서 넘겼는데, 보충 자료가 필요하다는 판결이 내려왔다. 기존 자료만으로는 파산 신청을 받아주기 힘들다고 했는데 그 이유라는 게 꽤나 웃겼다. 다른 사람들은 갚아야 할 빚이 다 1억 원이 넘는데, 독고 씨의 남은 빚은 4천만 원밖에 안 된다는 것이었다. 그러니까, 사채까지 써가며 갚고 갚고 갚으려고 갖은 애를 쓰다가, 더 이상 갚을 여력이 안 되어 뒤늦게 파산 신청을 했더니만 그동안 많이 갚았고만, 이만큼 죽을 똥을 싸며 갚아온 걸 보니 벽에 똥칠할 때까지 좀 더 갚아도 되지 않겠어?라고 판사가 생각했다는 것이었다.

불합리하다. 기가 막히도록 불합리하다. 이럴 줄 알았으면 애초에 갚으려고 아등바등 피똥을 싸는 대신 처음부터 두 손 두 발 들고 파산 신청을 했을 거였다. 그랬다면 보충 자료를 내라고 하지도, 그 비용으로 3백만 원이나 더 들어서 또다시 여기저기 손을 벌리지 않아도 되었겠지. 현수는 억울했다. 그러나 어쨌거나, 보충 자료를 준비하기 시작했다. 희곡으로 무슨 공모전에 당선된 적 있다면서요? 독고 씨에게 들었는지 법무사가 전화로 물었다. 판사의 마음을 움직일 만한 탄원의 글 좀 기가 막히게 써봐요. 꽤 재미있는 농담이라도 한 것처럼 그가 말끝에 실없이 웃었다.

저기, 공모전이라고 해봐야 3백만 원인걸요. 현수는 3백만 원과 4천만 원을 양팔 저울에 올려보았다. 당연히 비교가 되지 않는 무게였다. 4천만 원의 빚을 탕감받을 글을 쓰라니. 그것도 A4용지 단 세 장으로. 널리고 널린 흔한 불행의 사연 세 장을 4천만 원에 팔기. 세일즈맨으로서의 현수의 능력이 최초로 심판대에 오르는 순간이었다.

그리하여, 현수는 썼다. 겸손하게 바닥에 무릎을 꿇고 쓰면 더 간절한 문장이 나오지 않을까 싶어서 사과 상자에 두꺼운 벽걸이 달력을 깔아 좌식 책상을 만들고, 그 위에 A4용지 세 장을 놓고 한 글자 한 글자 꾹꾹 눌러 썼다. 무릎을 꿇는 것은 좋았다. 무릎을 꿇자 자연히 기도하는 마음이 되었고 판사가, 개인 파산 신청을 받아줄 그가 기도에 응답해줄 신처럼 높고 위대하게 느껴졌다. 어쩌다가 집안 꼴이 이 모양 이 꼴이 되었는지, 현수는 상세하게 기술했다. 다 큰 자녀가 둘이나 있음에도 왜 갚을 능력이 안 되는지, 퇴원한 지 얼마 안 된 막내 민영의 경제 능력 없음은 물론, 경제활동이 가능한 몸뚱어리로도 희미한 자아실현의 가능성만 좇으며 가족의 생계를 책임질 의무마저 저버린 채 현수 자신이 얼마나 대책 없고 한심하게 살고 있는지 자책하는 글을 썼고, 이거 이렇게 자책하다가 빚 때문에 마포대교에 가서 투신자살이라도 하는 거 아닐까 불안해지도록 위태롭게 썼고, 민영이 앓고 있는 우울증과 섭식 장애에 관해서도 썼다. 민영이 한 사람의 무게가 다른 사람의 무게를 앗아갈 수도 있다는 것을 목격한 후 과거의 참사에 대한 트라우마로 사람들이 군집해 있는 곳을 기피하게 되었다는 것, 사람에 대한 공포는 질량과 부피를 가진 자신의 몸에 대한 공포가 되어 스스로는 먹지도 않을뿐더러 억지로 먹이면 다 토해버리는 섭식 장애로 이어졌고 입원과 퇴원을 반복하며 제 한 몸 먹이

고 재우는 일만으로도 벅차 경제활동은 꿈도 꿀 수 없다는
것을 눈물 없이는 읽을 수 없도록 썼다. 그리고 그렇게 다
큰 기생충 같은 두 자녀를 둔 아버지 독고 씨의 울분과 설움
에 대해서도 썼다. 평생 가족들에게 등골을 빼먹히며 살다
가, 인생의 마지막 기회라고 생각하고 남은 돈을 탈탈 털어
총판 영업을 따낸 신기술 의료용품이 사기로 밝혀지며 빚만
떠안게 되었고, 파산 신청으로도 해결 안 되는 사채 빚도 줄
줄이 굴비처럼 엮여 있으며, 그리하여 독고 씨의 등은 닳고
닳은 셔츠처럼 너덜너덜해졌다고 현수는 썼다. 바닥에 똑바
로 등을 대고 눕지도 못하는 독고 씨, 갚지 못한 빚이 등에
가시처럼 돋아나 태아처럼 웅숭그린 자세로만 겨우 잠들 수
있는 독고 씨에 대해 현수는 이 시대의 고통받는 아버지의
표상이라는 듯이 써나갔다.

　그중에 현수가 가장 길고 절절하게 쓴 것은 갚을 능력
이 안 되는 한심한 자식새끼인 자신에 대한 부분이었다. 자
신이 얼마나 쓸모없는 인간인지에 대해 쓰다 보니 어느새
A4용지 세 장이 훌쩍 넘어가버렸다. 서른 장이라도 문제없
이 채울 수 있을 것 같았다. 다섯 장째에 이르러 현수는 모
두 찢어버린 후 세 장에 그 모든 것을 우려내기 위해 심혈을
기울여 다시 썼다. 언젠가 현수가 설령 돈이 있다 해도 아버
지 독고 씨의 빚을 갚아줄 돈은 없다고 하자 독고 씨가 벌겋

게 충혈된 눈으로 힘없이 중얼거린 말, 그래 다 내 탓이다, 내가 개새끼다,라는 말은 실은 네가 개새끼다,라는 말과 다르지 않았고, 그래서 현수는 내가 개새끼다, 내가 개새끼야, 비로소 주인을 찾은 듯 입에 착 달라붙는 그 말을 거듭 반복하며 판사 역시 그래 네가 진짜 개새끼로구나, 하는 탄식이 절로 나오도록 썼다. 그리 어려운 일은 아니었다. 있는 그대로만 적으면 되었으니까. 개새끼답게 바닥에 꿇어앉아 현수는 실제로 울면서 썼다. 딱히 눈물이 나왔던 건 아니지만, 울면서 쓰면 그 울음이 문장에 배어 나오지 않을까 싶어서 애써 울면서 썼다. 내가 개새끼다, 내가 개새끼야, 이 말만 중얼거리면 울음이 북받쳐 올랐다. 마침내 파산 신청이 받아들여졌고, 4천만 원은 갚지 않아도 된다는 판결을 받았다. 그것이 독고 씨로부터 세일즈맨의 자질이라고는 눈에 씻고 찾아봐도 없다는 판정을 받았던, 현수의 찬란하고도 유일하게 성공한 세일즈의 기억이었다.

사실 그런 가정식 비극이라면 어느 집에나 있는 불행일 터였다. 냉장고 야채 칸에서 굴러다니는 물컹해진 오이나 싹이 난 감자 같은 것. 그러나 그런 평범한 불행의 재료로도 갚아야 할 빚 4천만 원의 파격 세일이 가능했다면, 그렇다면 독고 씨의 죽음으로도 꽤 성공적인 세일즈를 가능케 할 수 있을지도 몰랐다. 누구는 아버지의 치매도 파는데 죽음

이라고 못 팔 것은 없었다. 개새끼에게는 개새끼다운 세일
즈맨의 기개가 있는 것이다.

6

〈세일된 맨의 죽음〉.

그것이 현수가 독고 씨의 죽음 비용을 높이기 위해 기획
한 크라우드 펀딩의 제목이었다. 함부로 후려쳐진 한 세일
즈맨의 그래도 싼 중저가 죽음에 대한 쓸쓸한 연민과 남루
한 초상初喪을 토사구팽당하는 아버지 세대들의 초상肖像으
로 해석되도록 하는 일, 한 세일된 맨의 초상이 말 그대로
현대인의 초상이 되도록 하는 일, 그것이 이 펀딩의 셀링 포
인트가 될 거였다.

독고 씨의 죽음을 세일즈하기 위해 현수는 몇 가지 아이
디어를 떠올렸는데, 그러다 최종적으로 선택한 게 극단에서
공연의 제작비를 충당하기 위해 시도했던 크라우드 펀딩 방
식이었다. 독고 씨의 죽음은 분명히 예정되어 있었으나 완
료된 상품이나 이벤트는 아니니까, 그것이 지금 할 수 있는
최선의 세일즈 형태이기도 했다. 물론 그렇다고 해서 진짜
텀블벅에 올리거나 후원금을 받듯이 조의금을 미리 받으려

는 건 아니었다. 그건 아직 죽지도 않은 죽음에 대한 모욕이되거나 거부감을 불러일으킬 수도 있었다. 실질적인 펀딩, 즉 조의금은 죽음이 완료된 후에 장례식장에서 받아도 되었다. 다만 그때 받을 수 있는 조의금 봉투의 두께와 더 많은 애도의 깊이를 위해 조문 가능한 인맥을 넓히고 그들에게 애도의 씨앗을 심어놓는 것, 독고 씨의 죽음과 그의 지난 생애에 대한 적극적인 관객이자 투자자로서 그 슬픔을 공유하고 흥행의 성공을 바라도록 지분을 나눠주는 것, 그것이 이 크라우드 펀딩의 목적이었다.

중요한 것은 애도를 소비할 가능성이 있는 예비 조문객들에게 미리 동그랑땡을 건네는 것이다. 경선의 어머니 장례식장에서 먹었던 동그랑땡, 그 동그랑땡을 먹으며 한 번도 본 적 없는 고인에 대한 애도의 마음이 솟구침과 동시에 조의금 액수를 조금 더 올릴까 고려하게 되었던 것을 현수는 기억했다. 그 사례를 참고해 미처 애도가 준비되지 않은 지인의 지인들까지 찾아내어 앞서 동그랑땡의 추억을 건네는 것, 최대한 많은 이에게 따뜻하고 육즙이 가득한 맛있는 동그랑땡의 맛을 보여주고 애도를 준비하게 하는 것이 현수가 이 크라우드 펀딩을 통해 이루어야 할 영업 목표였다. 이른바 미끼상품을 건네는 것이다. 그냥 무료로 나눠주는 미끼상품은 감사와 미안함을 강제로 빚지게 해 본 상품을 어부

지리로 사게 만드는 방식이기도 했다. 독고 씨와 한 번이라도 스친 적 있는 사람들을 찾아내어 잊고 있었던 과거의 따뜻한 추억을 상기시키고 연민을 자극해 꽤 질 좋은 애도를 유발할 수만 있다면, 그 애도를 일깨워줄 각자의 입맛에 맞는 맛있는 동그랑땡을 만들어내기만 한다면, 그것은 꽤 성공적인 세일즈가 될 수도 있을 터였다.

그렇게만 된다면. 현수는 경선이 들려준 죽은 햄스터와 햄스터를 묻은 자리에 흐드러지게 피었다는 해바라기를 떠올렸다. 독고 씨 역시 욕심껏 해바라기 씨앗을 물고 죽은 햄스터처럼, 아니 독고 씨는 햄스터보다는 토끼에 가까우니 욕심껏 당근 씨앗을 입에 가득 물고 죽은 토끼처럼, 당근꽃이 흐드러지게 핀 꽃밭을 지나 망자의 길을 떠날 수 있게 될지도 몰랐다. 그런데 당근꽃이 어떻게 생겼더라. 현수는 포털에 들어가 당근꽃을 검색해보았고, 여러 송이가 무리 지어 피어 흰 국화꽃을 닮은 하얗고 소박한 당근꽃의 꽃말이 '죽음도 아깝지 않으리'라는 것을 알게 되었다.

크라우드 펀딩을 시작하며 현수는 독고 씨가 찰리에게 빌려온 말, 세일즈맨은 꿈꾸는 사람이라는 대사를 자주 떠올렸다. 아침마다 낡은 구두에 광을 내고, 닳아서 반질거리는 바지의 주름을 바짝 세우고 누군가의 꿈일지도 모를 발기부전 약과 미스터리 전집과 생명의 육각수를 판매하러 집을 나서던 독고 씨는 때로 얼마나 거인 같았는지. 자신의 죽음 조차 남김없이 판매하고 가는 것, 그보다 더 웅대한 세일즈 맨의 꿈을 현수는 상상할 수 없었다.

7

정상문 대표님께.

안녕하세요. 저는 대표님께서 운영하신 육각수 정수기 업체에서 2004년부터 2008년까지 총판 영업을 담당했던 세일즈맨 독고영수 씨의 장자 독고현수라고 합니다. 제가 갑자기 이런 편지를 드린 이유는, 병환 중에 계신 저의 아버지의 마지막 부탁 때문입니다. 아버지는 건강하실 때 늘 이런 말씀을 하셨습니다. 죽기 전 소원이 있다면 내게 감사한 인생을 선사해주었던, 감사한 은인들께 빠짐없이 감사 인사를 전하고 가고 싶구나. 그것이 아버지의 유일한 소망이셨습니다. 얼마 전 담당 의료진으로부터 아버지께 남은 시간이 길어야 한두 달이라는 이야기를 듣고, 저는 아버지의 소망을 떠올렸습니다. 그리고 의식이 혼미하신 아버지를 대신해, 뒤늦게나마 아버지의 유일한 버킷 리스트를 이루어드리기 위해 이렇게 대표님께 감사 편지를 작성하게 되었습니다.

기억 못 하실지도 모르나, 아버님은 정상문 대표님께 늘 감사한 마음을 간직하고 계셨습니다. 저는 그것을 아버지께서 남겨두신 영업 노트와 일기장을 정리하다가 알게 되었습니다. 아버지께서는 때때로 짧은 감사 일기를 쓰곤 하셨습니다. 비록 구체적인 날짜와 일화는 생략되어 있었지만 그곳에는 분명히 정상문 대표님을 향한 감사의 마음이 적혀 있었습니다. 그제야 저도 생각나는 일이 있었습니다. 제가 기억하기로는 어느 가을날, 아버지는 기분 좋게 술에 취한 채 치킨 한 마리를 사 들고 귀가하셨습니다. 그리고 제가 치킨을 맛있게 먹는 모습을 흐뭇하게 보시며 이렇게 말씀하셨습니다. 우리 정상문 대표님 말이다, 참 고마운 분이야. 혹시 내가 잊더라도 너는 잊지 말아라. 사람은 그렇게 살아야 하는 거야. 항상 베풀면서. 더 어려운 사람들을 돌아보면서. 너도 꼭 그분 같은 사람이 되어라.

그날 아버지와 대표님 사이에 어떤 일이 있었는지 저는 모릅니다. 다만 그날 아버지께서 얼마나 감사해하셨는지, 그리고 그 감사의 마음을 잊지 않는 사람이 되기를 제게도 가르쳐 주셨다는 것만은 저는 분명히 기억합니다. 저희 아버지께서 그래도 감사한 인생이었다,라고 좋은 기억을 안고 돌아가실 수 있다면, 그 기억 안에는 대표님이 함께하실 겁니다. 저 역시 감사를 전합니다.

이런 갑작스런 편지가 혹여 실례가 되지 않았는지 조심스
럽지만, 아버지께서 돌아가시기 전에 대표님께만큼은 꼭 감사
인사를 전하고 싶어 하셨기에, 그 진심을 이렇게라도 알려드
리고자 편지 드립니다. 부디 건강하시고 댁내 두루 평안하시
기를 기원드립니다. 다시 한번 아버지를 대신해 온 마음을 다
해 감사를 전합니다.

— 독고영수 씨의 장자 독고현수 배상

이것이 마감 임박 감사 세일을 위한 기본 포맷이었다. 이
틀 안에서 좀 더 구체적인 일화를 넣기도 했는데, 받는 사람
이 바로 잘못된 기억이라고 바로잡거나 거짓임을 눈치챌 위
험을 피하기 위해 누구나 한 번쯤 베풀었을 법한 사소한 친
절들, 아주 사소해서 세상에, 이런 기억을 아직까지 감사함
으로 간직하고 있었다니, 이 정도의 감사함을 죽을 때까지
가슴에 품고 자식을 통해 꼭 전하고 싶어 한 삶이란 얼마나
쓸쓸하고 또 얼마나 가난한 삶이었을까, 괜히 안타까우면서
스스로의 선했던 과거를 돌아보게 만드는, 그런 정도의 일
화만을 언급했다.

감사 편지는 한때나마 독고 씨와 인연을 맺었으나 독고
씨의 존재조차 모르고 생사에 관심도 없을, 사회적 지위와
경제력이 있는 사람들에게 주로 보냈고, 영업을 하면서 만

난 다수의 인맥들에게는 감사 카드를, 가까운 친척들에게
는 메신저를 통해 짧은 감사 인사를 보내는 것으로 대신하
기도 했다. 중요한 것은 죽어가는 누군가에게 자신이 감사
한 사람이었음을 일깨우는 일이었다. 그리고 오래도록 자신
에게 감사한 마음을 가진 누군가가 곧, 길어야 한두 달 안에
죽을지도 모른다는 것을 알려주는 것이었다. 대부분의 보통
사람들이라면 이런 감사의 메시지를 받고 나면 생각하게 될
터였다. 누군지도 어떤 인연인지도 기억나지 않지만 이 죽
음을 애도하고 싶다고. 죽기 직전까지 내게 이토록 감사하
는 마음을 가졌었다는데, 마지막 가는 길에 조금이라도 애
도의 마음을 표현하고 싶다고.

　그러니 진짜 팔아야 하는 건 독고 씨의 가치 있는 삶이 아
니라 가치 없는 삶이었다. 독고 씨는 그렇게 예비된 애도객
들의 가치를 높여주는 존재가 될 때, 비로소 자신의 애도 가
격을 높일 수 있게 된다. 그러므로 그들에게 상기시켜야 할
것은 독고 씨의 그래도 싼 죽음이나 그에 대한 슬픔이나 연
민, 죄책감이 아니었다. 누군가에게 감사 인사를 받을 만한
인품을 지닌 과거의 자신에 대한 그리움과 뿌듯함이었다.
그리하여 독고 씨의 죽음을 통해 다시 한번 그 감사한 인간
으로서의 자신과 만나게 되기를, 보여줄 기회를 희망하게
만드는 것이다.

독고 씨는 성공한 세일즈맨은 아니었지만 성실한 세일즈맨이었다. 그의 책상 서랍 안에는 두꺼운 영업 노트와 파일이 여러 개 있었고, 그 안에는 영업의 대상이 되었던 지인과 지인이 아닌 사람들, 다양한 인맥들의 연락처와 주소, 그리고 그들에게 판매한 물건이나 만남의 기록 들이 한두 줄의 짧은 문구로 기록되어 있었다. 그것이 현수의 작업을 수월하게 해주었다. 감사 일기 같은 걸 써놓았으면 편했을 텐데, 생각하며 뒤적여봤지만 일기장은 보이지 않았다. 하긴 뭐 그리 감사한 삶이라고. 덕분에 현수는 자신의 경험을 떠올리며 사람과 사람 사이에서 주고받을 수 있는 모든 경우의 소소한 감사를 상상해내야 했다. 현수가 타인에게 받았던 친절과 다정함은 독고 씨의 감사 카드가 되었다.

감사 인사를 받은 대부분의 사람들이, 남겨놓은 현수의 연락처로 답신을 보내왔다. 독고 씨의 병세에 대한 걱정과 위로의 말과 함께 그날이 되면 꼭 부고를 알려달라는 것이었다. 이 정도면 목적은 충분히 이룬 거였다. 어차피 크라우드 펀딩의 목표는 하나였다. 곧 독고 씨의 마감 세일이 시작됩니다. 다들 알림 설정을 해두고, 장례 알림이 울리면 바로 따끈따끈한 애도와 두툼한 봉투를 가지고 조문을 와주세요.

문제는 독고 씨가 현수가 예상한 기한 내에 죽지 않았다는 것이었다. 감사 카드를 보낼 곳도 더 이상 없었다. 현수가 아는 독고 씨의 지인 중에 감사 카드를 받지 못한 사람은 두 명뿐이었다. 순정 씨와 민영. 두 사람은 애도를 받을 유족이니까 독고 씨의 감사 카드 같은 건 필요 없다고 생각했다. 그때 현수는 감사 카드를 받지 못한 한 명이 더 있다는 건 잊고 있었다. 현수 자신이었다. 그러나 그런 걸 생각할 틈도 없었다. 크라우드 펀딩의 유효 기간이 끝나가고 있었던 것이다.

애초에 장례식을 디데이로 정한 이 크라우드 펀딩은 약속일 뿐 모금이 완료된 게 아니었다. 시간이 지날수록 애도와 감사의 기억은 엷어질 게 분명했다. 동그랑땡이 식기 전에, 모두에게 공평히 나누어진 애도의 마음이 금세 잊히기 전에, 장례 세일은 마무리 지어져야 했다. 하지만 독고 씨는 죽지 않았다. 끈질기게, 산 것도 아니지만 죽었다고는 할 수 없는 상태로, 그렇게 연명 중이었다. 그사이에 현수의 계약기간도 끝나고 말았다. 병원의 장례식장을 30퍼센트 할인가로 이용할 수 있는 혜택도 사라졌다. 죽음에도 유통기한이 있다면, 독고 씨의 죽음은 유통기한을 지나 소비 기한을 지나, 이제 다시 폐기 처리되어야 할 시기에 도달한 것 같았다.

독고 씨는 늘 이런 식이었다. 한 번도 타이밍을 제대로 맞춘 적이 없었다. 늘 시장의 유행이 끝날 무렵, 뒤늦게 유행 아이템으로 세일즈를 시작했다가 막차도 타지 못하고 마지막에 물린 사람으로 남곤 했다. 그렇게 모두의 수익률을 보장해줄 가장 밑바닥의 세일된 맨으로 존재하다가 90퍼센트 할인된 떨이로 판매되거나 그냥 폐기되고 마는 존재, 그것이 독고 씨였다. 그러니 현수가 아무리 애써봐야 독고 씨는 그래도 싼 죽음을 맞이할 운명인지도 몰랐다. 그것이 독고 씨의 죽음에 대한 공정한 가격인 것이다. 아무리 플러스로 만들려고 해봐야 어쩔 수 없는 마이너스 떨이 인생. 할인된 죽음. 세일된 맨의 죽음은 그런 식으로 완료될 것이다.

토끼몰이는 끝났는데 왜 이놈의 토끼는 죽지도 않나. 현수는 개새끼답게 이렇게 중얼거리기도 하는 것이다.

8

독고 씨의 장례는 현수의 계약직 근무가 끝나고도 두 달가량 지난 후에 치러졌다. 당연히 직원 할인은 받지 못했다. 그러나 사실 그것은 현수의 과한 욕심이었을 뿐, 할인 가격을 적용한다 해도 그 병원의 장례식장은 독고 씨의 장례를 치르기에는 지나치게 크고 비싼 곳이었다. 다행히 경선의 도움으로 그보다 작고 저렴한 장례식장을 빌려 클래식한 장례를 치를 수 있었는데, 대성황은 아니었지만 그래도 너무 한산해서 쓸쓸해 보이지 않을 정도는 되었다. 조문을 온 독고 씨의 과거의 동료와 고객과 동창과 이웃과 친구와 친지들은 순정 씨와 현수에게 위로의 말을 건네며 독고 씨와 자신이 어떤 사이였는지를 들려주기도 했는데, 현수는 그들이 기억하는 추억의 대부분이 자신이 보낸 감사 카드의 내용이라는 것을 알았지만 모른 척했다.

동그랑땡은 경선의 어머니 장례식장에서 먹었던 것만 못했지만 다행히 육개장은 맛있었다. 조문객들이 식당에 앉아 소주에 동그랑땡과 편육과 땅콩 같은 걸 먹으며 독고 씨에 대한 추억을, 그 감사의 기억들을 나누는 걸 옆에서 듣고 있으면 현수의 마음속에도 괜히 감사가 차올랐다. 나는 기억도 못 하는데, 나는 다 잊어버렸는데, 세상에 그런 기억을 여태 간직하고 있었다지 뭐냐. 현수야, 네가 아주 큰일했다. 나는 그런 것도 모르고 그때 내가 보험 부탁하는 거 안 들어준 것 때문에 계속 원망하고 서운해하고 있을 줄만 알았지. 돌아가신 양반이 참 호인이었어요. 그러니 그 어려운 와중에도 그렇게 감사하는 마음을 품고 살았지. 현수야, 네 아빠 편하게 눈감으셨을 거다. 얼마나 감사한 일이니.

그런 말들, 그런 감사의 기억들의 절반은, 아니 절반 이상이 현수가 만들어낸 일화고 감사라 해도 그 이야기를 듣고 있으면 독고 씨의 삶은 그야말로 감사로 가득 찬 삶이 되었다. 감사로 가득한 그의 죽음은 얼마나 품위 있고 고결한가.

그를 감사한 마음과 함께 기억하는 조문객들의 애도는 또 얼마나 따뜻하고 은혜로운가. 거짓으로 뿌린 감사는 적절한 애도로 회수되었다. 현수는 장례 첫날 받은 조의금을 정리하며 자신이 기획한 크라우드 펀딩이 이 정도면 꽤 성공적으로 마무리되어간다고 자축했다.

둘째 날 밤, 현수가 조문객이 뜸한 틈을 타 식당에서 저녁을 먹고 있는데 빈소를 지키던 민영이 오더니 현수의 지인이 조문을 왔다고 전했다. 조문을 올 만한 현수의 인맥은 서너 명뿐이었고 이미 다 온 터라 누구지, 생각하며 빈소로 가서 조문객을 맞았다. 그러나 아무리 봐도 누군지 알 수 없었다. 절을 올린 후 현수에게 다가온 조문객이 말했다.

"이주경입니다. 낮에 전화했던 물류센터의."

누군지 알게 되니 더 당혹스러웠다. 그는 결코 조문을 올 사이가 아니었다. 사실 현수와는 일면식도 없는 관계로 단지 전화만 한 통 했을 뿐이었다. 그것도 매우 화가 난 상태로.

며칠 전 구직 활동을 시작하며 물류센터에서 긴급 인력을 구한다는 공고를 보게 되었다. 바로 면접 일정이 잡혔는데 당일, 독고 씨가 위급하다는 연락을 받고 병원에서 임종을 지키고 장례 준비를 시작하면서 까맣게 잊고 말았다. 그런데 오늘 오후 모르는 번호로 전화가 와서 받아보니 그게 물류센터의 관리자 주경이었다. 주경은 매우 화난 목소리로 현수를 다그쳤다. 말도 없이 면접 약속을 어긴 것뿐 아니라 자신의 연락마저 고의로 피했다고 생각하는 것 같았다. 장례 준비로 정신없는 와중에 누군가, 아마도 민영이 현수의 휴대폰을 건드려서 착오가 생긴 모양이었다. 미리 연락도 없이 면접 약속을 어긴 건 자신의 불찰이어서 현수는 사과했다. 그러나 고의로 연락을 피하고 잠수를 탔다는 건 오해라서 억울한 마음이 들었다. 그러나 주경은 현수가 어떤 말을 해도 비겁한 변명이라고 생각하는 것 같았다. 무책임한 거짓말쟁이라고, 비난을 들어도 싼 사람이라고 생각하는 것 같았다. 그래도 싼. 그것이 틀리지 않았기 때문에, 현수는 깊은 피로감을 느꼈다. 왜 나는 아버지의 장례식장에서마저 이런 오해를 받고 해명을 해야 하는 걸까. 이 모든 게 너무 피곤하게 느껴졌다. 현수는 그냥 다 그만두고 싶었다. 성실한 삶, 커리어, 그런 게 애초에 있지도 않았지만 조금이라도 가능했다면, 조금이라도 더 나은 삶으로 나아갈 수 있는 가능성이란 게 있었다면, 더 이상 아무 기대도 못 하게 싹을 밟아버리고 싶었다. 인생의 한구석에 균열이 생기고 물이 새고 어딘가 망가지고 있다면 더 완전히 망가뜨리고 싶었다.

"사람이 살다 보면 피치 못할 사정이라는 것도 있는 법입니다. 저보고 더 이상 도대체 뭘 어쩌란 말입니까?"

사실 그건 주경에게 하고 싶은 말이 아니었다. 현수가 스스로에게, 죽은 독고 씨에게 하고 싶은 말이었다. 기대만큼 흥행에 성공하지는 못했지만 이 정도면 나쁘지 않은 장례였다. 그런데 나는 왜 이토록 마음이 무거운가. 왜 나는 계속 독고 씨에게 공정하지 못했다는 기분이 드는 걸까. 왜 나는 여전히 그래도 싼 인생을 벗어날 수 없다는 생각에서 벗어날 수 없는 걸까. 독고 씨의 죽음을 팔아먹을 생각을 한 것으로, 결국 독고 씨의 그래도 싼 유산을 스스로 착실히 넘겨받은 것은 현수 자신이었다. 그러니 탓할 수 있는 건 자신뿐이었다. 나는 왜 이딴 식으로 싸구려인가. 왜 나는 아버지의 죽음 앞에서 제대로 슬퍼하지도 못하고 장례식 비용과 화장 비용과 장지 비용, 경선에게 얼마의 수고비를 주어야 적당할지와 조의금의 최종 액수 따위를 계산해보고 있는 것일까. 도대체, 내가 더 이상 뭘 어떻게 해야 슬플 때 제대로 슬퍼만 하고 애도해야 할 때 제대로 애도만 할 수 있는, 애도 앞에서 가성비나 따지는 이따위 그래도 싼 인생에서 벗어날 수 있게 되는 걸까. 그러니까.

"네? 말씀 좀 해보세요. 제가 도대체 뭘 어떻게 해야 한단 말입니까? 아니 그러니까 씨발, 누구나, 누구나 피치 못할 사정이란 게 있는 거 아닙니까?"

저도 모르게 격앙된 현수의 음성에 주경도 발끈해버린 것 같았다. 휴대폰 너머에서 역시 성난 목소리가 건너왔다.

"피치 못할 사정이라니, 뭐 누가 죽기라도 했나요? 그런
게 아니면 약속은 지키셨어야죠."

짧은 침묵 끝에 흡, 하고 숨을 들이키는 소리가 들렸다. 그
것은 현수의 상황을 모르고 한 말이겠지만 그런 말은, 어떤
가능성만으로도 절대 해서는 안 되는 말이었던 것이다. 현
수보다도, 그 말을 내뱉은 주경이 무신경하게 튀어나와버린
자신의 말에 더 놀라 어쩔 줄 몰라 하고 있다는 것을 현수는
느낄 수 있었다.

"아니, 제가 방금 한 말은……."

사과를 하려는 것 같았다. 그러나 현수는 그런 말을 내뱉
고는 사과하는 것으로 그 실수를 덮을 수 있는 기회를 주고
싶지 않았다. 어떻게 말해야 주경이 더 자책할지 현수는 알
았다. 그래서 주경이 말을 잇기 전에 얼른 대답했다.

"제가 지금 아버지 상중이라서요, 이만 전화를 끊어야겠
네요."

그게 끝이었다. 혹시 다시 전화가 오거나 사과 메시지가
오지 않을까 했는데, 더 이상 연락은 오지 않았다. 차라리 마
음이 편했다. 섣불리 사과하려 했다면 더 나쁜 말들을 돌려
줄 생각이었다. 그런데 어떻게 알고 여기까지 온 걸까. 이력
서에 적힌 과거의 근무처들을 보고 수소문해서 알아낸 걸
까. 계약직으로 근무했던 곳에는 부친상을 당했다고 별도로

알리지도 않았는데 도대체 어떻게 여기까지.

"삼가 고인의 명복을 빕니다."

주경이 현수의 앞에서 아주 깊숙이 고개를 숙여 인사를 건넸다. 현수는 한참을 숙인 채 고개를 들지 못하는 주경의 목덜미와 그 아래 고양이가 그려진 양말을 보았다. 그리고 하늘색 체크무늬 셔츠와 베이지색 면바지도. 퇴근 후에 바로 달려왔는지 조문객으로서는 적절하지 못한 차림이었다. 물류센터에서 이 외진 장례식장까지 오려면, 자기 차량이 없다면 최소한 한 시간 반 넘게 버스를 두 번은 갈아타며 와야 했을 것이다. 저녁은 당연히 못 먹었겠지. 피곤하고 배도 고플 텐데. 시계를 보니 저녁 8시가 넘어 있었다. 현수는 신발을 신는 주경을 보며 말했다.

"저녁 드시고 가세요. 육개장이 먹을 만해요."

그러나 주경은 괜찮다며 고개를 저었다. 그렇다면 굳이 더 권유하고 싶은 생각은 없었다. 주경을 배웅하러 로비로 나가는데 소파에 기력 없이 앉아 있는 민영이 보였다. 민영이 오늘 하루 종일 아무것도 먹지 않은 게 생각났다. 순정 씨가 몇 번 부탁하다가는 포기하고 조문 온 현서 이모를 배웅하러 자리를 비운 터였다.

"너도 뭘 좀 먹어야지."

현수의 말에 민영은 대답도 하지 않고 불안정하게 몸을

흔들며 손톱만 물어뜯었다.

"제발 좀. 먹는 것 정도는 네가 알아서 해주면 안 되겠니."

독고 씨의 죽음에 대해 제대로 애도하지 못한 슬픔이, 이런 식의 급작스러운 분노로 차오른다는 것을 현수는 알았다. 그러나 참아지지 않았다. 참고 싶지도 않았다. 제 생명을 저 혼자 감당하지 못하는 민영의 무게가, 온전히 현수가 짊어져야 할 무게처럼 느껴졌다. 생명이 두 개가 되면 그 생명 가격은 더 올라야 할 텐데 민영의 무게만큼, 자신의 생명의 공정가격은 더 형편없이 낮아지는 것만 같았다. 중저가에서 저가로, 초저가로. 그러다가 그렇게 떨이 인생이 되어버리겠지. 자꾸만 그런 생각만 들었다. 생각해보면 독고 씨의 묘비명으로 생각했던 토사구팽에서 팽 당해야 하는 사냥개는 독고 씨가 아니라 현수였다. 토끼몰이가 끝났으니 이제 사냥개를 잡아야 하는 시간인지도 몰랐다.

"그러고 보니 배가 고픈데, 밥을 먹고 갈까 봐요."

옆에서 머뭇거리던 주경이 불쑥 그렇게 말하더니 민영에게 다가가며 부탁했다.

"혼자 먹기는 좀 그런데, 저 밥 먹는 동안 같이 있어줄래요?"

주경이 민영의 팔짱을 끼며 일으키자 민영도 어쩔 수 없다는 듯 따라 일어섰다. 두 사람이 같이 식당으로 들어가는 모습을 현수는 뒤에서 가만히 바라보았다.

잠시 후, 경선에게 들었는지 뒤늦게 조문을 온 이전 병원의 관리팀장을 데리고 현수가 식당에 가보니 주경이 민영과 나란히 앉아 육개장을 먹고 있었다.

"먹을 만해요?"

현수가 묻자 주경이 웃으며 말했다.

"먹어본 장례식장 음식 중에 제일 맛있어요."

그게 뭐라고, 이상하게 그 말이 그 어떤 말보다 위로가 되었다. 주경은 독고 씨가 어떤 사람인지도 모를 텐데, 그 말이 꼭 독고 씨의 죽음이 좋은 죽음이었다고, 가치 있는 죽음이라고 말해주는 것 같았다. 그러니 너무 미안해하지 않아도 괜찮다고. 동그랑땡을 싸주며 맛있게 먹어주면 나야 고맙지, 했던 경선의 마음에 대해 현수는 생각했다. 누군가의 무덤에 꽃을 피워주고 싶었던 마음 또한. 돌이켜보면 감사 카드를 쓰던, 독고 씨가 아는 모든 인연들에게 감사 인사를 전하던 수고로움은 현수의 진심이었다. 거짓된 감사라 해도 현수가 생각할 수 있는 세상의 모든 감사를 모아 독고 씨의 삶과 죽음을 축복하고 애도하고자 했던 현수의 마음만큼은, 진심이었다.

"이 동그랑땡도 정말 맛있네요. 민영 씨도 먹어봐요."

주경이 민영에게 동그랑땡을 건네주자 주경의 휴대폰으

로 무언가를 정신없이 보던 민영이 무심결에 그것을 받아서
는 입에 넣었다. 그리고 꼭꼭 씹어 먹기 시작했다.

그날 밤, 조문객들도 모두 떠나고 어두운 식당 한구석에
서 동그랑땡을 안주 삼아 혼자 소주를 마시며 조의금을 정
리하는데 주경에게서 문자가 왔다. 혹시 괜찮으면 장례식장
건물 밖 벤치로 민영과 함께 잠깐만 나와 달라는 거였다. 밤
11시를 막 넘긴 시간이었다. 갑자기 무슨 일인가 싶어 민영
에게 넌 무슨 일인 줄 아니? 했더니 민영은 테루가 왔나 봐,
했다.

"테루라니?"

"주경 언니 고양이 말이야. 내가 아까 영상 보고 딱 한 번
만 쓰다듬어보고 싶다고 했거든."

"넌 무슨 그런 부탁을."

현수의 타박에 금세 풀이 죽은 민영이 덧붙였다.

"일부러 아니고. 데리고 집에 가는 길에 잠깐 들를 수도
있다고 그랬단 말이야."

그렇다 해도 이 밤중에, 이 시간에 여기까지 일부러 다시
온다고? 설마 하며 현수가 민영과 함께 나가 보니 벤치 곁에
위아래 검은 옷으로 갈아입고 온 주경이 고양이가 든 가방
을 안고 서 있었다.

"어떻게 여길 다시?"

현수가 묻자 주경이 별거 아니라는 듯 가방 속 고양이를 가리키며 말했다.

"집에 보일러가 고장 나서 친구네 맡겼었거든요. 데려오는 길이 마침 지나는 길이어서 잠깐."

지나는 길이라니. 그럴 리가 없었다. 아니, 그 말을 믿는다 해도 굳이 옷까지 갈아입고 다시 들를 이유는 더욱 없었다. 민영이 허리를 굽혀 가방 안을 들여다보자, 주경이 가방의 지퍼를 좀 더 열고는 민영이 고양이를 잘 볼 수 있도록 해주었다. 민영이 물었다.

"쓰다듬어봐도 돼요?"

"그건 저도 모르겠어요. 테루가 허락해줄지 한번 물어볼까요?"

두 사람이 벤치에 나란히 앉아 고양이를 보며 속닥이는 모습을 현수는 가만히 바라보았다. 테루가 허락했다고 생각했는지 민영이 고양이를 쓰다듬으려 손을 올렸다가는, 고양이가 가르릉거리는 소리에 얼른 손을 거두었다. 두 사람은 다시 허락을 구하는지 고양이 위로 머리를 맞대고 작게 키득대며 속삭이기 시작했다.

이런 애도는 현수는 생각도 해본 적 없는 것이었다.

세상에는 이런 애도도, 이런 생각해본 적도 없는 선의도

142

있는 거라는 걸 현수는 처음 알게 되었다. 아무 대가를 바라지 않는, 그렇게까지 할 이유가 없는데 애써 하는, 어떤 가격을 매겨도 공정하지 않은 완벽히 불공정한 선의.

어쩌면 누군가의 '그래도 싼' 인생은, 본인이 무언가를 이루어서가 아니라 이렇게 아무 관계 없는, 이유 없는 타인의 완전한 선의에 의해서 다른 의미의 '그래도 싼' 인생이 될 수도 있는 게 아닐까, 현수는 먹먹히 그런 생각을 하기 시작했다. 아무리 비싼 가격을 매기더라도 그래도 싸다, 그래도 싸,라고 중얼거리게 되는 한 사람 몫의 공정. 그러니 현수뿐 아니라 그 누구도 타인과 자신의 인생에 함부로 싸구려 인생이라는 가격표를 붙여서는 안 되는 것이다. 그런 것은 결코 누구에게도 허락되어서는 안 되는 것이다. 그렇게 독고 씨의 죽음은 오늘 밤, 낯설고 온전한 선의에 의해 새로운 의미를 부여받은 '그래도 싼' 죽음이 된다.

자신의 삶과 죽음에 가능한 애도*란 없을 거라고 현수는 생각했다. 그러나 어쩌면, 90퍼센트 파격 할인된 애도라면, 더 많은 사람들이 싼값에 소유할 수 있는 애도라면 가능할

---

* '가능한 애도'라는 표현은 주디스 버틀러의 《지금은 대체 어떤 세계인가》에서 빌려온 것으로, 현수는 장례가 끝난 후 그 책을 읽고 애도 가능성에 대한 자신의 생각을 정리할 수 있었다. 주디스 버틀러, 《지금은 대체 어떤 세계인가》, 김응산 옮김, 창비, 2023.

지도 몰랐다. 그것을 위해서는 지금부터 천천히 사냥개의 공정가를 높이는 장례 세일을 준비해야 하는 건지도. 여전히 가격 경쟁에서 벗어날 줄 모르는 순응적인 이런 성급한 긍정이 지긋지긋해질 날은 또 올 터였다. 사적 깨달음에 그치는 삶, 그럼에도 더 나은 공적 애도를 꿈꾸는 삶, 무언가를 외면하는 것으로 가능해지는 '어쩔 수 없는' 안도감과 선생님께 참 잘했어요 도장을 받기 위해 쓰는 교훈 가득한 감사 일기 같은 감상주의의 허무함과 부정의. 그런 거라면 현수도 알고 있었다. 너무 잘 알았다. 그러나 오늘 밤만큼은 독고 씨의 죽음과 함께 세상의 모든 '그래도 싼' 죽음을 모르는 자의 선의로 다만 애도해보고 싶어지는 것이다. 그러니 순정 씨처럼 이렇게 말해봐도 좋으리라. 토 달지 마, 내 애도의 값은 내가 결정한다.

마침내 테루가 허락했는지 민영이 조심스레 고양이의 등을 쓰다듬기 시작했다. 주경이 그 모습을 보다가 현수에게도 가까이 오라고 손짓했다. 현수는 두 사람과 한 고양이가 만들어내는 고요한 애도의 풍경 속으로 들어가며 내일 발인이 끝나고 나면 조문객들에게 감사 인사를 전하고, 마지막으로 순정 씨와 민영, 그리고 자신을 위한 긴 감사 편지를 써야겠다고 결심했다. 그것이 독고 씨의 죽음 비용을 가장 공정하게 정산하는 마지막 감사 세일이 될 터였다. ■

예소연

그 개와 혁명

예소연

2021년《현대문학》신인 추천을 통해 작품 활동을 시작했다. 소설집《사랑과 결함》, 장편소설《고양이와 사막의 자매들》이 있다. 제13회 문지문학상, 제5회 황금드래곤문학상, 제25회 이효석문학상 우수작품상을 수상했다.

태수 씨는 죽기 전까지 통 잠을 못 잤다. 수면제를 먹고
진정제를 먹어도 한두 시간 노루잠만 잤다. 늘 두 팔을 허우
적거리며 서둘러 일어났다. 그러면 나는 부리나케 간이침대
에서 몸을 일으킨 뒤 태수 씨의 손을 잡고 말했다. 나 여기
있어, 태수 씨. 태수 씨는 잠깐 잠들었다 일어나면 꼭 여기가
어디냐고 물어봤다. 꿈속에서 황천길이라도 본 사람처럼 그
랬다. 그즈음 스마트워치에 기록된 내 하루 수면 시간은 길
어봤자 세 시간이었다. 태수 씨는 병실 침대에 누워 있는 게
너무 힘들다고 했다. 가슴이 터질 것같이 답답하다고. 그러
면 나는 태수 씨를 휠체어에 태워 병원 복도를 빙글빙글 돌
았다. 병원은 꼭 두 손바닥을 반듯이 펼쳐놓은 것처럼 정확
한 대칭 구조였다. 양 복도 끝쪽에 샤워실과 화장실이 있고
그 중심에는 각각 디귿 자 형태의 데스크가 있어 간호사들

이 상주했다. 태수 씨와 나는 데칼코마니 같은 그 병원 복도를 밤새도록 돌았다. 종종 가래 뱉는 소리도 들리고 흐느끼는 소리도 들렸다. 병원에서는 사람들이 마음놓고 울었다. 몇 바퀴를 돌고 나서야 태수 씨는 꾸벅꾸벅 졸았다. 그동안 나는 무슨 생각을 했던가.

고모는 나보고 나서지 말라고 했다. 사촌 동생인 희준에게 모든 걸 맡기라고. 나는 그런 고모의 눈을 똑바로 보고 말했다. 괜찮아요. 더한 것도 견뎠는걸요. 엄마까지 나를 말렸지만, 나는 이것만큼은 절대로 양보할 생각이 없었다. 내가 직접 완장을 차고 장례식장을 지켜야 했다. 그게 태수 씨와 한 약속이었으니까. 태수 씨는 기억도 하지 못할 약속. 사경을 헤매며 해낸 약속. 태수 씨가 건강할 때, 나는 늘 돌아오는 제사 때마다 태수 씨와 싸웠다. 태수 씨는 할아버지가 기함을 한다며 반바지도 못 입게 했다. 제사상을 차리는 것도 늘 엄마 몫이었다. 나는 불필요한 인습이라고, 하다못해 태수 씨에게 당신 아버지 제사면 직접 과일이라도 놓으라고 소리를 쳤지만, 태수 씨는 듣는 척도 하지 않았다. 마치 우리에게는 각자의 역할이 있고 당신은 그걸 응당 받아들일 뿐이라는 듯이. 하지만 태수 씨는 분명 조금 다른 사람이 아니었나. 나는 분명 당연한 걸 당연하지 않게 생각하는 태수 씨의 모습을 좋아했었는데.

148

나는 장례식이 시작되기 직전에도 소리를 질러가며 싸웠다. 장례식장 직원 몇몇이 와서 말렸지만, 나는 아랑곳하지 않고 할머니에게 삿대질을 하고, 희준의 어깨를 밀며 쫓아냈다. 그러는 사이, 해서는 안 될 말들 혹은 아주 오래전에 이미 해야만 했던 말들이 오갔다. 특히 할머니에게. 그렇게 술을 될 때까지 드시고 여기까지 와서는 더 할 말이 있으세요? 있냐고. 네가 그러고도 태수 씨 엄마야? 엄마냐고. 그래, 나 엄마 딸이다. 그럼? 태수 씨 딸은 아니냐? 내가 닮기는 누굴 닮아. 우리 집에 그럼, 유자 말고는 계집밖에 더 있어? 그렇게 소리를 지르는 와중에 첫 조문객이 왔다. 엄마가 가까이 다가가 인사를 하며 이름을 불렀다. 성식이 형.

태수 씨와 엄마는 모 대학 사학과 85학번이었는데, 동기들 이야기를 할 때마다 그들을 민주85라고 불렀다. 내가 아주 어렸을 때부터 성식이 형, 민재 형, 의식이 형과 같은 형 이야기를 많이 했고 그들이 다 민주85라고 했다. 어느 형은 이제 곧 출소를 한다더라, 어느 형은 태국에서 재혼을 한다더라, 이런 이야기도 곧잘 했다. 나는 그런 이야기를 들을 적마다 태수 씨가 허풍을 떤다고 생각했는데 언젠가 정말로 청송교도소로부터 온 편지를 받은 적이 있었다. 나는 태수 씨에게 그걸 건네면서 태수 씨가 그 편지를 펼쳐보기까지 긴장되는 마음으로 지켜봤다. 마침내 태수 씨가 펼친 편지에는 이해할 수 없는 말들만 적혀 있었다. 간간이 수령님, 동지, 북조선 같은 단어들이 섞여 있었다. 태수 씨는 편지를 대충 훑어보다 탁자 위에 던져놓았고 나는 그 편지를 몰래 내 방으로 가져왔다.

　나는 무슨 뜻인지도 모르면서 편지에 적힌 내용을 한 자 한 자 비밀 일기장에 옮겨 적었다. 누가 뭐래도 우리는 투쟁을 해야 한다. 자본의 배를 불리는 식으로는 사회가 올바르게 굴러가지 않는다. 나는 태수 씨가 어떤 비밀 조직의 회동에 연루되었다고 생각했고 그것이 무척 멋있게 느껴졌다. 어린 나이에도 태수 씨의 일을 어떤 식으로든 지지해줄 마음을 가지고 있었다. 노동이라든지 투쟁이라든지 하는 것들이 무척 멋들어지게 느껴졌기 때문이었다. 어쨌든 나는 그 편지를 다 옮겨 적은 뒤 맨 밑에 보낸 이의 이름도 꾹꾹 눌러 적었다. 성식이 형.

*

　그때부터였다. 태수 씨에게 성식이 형 이야기를 해달라고 조른 것은. 태수 씨는 보통 귀찮아하는 기색이 역력했다. 다만 장거리 운전을 할 때만큼은 졸음을 쫓기 위해서인지 집중해서 성식이 형에 대한 이야기를 해주었다. 성식이 형 이야기를 하다 보면 태수 씨와 엄마에 대한 이야기도 간혹 들을 수 있었는데, 화염병을 던지고 경찰과 대치하며 삐라를 뿌리던 그들의 모습이 머릿속에 선명하게 그려지는 것 같았다. 정말이지, 태수 씨와 엄마는 그때 당시 무서울 게 없었다고 했다. 우리는 투쟁하며 공부했어. 도서관만 다니던 뜨내기들하고는 급이 달랐지. 태수 씨는 일말의 후회도 없다는 듯 그렇게 말했다. 그런데 성식이 형 이야기만 하면 한숨을 푹푹 쉬었고 목소리가 갈라졌다. 나로서는 알아들을 수 없는 이야기였다. 성식이 형이 NL이었고 태수 씨가 PD였는데 두 사람은 어떤 일을 계기로 가까워졌지만, 북조선의 지령을 받고 러시아로 떠난 성식이 형을 태수 씨는 말릴 수가 없었다. 그렇게 러시아 인터폴에게 붙잡힌 성식이 형은 국가보안법 위반으로 오랜 기간 복역하게 되었다는 것이었다.

어쨌든 나는 태수 씨에게서 틈만 나면 노동의 가치가 어떠니, 시장경제가 어떠니, 하는 소리를 듣고 자랐다. 나는 그 중심에 성식이 형이 있다고 생각했고, 머리가 더 크고 나서는 태수 씨가 아주 위험한 일에 휘말릴 수도 있었다는 생각이 들었다. 성식이 형의 편지는 1년에 한 번은 꼭 왔고 우리가 이사를 간 후에도 어떻게 알았는지 어김없이 배달되었다. 태수 씨가 거기에 답장도 하지 않고 대충 아무 데나 놓아두면, 나는 그것들을 차곡차곡 모았다. 그런 성식이 형을 이제야 마주하게 된 것이었다. 나는 태수 씨의 영정 사진 아래 국화꽃을 놓는 성식이 형을 가만 바라보았다. 성식이 형의 행색은 아주 볼품없었다. 팔꿈치를 덧댄 감색 재킷을 걸쳤는데 나름 애써 구색을 맞춘 것 같았다. 한쪽 무릎이 아픈지 주저앉듯 절을 하는 성식이 형의 가지런한 발을 보면서, 나는 태수 씨가 병원에서 성식이 형에 대해 했던 말을 다시금 떠올렸다. 내 옆에는 엄마와 동생들이 어설픈 모습으로 쪼르르 서 있었는데 무슨 말을 해야 할지 몰라 당황스러워하는 기색이 역력했다. 처음 가까운 사람의 죽음을 맞이해 본 사람들의 자연스러운 모습이었다. 성식이 형이 눈물을 훔치며 자리에서 일어나 나와 맞절을 했다.

"네가 수민이구나."

"네."

"이런 애들을 두고 어떻게⋯⋯."

"성식이 형."

"응?"

나는 바지 주머니에서 수첩을 꺼냈다. 그리고 성식이 형 이름 아래 있는 문장을 읽었다. 최대한 연습한 대로.

"울지 마쇼. 태수 씨의 지령이오."

"태수 씨?"

성식이 형의 눈이 동그래졌다. 길게 수염을 기른 턱이 파르르 떨리는 것 같더니 이내 웃음을 터뜨렸다. 나는 성식이 형에게 다가가 귓가에 속삭이는 것도 잊지 않았다. 3백만 원은 꼭 우리 수민이한테 갚아주쇼. 당신 러시아 간다고 했을 때 내가 부쳤던 돈. 나는 최대한 태수 씨의 목소리를 따라 했고 그럴싸한 목소리가 나와 뿌듯했다.

*

　태수 씨의 이름은 원래 형주였다. 58년 평생 형주라는 이름을 썼는데 여자 이름 같다고 놀림도 많이 받고 오해도 많이 받았다고 했다. 태수라는 이름은 태수 씨가 암 진단을 받은 후 고모가 작명소에서 지어 온 것이었다. 태수가 오래 살 이름이라고 했다. 우리는 그 후로 태수 씨를 태수 씨라고 부르게 되었다. 사람이 믿는 대로 살아진다고, 피그말리온 효과라고 아니? 고모가 단체 카톡 방에서 그렇게 말했고 아무도 대답하는 사람은 없었지만 자연스럽게 모두가 태수 씨를 태수 씨라고 불렀다. 간절했기 때문이었다. 나는 태수 씨의 병 앞에서 평소라면 콧방귀나 뀌었을 일들을 많이 했다. 친구들에게 화살기도를 부탁했고 지도교수님에게까지 전화해 태수 씨가 통 밥을 먹지 않는다며, 변을 보지 않는다며 엉엉 울었다. 고모가 잔뜩 사다놓은 활성 비타민 주스, 아연,

면역 관리 영양제, 유산균, 정체 모를 미숫가루들을 죄다 물에 타서 한 모금씩 천천히 먹였다. 구역질을 해도 먹였다.

엄마는 이런 게 무슨 소용이냐고, 죄 다단계 아니냐고 심지어 아연은 너무 많이 먹으면 위에 무리가 간다고 고모에게 몇 마디 했고, 엄마와 고모는 그 일로 머리채를 잡고 싸웠다. 다 살리자고 하는 일인데. 다 살리자고 하는 일인데도 엄마와 고모는 척을 졌다. 태수 씨를 지독하게 사랑해서 서로를 끔찍하게 미워하기 시작했다. 태수 씨가 뭐라고. 도대체 태수 씨가 뭐라고 우리는 그토록 태수 씨를 사랑한단 말인가?

내가 대학에 입학하고 나서 나와 태수 씨의 정치적 견해는 극도로 갈렸다. 언젠가 태수 씨는 내게 정말 궁금하다는 듯 이렇게 물었다.

"결혼은 같이 하는 건데, 남자가 무조건 집을 해 와야 한다는 게 정말 요즘 여자들의 생각이니?"

언젠가 태수 씨가 보는 유튜브 쇼츠를 함께 본 적이 있는데 유독 그런 내용이 많이 나왔다. 메갈이 어쩌고 한국 여자들이 어쩌고…… 나는 태수 씨에게 이런 것들을 정말 믿느냐고 물었고 태수 씨는 실제로 여자들이 그렇지 않으냐며 농담 아닌 농담을 했다. 나는 태수 씨가 그런 말을 할 때마다 속에서 천불이 일었다. 왜냐하면 태수 씨는 자식이라곤 나를 포함해 딸만 둘이었기 때문이었다. 자꾸 요즘 여자들 이야기를 하면서도 내가 요즘 여자들 중 한 명이라는 생각은 하지 않았다. 그러니까, 태수 씨는 가까이 있는 나를 두고도 저 멀리 있는 요즘 여자들을 보는 식이었다. 그래서 유연한 노동 문제에 대해 비판하면서도 불가산인 가사 노동 시간에 대해서는 일언반구도 하지 않았다. 사회는 조리 있게 굴러가야 하지만, 가족이라는 제도 안의 조리는 다른 문제였던 것이다.

하지만 태수 씨 또한 견뎌야 했던 것들이 너무도 많았다는 걸 알고 있었다. 두 딸을 길러내기 위해 어울리지도 않는 양복을 입고 꾸역꾸역 출퇴근을 반복했다. 그러다 보니 스트레스가 쌓였고 술을 먹고 게임을 했다. 그렇게 배가 부르고 불러 복수가 찬 줄도 몰랐다. 병은 소리도 없이 발 빠르게 태수 씨의 몸을 잠식했고 나는 잠식해가는 그 병이 어떤 병인지도 모르고 옆에서 태수 씨가 하는 휴대폰 게임이나 구경하고 불뚝 나온 배를 퉁퉁 치며 놀려댔다. 그러면서도 태수 씨는 자꾸 책임질 것들을 만들어나갔다. 특히 유자에게는 더 각별해서 나와 동생은 정신 차려보니 막내가 생겼다며 툴툴거리곤 했다.

다 알면서도 참고 사는 거야. 그런데 너네는 왜 그러니? 태수 씨는 내게 이렇게 물어온 적이 있었다. 그러나 나는 태수 씨의 삶은 치열하면 치열했지 참고 견디는 방식으로 이어져온 것이 아니라고 생각했다. 그래도 나는 태수 씨를 사랑했다. 인셀은 사랑하지 못해도 그런 태수 씨 정도는 사랑할 수 있는 사람이었다. 어쩌면 한 사람의 역사를 알면 그 사람을 쉬이 미워하지 못하게 되지 않을까, 그런 생각이 들었다.

성식이 형은 조용히 육개장에 소주 한 병을 천천히 비웠다. 나는 성식이 형 앞에 가만히 앉아 있었다. 아직 이른 새벽이라 조문객이 별로 오지 않아 가능한 일이었다. 성식이 형은 내게 더 이상 가타부타 말도 붙이지 않았으며 오히려 내내 난감한 표정을 짓고 있었다. 그러다 문득 생각이 난 듯 내게 말을 걸었다.

"형주가……."

"태수 씨요."

"그래, 태수 씨가…… 나랑 팔당에 간 적이 있어."

팔당에 가서 그러더라, 네 엄마가 널 임신했다고. 그래서 우리는 그만해야 될 것 같다고. 성식이 형이 그렇게 말했다. 무엇을요? 내가 묻자 성식이 형은 조용히 대답했다. 혁명. 그래서 내가 러시아를 혼자 간 거야. 지령을 받고. 태수 씨도 지령을 받았어요? 아니지. 걔는 듣자마자 말렸지. 걔는 뼛속까지 PD였어. 아무래도 수령님을 모시는 건 자기 길이 아닌

것 같다고 말이야. 자기는 식구들 먹여 살려야겠대. 그래서
내가 펄쩍 뛴 거야. 그러니까 미안하다면서 준 게…….

"3백만 원이라고요?"

"그래."

"그래도 줄 건 줘야죠."

"그래야겠지?"

성식이 형은 소주 한 병도 모자라 또 한 병을 비운 뒤 장
례식장을 빠져나갔다. 나는 성식이 형을 따라갔다. 뒤따라
오는 나를 의식했는지 성식이 형의 걸음이 빨라졌다. 그러
다 갑자기 뒤를 돌아보더니, 알겠다, 담배나 한 대 피우자,
하고 담배를 피웠다. 나도 한 대 빌려 같이 피웠다. 그리고
성식이 형은 그 자리에서 내게 250만 원을 이체해주었다.
50만 원은 담뱃값이라고 했다. 그냥 평범한 마일드 세븐인
데. 내가 말했다. 하지만 성식이 형은 모른 척했고 나는 나름
대로 성식이 형의 역사를 알아서인지 그냥저냥 넘어가게 되
었다.

"대신 부탁이 있어요."

부탁? 성식이 형이 되물으며 불안한 모습으로 주변을 둘
러봤다. 우리 집 개를 장례식장에 데려와주세요. 그러자 성
식이 형이 나를 빤히 쳐다봤다. 그러더니 아직까지도 미행
을 당해, 그렇게 말하며 어둠 속으로 사라졌다. 나는 멀어지

는 성식이 형을 바라보면서 태수 씨도 겁이 났구나, 생각했다. 태수 씨는 나에게 그 당시 멋지게 화염병을 던지고 공장에 위장 취업을 하고 삐라를 뿌린 이야기밖에 해주지 않았기 때문이었다.

*

나는 인유두종 바이러스를 가지고 있다. 자궁경부암에 걸릴 확률이 꽤나 높은 고위험군 바이러스로 의사는 내게 분기별 검진을 권했다. 처음 바이러스가 있다는 걸 알고 자궁경부암 검사를 했을 때, 결과가 나오기까지 사흘의 시간이 걸렸다. 나는 그 시간 동안 자궁을 들어내는 것과 진단비 2천만 원을 받아내는 것을 동시에 상상했다. 월급은 형편없었고 대출이자는 천정부지로 치솟을 때였다. 결국 나는 가까운 친구에게 이렇게 말했다. 나 아무래도 (암에) 걸리더라도, 진단비를 받는 쪽인 것 같아. 그러자 친구가 기함을 했고 나는 그 후로 다시는 그런 말을 함부로 내뱉지 않았다. 나는 태수 씨와 데칼코마니 같은 병원 복도를 빙빙 돌 때마다 그 친구 생각을 하곤 했다. 그때부터 내가 하는 모든 말들이 나를 찌르기 시작했다. 결국 암에 걸린 것은 태수 씨였다. 병은 내가 상상한 것보다 훨씬 고통스러웠고 삶은 지독히도 내

뜻대로 굴러가지 않았다. 아니, 내 삶을 단 한 번이라도 손에 줴 적이 있던가. 삶은 언제나 나를 쥐고 흔들 뿐이었다.

태수 씨는 MRI 찍는 것을 포기했다. 커다란 통 속에 들어가는 것이 꼭 숨통을 조이는 것만 같다고 했다. 아티반을 주입했는데도 통 속에서 고함을 지르고 몸부림을 쳐서 간호사 세 명이 들러붙어 진정시켜야 했다. 나는 그때 대기실에서 전자책을 읽으며 태수 씨를 기다리고 있었는데, 두 시간이 지나도 태수 씨가 나오지 않았다. 검사실에 드나드는 사람들의 얼굴은 빨갛고 까무잡잡했다. 나는 하얀 천 아래의 맨발만 봐도 그들이 태수 씨가 아님을 알았다. 결국 데스크 간호사에게 태수 씨의 행방을 물은 끝에 검사를 시작한 지 15분도 안 되어 병실로 복귀했음을 알았다. 전화 한 통 하지 않는 태수 씨에게 머리끝까지 화가 난 채로 엘리베이터로 향했다. 그즈음 태수 씨는 휴대폰을 보지 않았다. 전화가 와도 받지 않고 좋아하는 유튜브도 보지 않았다. 병실에 도착하자 태수 씨가 엎드려 울고 있었다. 나는 태수 씨의 등을 쓸어내리며 말했다.

"태수 씨, 나 인유두종 바이러스가 있대."

"그게 뭔데."

"자궁경부암을 일으키는 바이러스야."

"수민아, 그거 성관계 때문 아니니?"

"응, 맞아."

"누구 때문이니?"

"태수 씨, 그건 몰라."

태수 씨는 코를 훌쩍이며 몸을 일으켰다. 그리고 휴대폰을 들어 무언가를 검색하기 시작했다. 나는 태수 씨가 뭐라도 하는 게 좋아서 말을 하길 잘했다고 생각했다. 자기 걱정 안 하고 남 걱정하는 게 차라리 나으니까. 그렇게 또 병원 복도를 빙빙 돌면서 태수 씨는 자궁경부암에 대한 생각을 했고 자꾸 나에게 의미 없는 질문을 했다. 원래 그런 병에 많이들 걸리니? 몰라, 운 나쁜 섹스 하면 걸릴 거야. 나는 그런 태수 씨의 질문에 대충 대답하며 우리가 무슨 잘못을 했는지 오래도록 생각했다. 하지만 결국 우리가 잘못한 건 없다는 결론에 도달했다. 그냥 적당히 돈 없고 적당히 뭘 모른 채 살아왔을 뿐이었다.

*

건강했을 적, 태수 씨는 페이스북을 곧잘 했는데 남다른 글 솜씨로 페친이 꽤 많았다. 페친들은 태수 씨에게 감자며 옥수수 따위를 보내주었고 세탁소를 한다는 어떤 페친은 손님들이 찾으러 오지 않는 옷을 여러 벌 챙겨 보내주기도 했다. 태수 씨는 페친이 준 겨울 점퍼를 입고 가족 앞에서 으스대었다. 나도 들어본 적 있는 비싼 브랜드였다. 태수 씨는 세탁소 페친과 술도 먹고 노래방도 다녔다. 태수 씨는 운동을 잘 하지 않았다. 출퇴근길이 오래 걸리니 그게 바로 운동이라며 우리에게 떵떵거렸다. 노는 거라곤 술 먹고 고성방가를 하고 담배를 피우고 노래방에 가는 것. 그게 다였다.

반면 엄마는 대학 때부터 테니스 동아리에 들 정도로 테니스에 진심인 사람이었다. 그러다가 테니스 엘보가 와서 테니스를 그만두었다고 했다. 그 후로 엄마는 좀처럼 운동을 하지 않았고 점차 모든 것에 흥미를 잃어갔다. 아니, 정확히 말하면 나를 낳은 이후로 그렇게 되었다고 했다. 그렇다고 너를 미워하거나 그런 건 아니야. 엄마는 그렇게 말했지만, 초등학생이던 나에게 사소한 걸로 트집을 잡고 툭하면 혼을 냈는데, 나는 그게 일종의 괴롭힘이라고 생각한 적이 있었다.

어쨌든 엄마는 테니스를 그만둔 이후로 조금씩 술을 배우기 시작했고 급기야는 태수 씨와 함께 술을 마시러 다녔다. 그렇게 세탁소 페친과도 친해졌다. 그러다가 갑작스럽게 그 페친과 연을 끊게 된 사건이 있었다. 엄마가 주사를 부린 탓이었다. 매운탕을 먹다가 갑자기 숟가락으로 페친의 빈 정수리를 탕탕 때렸다고 했다. 처음에는 페친도 장난으로 받아들였는데, 점점 강도가 세져 페친의 정수리가 붉게 달아 올랐다. 태수 씨는 엄마의 숟가락을 빼앗으려 애를 썼지만 엄마는 술만 마시면 힘도 세졌기에 마지막으로 한 방, 테니스공을 치듯이 시원하게 페친의 정수리를 때렸다. 그 술자리는 엉망진창이 되었다.

고맙게도 태수 씨의 페친들이 더러 장례식장에 와주었다. 엄마가 숟가락으로 정수리를 때린 페친도 물론 있었다. 나는 그 페친이 절을 하고 국화꽃을 놓을 때 얼른 수첩을 확인한 뒤 마주서서 인사하는 틈을 노려 귓속말을 했다. 그 옷들 말이야, 다 짝퉁이더만. 그러자 페친의 얼굴이 새빨갛게 달아 올랐다. 그러고는 식사도 하지 않고 서둘러 장례식장을 나가 버렸다. 엄마는 영문을 몰랐고 나는 속으로 많이 웃었다.

태수 씨는 네 엄마가 골 때리는 주사가 생겼다며 꼴도 보기 싫다고 화를 냈지만, 사실 엄마의 사정은 달랐다. 그 페친이 꼬라지를 부렸다는 것이었다. 당신 남편이 속이 없다느니, 누가 내다버린 옷을 줘도 넙죽 받더라느니, 좀 챙기라느니, 그런 소리를 했다고. 엄마는 어렸을 때 집이 꽤나 잘살았는데, 어느 정도냐 하면 애들이 도시락 반찬으로 계란프라이에 김치를 싸올 때 혼자 흑빵 사이에 치즈와 햄을 끼운 샌드위치를 싸다닐 정도였다. 그런 엄마가 가난하지만 낙관적인 태수 씨를 만나 있는 속 없는 속 다 버리고 살아왔다. 그

162

러니 페친의 은근한 조롱을 모를 리 없었다. 우리 가족은 그렇게 속없이 살아왔어도, 기쁠 때 기뻐할 줄 알고 화낼 때 화낼 줄도 알고 살아왔다.

그래서 우리 가족은 태수 씨가 아픈 뒤로도 조금씩 기뻐했다. 물론 많이 슬펐지만, 슬픈 와중에도 틈틈이 기뻐했다. 우리는 태수 씨가 아프고 나서 태수 씨의 먹는 것과 싸는 것에 모두 집중하고 즐거워했다. 나는 태수 씨가 미음을 한 숟가락 뜨거나 통잠을 자면 온 가족에게 전화를 걸었고 대변을 보면 그것을 사진으로 찍어 기록해두었다. 내 생전 남의 대변을 사진으로 찍게 될 거라곤 상상도 못 했다. 그런데 병원 생활이라는 게 그랬다. 개인의 모든 식생에 집중하게 되었고 작은 변화 하나에도 심장이 내려앉거나 자그마한 희망을 품게 되었다.

오후가 되자 장례식장은 사람들로 붐비기 시작했다. 나의 가까운 친구들부터 먼 친구들까지 알음알음 찾아왔는데 태수 씨의 친구가 가장 많았다. 나는 몽롱한 정신으로 조문객을 맞이했고 수첩을 펼친 뒤 SNS나 사진 등을 통해 알아둔 얼굴을 매치시켜 태수 씨의 말을 전해줬다. 그러면 어떤 사람은 울었고 어떤 사람은 웃었다. 또 어떤 사람은 더러 화를 내기도 했다. 그럴 때마다 엄마는 영문을 모른 채 내가 들고 있는 수첩을 뺏으려 들었지만, 나는 결코 내어주지 않았다.

몇몇 노인은 완장을 찬 내게 태수 씨가 아들이 없어 안타깝다는 소리를 했다. 그러면 나는 그렇게 안타까울 일은 아니에요,라고 맞받아쳤다. 그러면 엄마가 하지 말라고, 그러지 말라고 손을 내저었다. 나는 애도하러 와서 굳이 그런 말까지 하는 사람들이 더욱 이해되지 않았다. 사촌 동생이 남자라는 이유로 상주 노릇을 해야 한다는 것도 터무니없는 말이었다. 누구보다 태수 씨를 잘 알고 사랑했던 맏딸이 여기 있는데. 하지만 사랑을 증명할 길은 달리 없었다. 누구의 사랑이 더 크다고 말할 수 있을 것인가. 우리는 한 트럭의 미움 속에서 미미한 사랑을 발견하고도 그것이 전부라고 말하는데. 더군다나 나는 태수 씨를 사랑하고 있다는 걸 태수 씨가 아프고 난 다음에야 깨달았다. 휴대폰 알람이 울렸다. 모르는 번호로 문자가 와 있었다. 집 비번은? 성식이 형이었다.

*

생전 친구가 워낙 많았던 태수 씨의 장례식장은 빈틈없이 꽉 채워져 있었다. 하지만 나를 통해 온 조문객은 몇 명 없었다. 친한 친구 몇 명만 종일 빈소를 지켜주었다. 소중한 이들에게나 잘하면 된다고 나름대로 담담히 받아들이려고 했지만, 서운한 마음은 어쩔 수 없었다. 하지만 누구에게 서운해한다는 말인가. 나는 대학 때부터 친구도 몇 명 없었고 회사도 퇴직금 받을 시기만 다가오면 그만두기 일쑤였다. 바로 직전까지 다니던 회사도 태수 씨를 간병하기 위해 그만뒀지만 겨우겨우 1년을 채운 뒤 나가는 꼴이 좋지 않기는 마찬가지였다. 그곳은 작은 중고 거래 플랫폼 회사였는데 칸막이도 없는 널따란 공간에 사무실용 책상 서른 개가 다닥다닥 늘어서 있는 곳이었다. 휴게실도 없는 곳에서 나를 포함한 직원들은 점심때마다 온갖 음식 냄새를 풍기며 도시락을 먹었고 나머지 시간에는 일을 했다. 운영팀에 소속된 나는 주로 올라온 매물을 검수하는 일과 고객 관리 업무를 했다. 시간이 나면 몰래몰래 데스크톱에 다운받아둔 전자책 뷰어로 전자책을 읽었다.

일이 간단한 만큼 연봉도 매우 적었다. 나는 매일 6시만 되면 자리에서 일어나 퇴근했지만, 개발팀은 그러지 못했다. 개발팀은 이십대 중후반의 직원들이 대다수였고 막 IT 업계로 발을 들인 사람들이 많았다. 이곳을 발판 삼아 더 나은 곳으로 가기 위해 노력하는 사람들. 개발팀의 어떤 직원 중 하나가 이 회사의 운영팀이 고삼녀들의 종착지라며 우스갯소리를 했다고 들었다. 그들이 말하는 고삼녀란 고학력자 삼십대 여성의 줄임말이었다. 운영팀끼리 점심 회식을 하는 자리에서 그런 이야기가 나왔는데 나는 그 말이 어느 정도

일리가 있다고 생각한다며 넌지시 말을 보탰다. 그러자 분위기가 싸해졌다. 그러니까, 어딜 가도 나는 그런 식이었던 것이다.

사람들은 각양각색으로 태수 씨의 죽음을 애도했다. 통곡을 하는 사람도 있었고 훌쩍이는 사람도 있었고 삼삼오오 모여 술을 마시며 즐거워하는 사람들도 있었다. 나는 슬퍼하는 쪽보다는 즐거워하는 쪽이 편했는데, 우는 것에 너무 질려버렸기 때문이었다. 우리 가족은 태수 씨 없을 때 정말 많이도 울었지만, 태수 씨 앞에서는 함부로 울지 않았다. 그건 태수 씨도 마찬가지였다. 태수 씨는 항암 치료를 시작하면서 요양병원으로 거처를 옮겼다. 대학병원 병실은 자리가 없었기 때문이었다. 태수 씨는 우리 형편에 1인실이 어렵고 2인실을 써야 한다는 걸 알았지만 병원장을 구워삶아 2인실 값에 1인실을 얻어내고야 말았다. 태수 씨는 그런 사람이었다.

나도 태수 씨 같은 사람이 되고 싶었는데. 언젠가 내가 그런 말을 한 적이 있었다. 태수 씨는 요양병원 꼭대기 층에 있는, 정원이라고 불리는 정원 아닌 곳을 좋아했다. 그곳에는 비싼 안마 의자도 있었고 족욕을 하는 공간도 따로 있었다. 태수 씨를 휠체어에 태워 그곳으로 데려가면 태수 씨는 담요를 두른 채 휠체어에 앉아 꾸벅꾸벅 졸았다. 그러면 나

는 거기서 족욕도 하고 안마 의자에 누워 낮잠을 자기도 했
다. 태수 씨는 그게 좋다고 했다. 내가 그러는 거, 족욕도 하
고 낮잠도 자는 거. 사실 족욕이라고 하기에는 애매하게 미
지근한 물밖에 나오지 않았지만, 나는 미지근한 물에 오래
도록 발을 담근 채 태수 씨에게 말을 걸었다. 나도 태수 씨
같은 사람이 되고 싶었는데. 태수 씨는 내 말을 듣자마자 그
러냐, 했다. 그러더니 내가 어떤 사람인데, 되물었다.

"모든 일에 훼방을 놓고야 마는 사람."

그렇게 말하자 태수 씨가 웃었다. 웃다가 허리가 아픈지
눈살을 찌푸렸다. 나는 그때 태수 씨에게 고삼녀의 뜻을 알
려주며 내가 그런 말을 들었다고 했다. 그러자 태수 씨는 잠
자코 이야기를 듣더니 고개를 들었다. 그리고 눈을 동그랗
게 뜬 채로 물었다. 네가 벌써 서른이니? 응, 태수 씨. 나 서
른이야. 많이도 먹었다. 그러게. 근데 말이야. 나이라는 게
사람을 주저하게도 만들지만 뭘 하게도 만들어. 그 사람들
이 뭘 모르고 하는 말이야. 아빠는 어이고, 내 나이가 사십이
네, 하면서 조금 어른스러워졌고 어이고, 내 나이가 오십이
네, 하면서 조금 의젓해졌어.

"그런데 그거 알아? 나는 태수 씨가 운 걸 딱 한 번 본 적
있어."

"언제?"

"노무현 전 대통령 추모제 때. 그때 태수 씨가 국화꽃을 놓으면서 하염없이 울었어. 나 꽤 어렸을 땐데. 그래서 되게 무서웠어."

그러자 태수 씨가 희미하게 웃었다. 정말 열렬히 사랑했던 사람이었거든. 태수 씨는 그렇게 말하더니 잠자코 있다가 내게 거울을 보여달라고 했다. 나는 가지고 있는 거울이 없어 휴대폰 전면 카메라를 켜서 태수 씨에게 보여주었다. 그러자 태수 씨가 머리를 이리저리 비춰 보더니 인상을 잔뜩 찌푸린 채 눈물을 흘렸다.

"아빠, 왜 그래."

"무서워서 그래."

"뭐가?"

"있잖아, 수민아. 그냥 죽고 싶은 마음과 절대 죽고 싶지 않은 마음이 매일매일 속을 아프게 해. 그런데 더 무서운 게 뭔지 알아? 그런 내 마음을 어떻게 알고 온갖 것들이 나를 다 살리는 방식으로 죽인다는 거야. 나는 너희들이 걱정돼. 사는 것보다 죽는 게 돈이 더 많이 들어서."

나와 태수 씨는 그때 처음으로 함께 울었다. 하도 오래 발을 담가서 발가락이 팅팅 불어 있었다. 나는 울먹거리며 태수 씨에게 물었다. 태수 씨는 왜 족욕을 안 하는 거야? 그러자 태수 씨도 훌쩍이며 대답했다. 아빠는 무좀이 있잖아.

*

　그 후로 태수 씨와 나는 더 많은 대화를 나눴다. 알고 보
니 태수 씨는 잔뜩 겁에 질려 있었다. 휴대폰을 보지 않는
것도, 내게 전화를 나가서 받으라고 하는 것도 겁에 질려 있
어서 그런 것이었다. 자기 빼고 돌아가는 세상이 미치도록
무섭다고 했다. 나는 태수 씨 앞에서 휴대폰을 꺼내는 대신
만화책을 잔뜩 빌려 와 태수 씨와 함께 읽었다. 태수 씨 젊
었을 적 이야기도 많이 들었다. 이미 몇 번이나 들었지만 못
들은 척했다. 어김없이 성식이 형이 또 나왔다.
　"성식이 형이 네 엄마를 좋아했어."
　"엄마 인기 많았네."
　"엄마도 NL이었거든."
　"아빠는 PD였다며."
　"응."
　"그런데 어떻게 연애를 했어? 둘은 사이가 안 좋았다며."
　"머리핀 공장에서 만나서."
　나는 태수 씨가 머리핀 공장에서 일을 하는 모습이 좀처럼
상상되지 않았다. 똑딱 핀에 조그마한 큐빅이나 리본을 붙이
고 있었을 태수 씨. 나는 아직도 NL이 무엇이고 PD가 무엇
인지 모르지만, 그것이 태수 씨와 엄마를 살아 있게 했다는

것은 알고 있다. 세상의 중심을 논하는 방식이었다는 것도 알고 있다. 나는 그것들이 부럽게 느껴지기도 했다. 똑딱 핀을 만들며 그들은 무슨 도모를 그렇게 열심히 했을까. 나는 여태까지 도모해온 일들을 떠올리려고 노력하다가 포기하고야 말았다. 그렇게 거창한 일은 생전 해본 적이 없었다.

새벽 3시쯤 되자 조문객이 현저히 줄었다. 엄마와 동생은 작은 방에 들어가 잠시 쪽잠을 청하고 나는 자리에 앉아 꾸벅꾸벅 졸고 있었다. 옅은 꿈에서 태수 씨가 나에게 좀 일어나라, 잠충아, 소리를 질렀다. 그리고 자꾸 내게 했던 말을 또 했다. 태수 씨는 꿈에서도 했던 말을 또 하는구나, 잠결에 그런 생각을 했다. 그런데 누가 내 어깨에 지그시 손을 얹었다. 눈을 떠보니 이전 회사의 차장님이 와 있었다. 나는 놀라 서둘러 몸을 일으켜 인사를 했다. 그러자 차장님이 내 두 손을 잡고 헤벌쭉 웃어 보였다. 차장님은 늘 그렇게 웃었다.

차장님과 나는 종종 함께 외근을 나갔다. 외근이라지만 하는 일은 볼품없었다. 사장님의 아이들이 하원하는 시간에 맞춰 픽업한 뒤, 사모님이 오기 전까지 놀이터에서 놀아주는 일이었다. 두 아이는 곧 제주도에 있는 국제학교에 입학할 예정이라고 했다. 사장님은 내게 친절한 말투로 일렀다. 그러니까, 잠시 동안만. 수민 씨 인상이 제일 좋아서 그래. 그러나 나는 면허가 없어서 그 회사에 10년째 근무 중이던 차장님이 함께 가게 되었다.

　나와 차장님은 아이들 그네를 밀어주면서, 미끄럼틀을 태우면서 많은 이야기를 했다. 요즘은 놀이터에 모래가 없네요, 그런 이야기도 하고, 제가 사실 주식으로 천만 원을 잃었는데요, 그런 이야기도 했다. 아니 주로 이야기를 하는 쪽은 나였다. 이상하게 차장님의 헤벌쭉한 표정을 보고 있으면 그런 말이 잘도 나왔다. 차장님은 자주 말을 더듬었고 틈만 나면 헤벌쭉 웃었지만 말을 듣다 보면 명민한 사람이라는 인상을 주었다. 나는 그런 차장님이 정말 어른 같다고 생각했고 많이 의지했던 것 같다.

　조문을 온 차장님은 자리에 앉더니 내게 잠시 앉으라고 손짓했다. 나는 고요한 주변을 둘러보다가 차장님 앞에 가서 앉았다. 그러자 차장님이 육개장에 밥도 말아주고 숟가락에 수육도 올려주었다. 그러면서 내게 말했다.

　"수민 씨 없어서 요즘 회사 다니는 게 아주 고역이야."

　"그 전에도 잘만 다니셨잖아요."

　"그래도 있다가 없는 거랑 같나?"

　차장님이 육개장을 크게 한술 먹었다. 그리고 맥주도 한 병 까서 마셨다.

　"어떻게 알고 오셨어요?"

　"수민 씨가 문자 보냈잖아."

나는 할 말이 없어서 식탁을 덮은 여러 장의 전지들만 바라보고 있었다. 그러자 차장님이 말했다. 나는 수민 씨가 조금 다른 사람인 거 대번에 알아봤어. 환경 운동이니 페미 운동이니 그런 배지들 가방에 주렁주렁 달고 다니잖아. 차장님이 진지하게 페미 운동이라고 말하는 걸 듣고 괜히 웃음이 터졌다. 그게 차장님이랑 무슨 상관이 있어요? 내가 묻자 그냥 그런 것들이 보기가 좋았다고 했다. 차장님도 어렸을 때 운동 같은 걸 한 적이 있는데, 그때가 기억이 났다고. 나는 도대체 무슨 운동을 했느냐고 물어보고 싶었는데 말이 잘 나오지 않았다. 그 대신 괜스레 눈물이 났다.

"차장님도 요즘 여자들이 그렇게 싫으세요?"

"요즘 여자들? 우리 회사 요즘 여자들은 다 괜찮아."

차장님은 10년 동안 같은 회사에 있어서 그런지 모든 사람들을 다 회사 사람들과 비교하게 됐는데, 어쨌든 다 괜찮은 사람들이라는 말로 끝을 맺었다. 나는 차장님이 그래서 좋았다. 요즘 애들, 옛날 애들 가리지 않고 맞춰가는 그 유도리가 진짜 멋으로 느껴졌다. 그러니까, 나 같은 요즘 애들은 똑딱 핀을 만들면서 무언가를 도모할 거리는 없었지만, 그래도 뜻이라는 게 있었다. 삶을 살아가고자 하는 뜻, 의지, 그런 것들. 비록 미적지근할지언정, 중요한 건 분명히 그런 게 존재한다는 것이었다. 나는 수첩을 꺼내지 않고 차장님에게 말했다. 차장님, 평생 차장님으로 남아주시면 안 돼요?
그러자 차장님이 헤벌쭉 웃으며 말했다. 아무래도 그럴 것
같지?

*

사실 태수 씨 장례식 프로젝트의 핵심 인물은 동생 수진
이었다. 나와 수진은 일주일을 절반씩 갈라 태수 씨의 간병
을 도맡았다. 엄마는 직장을 그만두면 안 되었기에 그렇게
했다. 수진은 처음에는 나보다도 많이 울었지만, 곧 누구보
다도 먼저 태수 씨의 병에 적응하고 이런저런 규칙을 만들
기 시작했다. 클리어 파일을 사서 A4용지를 끼워 넣고, 그날
그날 태수 씨가 먹은 것들을 기록해놓았다. 그리고 그것들
을 카톡으로 우리에게 공유하기 시작했다. 변이 나오지 않
는다고 하면 유산균을 먹이고, 누룽지를 잘 먹는다 싶으면
바로 쿠팡에서 누룽지 한 박스를 배송시켰다. 누가 시키지
도 않는데 그랬다. 나와 엄마는 수진의 지시대로 태수 씨를
간병했고 잠을 못 자면 머리를 쓰다듬어주라고 해서 시키는
대로 했다. 그러자 태수 씨는 정말 잠에 들었다.
  태수 씨가 옛날에 그런 적이 있었다. 아빠는 죽으면, 장례
식은 재미있게 하고 싶어. 그래서 처음에 수진은 나에게 그

렇게 제안했다. 태수 씨의 영상을 만들자. 그러나 나는 마른 모습의 태수 씨를 다른 사람들에게 보여주고 싶지 않았다. 그건 태수 씨도 원하지 않을 거라고, 그건 우리 입장일 뿐이라고 딱 잘라 말했다. 그러자 수진이 태수 씨에게 직접 물어본 것이다. 나는 처음에 그 사실을 알고 화를 냈지만, 막상 직접 만난 태수 씨는 묘한 활력에 들떠 있었다.

나와 수진은 교대하기 전 한 시간 정도 시간을 내어 태수 씨의 이야기를 들었다. 돈을 갚지 않고 러시아로 떠나버린 성식이 형에 대해서, 자신이 수배당했을 때 재워준 민재 형에 대해서, 내 돌잔치 때 두 돈이나 되는 금반지를 해준 의식이 형에 대해서. 나와 수진은 그것을 음성 메모로 기록하고 수기로 적으면서 태수 씨가 영상으로 전하는 대신 우리가 그들에게 해줄 한마디, 한마디를 함께 고민했다. 그러다가 상주 이야기가 나왔고 태수 씨는 내가 상주를 할 수 없는 제도가 몹시 못마땅하다고 했다.

"내가 하면 되지, 상주."

"그게 그렇게 되나?"

"요즘 여자들은 다 해."

내가 태수 씨를 쩨려보듯 말하자 태수 씨가 와하하 웃으며 내게 속이 좁다고 했다. 나는 혹여 태수 씨의 아쉬운 소리가 남들에게 농담처럼 들릴까 걱정되었다. 그래서 태수 씨가 고통에 몸부림칠 때도 녹음기를 켜두고 태수 씨의 손을 잡고 몇 번이나 물었다. 태수 씨, 내가 상주지? 응. 내가 상주야? 응. 누가? 수민이가, 우리 수민이가…….

우리는 그렇게 태수 씨의 죽음에 관해 우스갯소리를 하고 이것저것 계획하며 삶을 영위해나갔다. 그것은 죽음을 도모하며 삶을 버티는 행위였다. 태수 씨는 자신이 죽는 것을 무엇보다 두려워했지만, 자신의 죽음을 계획하는 일에는 두려움이 없었다. 그 두 가지는 태수 씨에게 전혀 다른 것이었다. 그렇게 태수 씨는 나와 수진에게 자신의 장례식에 관한 계획 하나를 털어놓게 된 것이었다. 사실은 말이야, 아빠도 좀 이상한 건 아는데, 유자가 내 장례식에 와줬으면 좋겠다.

*

장례식 마지막 날이 됐다. 발인을 하기 두 시간 전이었다. 조문객 몇몇이 여전히 장례식장을 방문했고 나는 거의 먹지도 자지도 못해 정신이 혼미할 지경에 이르렀다. 그때 성식이 형에게 문자가 왔다. 도착. 나는 수진에게 그 문자를 보여주었다. 유자는 15킬로그램이 넘는 진돗개였다. 태수 씨는 퇴직 후에는 귀촌을 하겠다며 철저히 준비를 하고 있었는데, 옛날부터 개를 키우는 것이 꿈이었다며 유기견 입양

사이트를 직접 뒤져 유자를 입양해 왔다. 태수 씨는 평소에는 기웃거리지도 않던 부엌에서 고구마를 삶고 고기를 구워 유자에게 주었다. 유자는 갈수록 포동포동해졌고 나와 수진은 제발 그러지 말라고 태수 씨를 타박했다. 엄마도 마찬가지였다. 사람 먹는 걸 먹이면 똥 냄새가 더 심하다고. 엄마는 유자를 조금 못마땅해했다.

어쨌든 유자는 태수 씨를 졸졸 쫓아다녔다. 태수 씨가 올 때면 어떻게 아는지 엘리베이터 소리만 들려도 꼬리를 흔들고 낑낑거렸다. 태수 씨는 유자의 두 앞발을 들어 함께 춤을 추기도 했다. 노래도 없이 추는 그 춤은 신기하게도 경쾌하게 느껴졌다. 그런데도 나는 유자를 태수 씨의 장례식장에 데려오는 게 이상하다고 생각했다. 내가 태수 씨에게 꼭 그래야 하냐고 묻자 태수 씨는 꼭 그래야 한다고 대답했다. 그러면서 내게 말했다.

"나는 꼭 훼방 놓고야 마는 사람이잖아."

성식이 형이 평소 태수 씨가 타고 다니던 휠체어에 유자를 태워 왔다. 그러니까, 정확히 말하면 유자가 들어간 케이지를 휠체어에 태워 왔다. 담요를 덮은 채로. 장례식장에 개를 데려오면 안 된다는 말은 없었지만, 성식이 형은 안 된다는 걸 알면서도 그렇게 한 것 같았다. 수진은 성식이 형이 휠체어를 끌고 오자 한달음에 달려나갔다. 엄마는 성식이 형이 또 장례식장에 오는 것이 이상했는지 나가보려고 했다. 나는 엄마의 어깨를 잡으며 나와 수진 그리고 성식이 형이 함께 도모한 것이 있다고 했다. 그러자 엄마가 고개를 갸웃거렸다. 그리고 수진이 담요를 걷고 케이지를 열었을 때, 소리를 질렀다.

장례식장은 말 그대로 난장판이 되었다. 유자는 장례식장 곳곳의 냄새를 맡고 음식을 먹느라 바빴고 벽에다가는 오줌을 누었다. 직원들이 유자를 잡기 위해 이리저리 뛰어다녔지만 쉬이 잡히지 않았다. 유자는 내가 있는 곳으로 한달음에 달려와 꼬리를 흔들었고 나는 유자의 머리를 쓰다듬었다. 그러자 엄마가 울며 소리를 질렀다.

"니들 진짜 미쳤니?"

나는 수첩을 들어 엄마에게 해야 할 말을 찾았다. 그리고 해오던 것과 같이 최대한 태수 씨의 말투를 흉내 내며 말했다.

"공 여사, 자중하시오. 우리의 적은 제도잖아."

그러자 엄마, 공 여사가 허탈한 표정으로 자리에 주저앉았다. 유자는 태수 씨의 바람대로 길길이 날뛰었다. 화환과 국화꽃을 물어뜯고 이곳저곳 냄새를 맡고 사람들을 향해 짖어댔다. 나와 수진은 서로 은근한 눈짓을 주고받았다. 장례식장 직원들이 성식이 형을 끌고 나갔다. 성식이 형은 끌려나가면서도 유자의 만행을 끝까지 지켜보려고 했다. 나는 비록 눈물이 차올랐지만, 활짝 웃고 있는 태수 씨의 영정 사진을 보면서 같이 웃어 보였다. 수진도 그랬다. 그것이 태수 씨의 마지막 지령이었기에. ■

제18회 김유정문학상 수상 후보작

이서수

몸과 무경계 지대

ⓒ김서해

이서수

2014년 동아일보 신춘문예에 단편소설 〈구제, 빈티지 혹은 구원〉이 당선되며 작품 활동을 시작했다. 소설집 《젊은 근희의 행진》《엄마를 절에 버리러》, 중편소설 《몸과 여자들》, 장편소설 《마은의 가게》《헬프 미 시스터》《당신의 4분 33초》등이 있다. 젊은작가상, 이효석문학상, 황산벌청년문학상을 수상했다.

조명을 조금만 더 밝게 켜주시겠어요? 네, 좋습니다. 이제 여러분들의 얼굴이 잘 보이네요. 제 소개부터 할까요? 앞서 무대에 오르셨던 분들이 내밀한 자신의 이야기를 전해주셨지만 이름은 한 분도 밝히지 않으셨더군요. 이름을 말하는 순간 특별한 개인의 이야기로 여겨질까 두려웠던 걸까요. 저는 제 이름부터 알려드리겠습니다. 그러면 저를 조금 더 오래 기억할지도 모르니까요. 물론 바람일 뿐 정말로 그렇게 되리라고 생각하는 것은 아닙니다. 제가 어떤 이야기를 하더라도 결국 여러분들은 일상으로 돌아가면 저를 잊게 될 테니까요. 내일 해야 할 일과 주말에 이행해야 할 약속, 사야 할 것과 납부해야 할 요금 등으로 머릿속이 늘 분주할 테니까요. 지금 이 순간이나마 귀 기울여 들어주시는 분들이 있다는 것만으로도 저는 만족합니다.

제 이름은 윤세진입니다. 저는 서울 보광동의 어느 산부인과에서 태어나 이태원 산동네에서 유년 시절을 보냈습니다. 매일 해가 질 때까지 동네 골목에서 친구들과 어울려 놀았고, 이웃집 지붕 위에 올라가 유유히 흐르는 한강 물을 바라보기도 했지요. 그 당시 한강은 짙은 흙탕물 색이었고 가까이 가면 고약한 악취가 풍겼습니다. 한강변이 시민공원으로 탈바꿈하기 전의 이야기입니다.

사진을 한 장 보여드릴게요. 제 어머니입니다. 포즈가 정말로 당당하죠? 길고 풍성한 곱슬머리를 옆으로 내려뜨리고 한 손은 허리에 다른 손은 목덜미에, 고개를 뒤로 약간 젖힌 상태로 붉은 입술을 벌리고서 찰칵. 저는 이 사진을 볼 때마다 야한 여자라는 생각이 듭니다. 놀라셨나요? 어머니에게 야한 여자라고 말한 것이요. 하지만 저는 사진 속 어머니의 매혹적인 눈빛과 입술, 몸의 굴곡이 잘 드러나는 포즈가 참으로 야하다는 생각이 들어요. 그래서 저는 이 사진을 가장 좋아합니다. 어머니는 야해 보이면 안 된다는 암묵적인 룰이 있는 것도 같지만, 저는 어머니의 육체적 매력이 강렬하게 드러난 순간을 담은 이 사진을 볼 때마다 감탄해요. 어머니의 인생을 통틀어 이런 사진은 단 두 장뿐입니다. 다른 하나는 야외 수영장에서 찍은 사진이에요. 빨간색 원피스 수영복을 입고 보잉 선글라스를 코끝에 걸쳐 쓰고, 흰색 물방울무늬가 그려진 양산을 들고서 돗자리 위에 앉아 있는 사진입니다. 두 다리를 가지런히 옆으로 모으고, 고개를 기울여 카메라를 비껴 보고 있지요. 어머니는 멋쟁이였어요. 언제나 눈에 띄는 옷을 입었지요. 아랫동네의 전철역 근처에 현대시장이 있었는데 어머니는 옷을 사야 할 때마다 그곳으로 갔습니다. 가까운 거리에 도깨비시장이 있었지만 거기선 장을 보기만 했어요.

그날, 아버지는 새로 산 카메라를 목에 걸고서 저와 어머니를 이끌고 보광동 교차로를 무단 횡단해 한강으로 갔습니다. 달리던 차들이 경적을 울렸지만 아버지는 입을 꽉 다물고 고개를 숙인 채 도로를 성큼성큼 건넜죠. 우리는 한강에 무사히 도착했고, 발이 푹푹 빠지는 진흙땅을 잠시간 걸었습니다. 이윽고 아버지가 우리에게 포즈를 취해보라고 말했어요.

같은 장소에서 어머니와 제가 함께 찍은 사진이에요. 저는 파란색 체육복을 입고 노란색 머리띠를 하고 있었는데, 걸을 때마다 진흙이 튀어서 바짓단은 지저분해지고 머리띠가 자꾸만 흘러내려서 이마에 걸렸죠. 분홍색 귀걸이와 구슬 장식이 반짝이는 크로스백, 양손에 두 개씩 끼고 있는 가짜 보석 반지가 보이시나요? 저는 멋을 심하게 부리는 아이였습니다. 입학 사진을 찍기 위해 사진관에 갔을 땐 아끼는 블라우스를 입고 커다란 브로치를 달고 구슬 목걸이와 치렁치렁한 귀걸이까지 했지요. 사진사 아저씨가 대놓고 웃음을 터뜨렸어요. 이렇게 멋을 과하게 부린 아이는 난생처음 본다고요.

제 롤모델은 멋쟁이 엄마가 아니었습니다. 저는 첫사랑을 흉내 내고 있었어요. 이태원 후커스힐 근처에 자주 출몰했던 사람, 누룽지 언니를요. 저는 그 사람을 누룽지 언니라 불렀고, 그 사람은 저를 쥐눈이콩이라 불렀습니다. 쥐눈이콩처럼 작고 까무잡잡하다는 이유에서요. 제가 그 사람을 누룽지라 부른 이유는 피부색이 노르스름한 누룽지와 비슷해서였지요. 깨물면 어쩐지 고소한 맛이 날 것 같기도 했고요.

산동네 어른들은 아이들이 후커스힐 근처에 얼씬도 하지 못하게 했습니다. 이슬람 사원을 포함해 이태원 시가지 전체를 출입 금지 영역으로 선포했지요. 그러나 따라다니며 감시했던 것은 아니기에 아이들은 수시로 이슬람 사원으로 향했습니다. 쥐눈이콩인 저도 그랬지요. 주로 남자아이들이 원정대를 꾸려 정든 골목길을 떠났는데, 쥐눈이콩도 매번 대열의 맨 뒤에 따라붙곤 했어요. 그리고 사원에 도착하면 정문의 높다란 흰색 담장 위로 기어 올라가 아래로 훌쩍

뛰어내렸습니다. 그렇게 서너 번 반복해 뛰어내리면 마침내 관리인이 다가와 아이들에게 나가라는 손짓을 했어요. 아이들은 관리인의 수염과 터번, 낯선 옷차림을 흘깃거리며 도망쳤지요.

　동네에 출입 금지 영역이 많았기에 아이들은 자주 흥분했습니다. 산동네 어른들은 먹고사느라 바빠서 아이들을 감시하지 않았고, 아이들은 어른들의 눈치를 살피며 몰래몰래 이태원 시가지까지 걸어가곤 했어요. 쥐눈이콩은 후커스힐을 걸어 내려갈 때마다 심장이 두근거렸지요. 저 간판에 쓰여 있는 알파벳은 무슨 의미일까. 아이들은 왜 이곳에 오면 안 되는 걸까. 그러나 해가 지면 서둘러 집으로 돌아갔어요. 그것만큼은 모든 아이들이 지켰지요. 그러나 그곳에서 동네로 들어오는 이들까지 막을 수는 없었습니다. 짧은 치마와 진한 화장이 눈에 띄고, 어쩐지 돌올한 분위기를 풍겼던 이들이 동네에 간혹 출몰했어요. 쥐눈이콩은 그들이 귀족 같다고 생각했어요. 감히 범접할 수 없는 우아한 분위기를 풍겼기 때문이지요. 쥐눈이콩은 그들의 차림새를 기억해두었다가 나중에 어른이 되면 저렇게 입어야지, 다짐하곤 했습니다. 화려한 옷과 화장으로 자신을 드러내며 낭창낭창 걸어가는 언니들에게서 제대로 옷 입는 법을 배웠지요. 그런 날이면 쥐눈이콩은 엄마의 립스틱을 입술에 발라보고, 엄마의 옷 중 가장 치렁치렁한 원피스를 꺼내어 입었습니다. 그런 모습으로 거울을 보면 팔자 눈썹과 누런 이를 가진 아이가 웃고 있었어요. 쥐눈이콩은 아름다운 사람이 아니라 주목받는 사람이 되고 싶었습니다. 진한 향수 냄새를 풍기는 언니들이 그랬던 것처럼요. 감히 범접할 수 없는 귀족적 아름다움은 아무나 가질 수 있는 게 아니라는 걸 그 나이에 이미 깨달았지요. 선뜻 말 붙이기 어려운 분위기를 풍겨야 한다고 생각했어요.

어느 날 사원 원정대를 꾸린 남자아이들이 쥐눈이콩을 떼어놓고 가려 한 적이 있었어요. 쥐눈이콩은 그들 뒤에 달라붙어 걷다가 날아오는 작은 돌멩이와 모래알에 얼굴을 맞았지요. 그 광경을 목격한 어른이 쥐눈이콩을 감싸면서 남자아이들에게 소리를 내질렀습니다. 남자아이들은 뿔뿔이 도망쳤고, 쥐눈이콩은 그제야 고개를 들어 자신을 보호해준 어른의 얼굴을 보았어요. 피부색이 누룽지처럼 노르스름하고, 패션 감각이 과할 정도로 남다른 언니였어요. 쥐눈이콩이 동경해 마지않는 귀족적인 부류였지요. 쥐눈이콩은 지저분한 자신의 치마를 내려다보다가 언니의 치맛자락을 슬며시 붙잡았습니다. 보드랍고 은은한 광택이 도는 천이었어요. 언니는 지갑을 열어 50원짜리 동전을 꺼내더니 쥐눈이콩에게 건넸습니다. 그 돈이면 쭈쭈바를 사 먹을 수 있었지요. 쥐눈이콩은 얼른 동전을 받아서 구슬 장식이 달린 크로스백 안에 넣었습니다. 언니는 쥐눈이콩의 머리를 쓰다듬더니 진한 향수 냄새를 남기고 떠났어요.

누룽지 언니와 다시 마주쳤을 때 쥐눈이콩은 아이스크림 냉장고에 매달려 있었어요. 도깨비시장에 새로 문을 연 마트였지요. 산동네 주택가로 진입하는 가파른 계단 옆에 자리한 도깨비마트는 문을 열자마자 손님이 물밀듯 밀려 들어왔어요. 그 전까지 시장엔 작은 구멍가게만 있었고 최신식 마트가 없었습니다. 쥐눈이콩도 그곳에 가는 걸 무척 좋아했는데 누룽지 언니와 다시 마주친 날엔 냉장고 문손잡이를 두 손으로 꼭 붙든 채 냉장고 앞면에 매미처럼 달라붙어 있었어요. 누룽지 언니는 쥐눈이콩을 한눈에 알아봤고 쥐눈이콩 역시 그랬습니다. 누룽지 언니가 알은체하자 쥐눈이콩은 얼굴을 붉히며 냉장고에서 떨어져 섰어요. 누룽지 언니는 쌍쌍바를 골랐고 당연하다는 듯이 쥐눈이콩에게 반쪽을 잘라 주었지요. 마트에서 나온 두 사람은 사원 쪽으로 함께 걸어갔어요. 쥐눈이콩은 누룽지 언니에게 아무것도 묻지 않았고, 반대로 언니는 많은 걸 물었지요. 몇 살이니. 친구들과 뭘 하며 놀아. 좋아하는 사람은 있어? 마지막 질문에만 쥐눈이콩은 침묵했고, 언니는 슬몃 웃더니 더는 캐묻지 않았습니다.

두 사람은 문구점과 분식집, 뻥튀기 아저씨와 사원을 지나 후커스힐 쪽으로 걸어갔습니다. 내리막길에 다다르자 누룽지 언니가 말했어요. 여기서 헤어지자. 우리 집은 저쪽이야. 누룽지 언니가 가리키는 방향은 다소 모호했지요. 쥐눈이콩은 종일 언니와 함께 있고 싶었지만 잠자코 고개를 끄덕였어요. 곧이어 누룽지 언니가 한 손을 나풀나풀 흔들며 사라졌습니다. 언니의 주름치마가 좌우로 부드럽게 흔들렸어요.

그 기억은 진짜일까요. 꿈이나 상상이 아니라 정말로 누룽지 언니와 도깨비마트에서 마주쳤고 함께 아이스크림을 먹으며 걸었을까요. 쥐눈이콩의 어린 시절은 이제 쥐눈이콩만 하게 쪼그라들었고 그 안에서 사실과 상상을 분리해 추출하기가 점점 어려워졌습니다. 하지만 분명한 사실 한 가지는 쥐눈이콩이 누룽지 언니를 사랑했다는 것입니다.

누룽지 언니는 그 사실을 까맣게 몰랐습니다. 알았더라도 달라지는 건 아무것도 없었겠지만요.

훗날 어른이 된 저에게 단밤이 트랜스젠더 쇼를 보러 가겠느냐고 물었을 때, 저는 누룽지 언니를 떠올렸습니다. 언니 같은 사람을 트랜스젠더라고 부른다는 걸 어른이 되어 처음 알았을 때, 변신 로봇 같은 명칭이 언니와 너무나 어울리지 않는다고 생각했지요.

제가 트랜스젠더를 처음 인지했던 건 트랜스젠더 연예인이 등장한 뒤였습니다. 대중 앞에 등장한 그들의 모습은 아름답고 당당했으며 유머러스하고 재치 있었지요. 대중은 처음엔 호기심을 품은 채로 그들을 지켜보았고 나중엔 응원하는 마음을 가졌던 것 같습니다. 그러나 그들에 대해 편견 없이 알고 싶은 마음을 가진 사람보다 신기한 존재를 구경하듯 빤히 쳐다보는 이들이 많았지요.

통화를 마치고 나서 단밤은 트랜스젠더 쇼를 보러 가자고 말한 것을 후회했습니다. 제안을 거절한 저의 태도에 희미한 혐오가 깃들어 있는 것 같아서였죠. 단밤은 그걸 알아챘고, 도대체 무엇이 문제인지 고민했어요. 모두가 힘들어하는 불경기에 불타는 밤을 보내겠다는 계획이 혐오스러웠을까. 밤 문화를 적극적으로 즐기려는 태도가 그러했을까. 단밤은 '밤 문화'라는 단어에 깃든 악취를 떠올리곤 단단한 밤 껍질로 자신을 감쌌습니다. 무대에 오른 타자를 향해 박수를 보내고 휘파람을 부는 것은 안전거리만 지킨다면 괜찮을 것 같았지요. 조명 아래 서 있는 타자는 까발려지고 어두운 객석에 앉아 있는 단밤은 안전할 테니까요. 그런 생각 끝에 단밤은 액취 같은 악취를 맡았습니다. 살아간다는 것은 조금씩 지저분해지는 일이구나. 단밤은 그런 생각을 하며 베란다 창문을 활짝 열고 지상을 향해 침을 뱉었을지도 모르지요. 저는 단밤의 마음을 이렇듯 빤히 알지만 단밤에게 모든 걸 말할 수는 없었습니다. 제 첫사랑들에 대해서도요.

저에겐 첫사랑이 아니라 첫사랑 '들'이라고 말해야 할 정도로 유년 시절에 사랑한 이들이 많지만 그들 모두를 첫사랑이라고 통칭하겠습니다. 제일 처음 반한 첫사랑은 누룽지 언니, 그다음은 붕괴된 소련에서 온 소년, 마지막은 기지촌에서 술집을 운영하던 엄마와 주한미군 사이에서 태어난 주나였습니다. 저는 고향을 떠올릴 때마다 항상 그들의 얼굴이 먼저 떠오릅니다.

*

단밤을 기다렸습니다. 거실 소파에 앉아 꼼짝없이 벽시계만 바라보면서요. 곧이어 초인종이 울리는 소리가 들렸습니다. 현관문을 열자 늘 그랬듯 단밤을 연상케 하는 커트 머리를 한 단밤이 작은 스투키 화분을 들고 서 있었습니다. 집들이 선물이야. 단밤은 화분을 건네며 말했어요. 저는 집들이가 아니라는 말을 왜 안 했을까 후회했지요. 집들이라면 응당 맛있는 음식이 있어야 하는데 과자와 땅콩 외엔 아무것도 준비해놓지 않은 상태였으니까요. 오후 4시였고, 저녁 식사는 밖에서 해결할 계획이었기에 간식과 차만 준비하면 될 줄 알았던 것입니다. 저는 단밤에게 미안해져서 스투키 화분을 든 채로 비좁은 거실에 우두커니 서 있었어요. 집주인이 아니라 집들이에 온 손님처럼요. 이렇게 작은 2인용 소파는 처음 봐. 단밤이 소파에 앉으며 말했어요. 둘이 앉으면 꼭 붙어 있을 수밖에 없겠네.

저는 스투키 화분을 창가 아래 내려놓고 단밤에게 홍차를 가져다주었습니다. 그리고 거실 바닥에 앉아 단밤이 가져온 화분을 물끄러미 바라보았어요. 뭐 하고 있었어? 단밤의 물음에 저는 아무것도,라고 답하면서 고개를 작게 저었어요. 누룽지 언니를 떠올리고 있었다는 말은 하지 않았지요. 그런데 단밤이 트랜스젠더 쇼에 대한 말을 꺼냈습니다. 결국 보러 갔어. 그러나 이어지는 말은 없었어요. 저는 잠시 머뭇거리다가 이태원에서 유년기를 보냈던 것과 누룽지 언니에 대해 말했어요. 단밤은 조용히 듣기만 했습니다. 제가 말을 마치자 단밤은 스투키 화분으로 시선을 돌리더니 물은 일주일에 한 번만 줘도 충분하다고 말했습니다. 제가 했던 얘기에 대해선 아무런 반응을 보이지 않았어요. 저는 단밤의 태도에 의문을 느꼈기에 땅콩을 가져오겠다고 말하며 자리를 피했습니다. 그래봤자 세 걸음만 가면 주방이라 접시에 땅콩을 덜며 재빨리 생각했지요. 내가 한 이야기에 단밤의 기분을 상하게 할 만한 게 있었나?

땅콩 접시를 들고 거실로 돌아온 저는 단밤의 눈치를 살피며 다시 바닥에 앉았습니다. 단밤은 2인용 소파를 혼자 차지하고 앉아 땅콩을 집어 먹으며 말했지요.

어떤 사람에겐 몸이 상품이잖아.

저는 고개를 끄덕이는 대신 그런가, 하고 물었습니다. 누룽지 언니에 대해 말했을 때 첫사랑이라는 단어를 빠뜨렸나 자문하면서요. 단밤이 몸과 상품과 누룽지 언니를 연결시킬지도 모른다는 예감이 밀려와 저는 귀를 막고 싶었습니다. 제 몸에 대해 말하는 것은 괜찮았지만 누룽지 언니의 몸에 대해 말하는 것은 듣고 싶지 않았습니다. 언니를 알지 못하는 사람이 언니의 몸에 대해 말하는 것을 듣는 게 몹시 괴로울 것 같았어요. 한동안 스투키 화분을 멍하니 바라보고 있던 단밤이 말했습니다.

그날 쇼를 보면서 다른 세상에 온 기분이 들었어. 내가 살아가던 세계가 작고 밋밋하게 느껴지더라. 무대 위에 선 퍼포머는 자신을 집요하게 바라보는 관객을 보며 무슨 생각을 했을까. 그날 관객들의 눈빛은 어땠을까.

저는 단밤이 말한 작고 밋밋한 세계가 무슨 뜻인지 알 것 같았습니다. 열네 살 무렵에 이태원을 떠나 다른 동네로 이사하고 나서 저는 귀족적인 언니들과 주한미군, 독특한 차림새의 기지촌 여성을 한 명도 볼 수 없는 것이 무척 이상하게 느껴졌습니다. 온통 한국인, 여자 아니면 남자, 따분한 옷차림을 한 어른들, 기지촌이라는 단어조차 모르는 또래 아이들뿐이었으니까요. 학원과 분식집, 화장품 가게와 신발 가게, 학교와 교회, 정육점과 치킨집, 모래 먼지가 흩날리는 운동장과 발 디딜 틈도 없이 붐비는 백화점, 기울어진 표지판이 세워져 있는 마을버스 정류장 등등 그 모든 곳에 한국인, 여자 아니면 남자, 아이들과 전업주부인 어머니들과 노동자인 아버지들만 있었습니다. 순식간에 세계가 모난 데 없이 작게 축소되었지요. 동시에 제 몸도 크기가 줄어드는 기분이 들었습니다. 이차성징이 시작되면서 가슴과 엉덩이가 커졌지만 기묘하게도 저는 몸이 줄어든다고 느꼈습니다. 제가 갖고 있던 본래의 기질이 빠른 속도로 희미해지는 것 같았어요. 절대로 그 기질을 드러내선 안 될 것 같았습니다.

저는 점점 내향적으로 변해갔고 그것이 본모습인 것처럼 저항 없이 침묵했습니다. 말수가 줄어들었고, 또래의 행동을 모방했고, 친구와 함께 아이돌 남자 가수를 열렬히 사모했습니다. 귀족적인 언니들은 유년 시절의 세계에 유폐되었고, 트랜스젠더 연예인이 티브이에 등장하기 전까진 누룽지 언니를 떠올린 적이 거의 없었습니다. 그렇게 저의 세계가 축소되었고, 몸이 작아진 것 같은 기분에 시달렸고, 실제로

목소리는 작아졌고, 뻔한 생각과 말과 행동만 하게 되었지
요. 고향을 떠나온 뒤론 그 어디에서도 다양한 사람들이 모
여 있는 광경을 본 적이 없었어요. 어딜 가나 엇비슷한 옷을
입은 사람들이 적당한 역할을 맡고서 자신의 자리를 지키고
있었습니다. 저도 그래야만 할 것 같았어요. 저의 십대 시절
은 점점 무채색으로 변해갔습니다.

제가 생각에 잠겨 있는 동안 단밤은 아무런 말도 하지 않
았습니다. 좁은 거실에 비대한 침묵이 둥둥 떠다녔어요. 스
투키가 불편한 한숨을 내쉬는 소리가 들릴 것도 같았지요.
저는 뒤늦게 집에서 보기로 한 걸 후회했습니다. 그곳은 단
밤의 집이 아니라 저의 집이었기에 저는 단밤을 즐겁게 해
줘야 할 의무가 있었습니다. 우리는 그런 관계였습니다. 편
안하게 가만히 있을 수가 없는 관계. 아직은 덜 친한 관계.
좋아하는 마음과 친분이 깊은 것은 별개의 문제였으니까요.
저는 점점 더 마음이 불편해졌고 내가 왜 단밤을 좋아했지,
하는 의문마저 들었지요. 저는 바닥에서 일어나 외투를 걸
쳐 입으며 말했습니다. 나가자. 단밤은 기다렸다는 듯 소파
에서 일어났어요. 집에 온 지 고작 한 시간 만에 다시 밖으
로 나가면서 단밤의 표정은 비로소 편안해 보였습니다.

단밤을 데려간 곳은 집에서 그리 멀지 않은 유흥가였습

니다. 청년들로 늘 북적이는 거리를 걸으며 저는 집을 막 나섰을 때와 달리 빠르게 지쳐갔습니다. 혼자 있을 땐 결코 발을 들이지 않는 구역이었어요. 비틀거리는 취객들과 웃으며 소리 지르듯이 말하는 사람들이 싫었기 때문이지요. 단밤은 저를 따라 걷다가 문득 걸음을 멈추었습니다. 행인들이 원을 이루어 무언가를 둘러싸고 있었어요. 곧이어 노랫소리가 들려왔습니다. 누군가 거리에서 기타를 연주하며 발라드를 부르고 있었어요.

저는 단밤과 함께 버스킹하는 청년을 구경했습니다. 애써 감미로운 목소리로 부르는 노래를 귀 기울여 들었어요. 그러는 동안 청년이 서 있는 무대에 대해 생각해보았지요. 청년은 길거리에 놓인 접이식 의자에 앉아 노래를 부르고 있었어요. 단차가 있는 무대가 아니었고, 청년과 구경꾼 사이를 가로막는 난간도 없었습니다. 청년은 거치대에 핸드폰을 장착해놓고 유튜브로 라이브 방송을 하는 중이었어요. 저는 그걸 보며 경계가 사라진 무대에 대해 생각했습니다. 유튜브가 만들어낸 무대를요. 그러자 트랜스젠더 클럽에 들어가 무대 위에 오른 출연자를 바라보는 일이 지난 세기의 광경처럼 느껴졌습니다. 이젠 유명한 유튜버 중에도 트랜스젠더가 있고, 구독자들은 트랜스젠더로서의 정체성을 기대하며 그를 구독하기보다 재미있어서, 나를 웃게 해주니까 구독한다, 그런 마음일 텐데 구독자가 한 명이라도 생기는 순간 실재하는 무대가 탄생하는 것이지요. 그렇다면 이젠 귀족도 그곳에 있을까요. 누룽지 언니가 풍기던 고고함이 모니터 안에서도 발현될 수 있을까요. 단밤은 제 말에 고개를 저으며 말했습니다.

화면으로 보는 것과 직접 보는 건 달라. 눈만 쓰는 것과 몸 전체를 쓰는 것의 차이야. 어떤 장소에 가면 시각과 청각, 후각이 다 작동되잖아. 몸이 그 장소를 탐색하는 거야.

다양한 감각이 작동하지 않으면 장소도 없다고 말하는 단밤의 통통한 뺨을 바라보며 저는 딴생각에 빠져들었어요. 단밤이 자꾸만 저를 만나러 오고, 만나서는 별다른 말도 없이 있다가 돌아가는 것에 대해 깊게 생각해볼 때가 된 것 같았지요.

단밤은 유흥가를 벗어난 방향으로 저를 이끌고 걷다가 손칼국수집을 가리키며 말했습니다. 저긴 어때? 저는 좋다고 말했고, 단밤은 식당을 향해 앞장서 걸어갔습니다.

나는 집에 누군가와 함께 있는 게 불편해. 혼자 있을 땐 괜찮지만 우리 집이든 남의 집이든 타인과 함께 있으면 항상 불편해.

단밤의 말을 들으며 저는 접시에 깍두기와 배추김치를 덜

어놓았습니다. 그런 생각을 하고 있었을 줄은 전혀 몰랐지만 짐짓 놀라지 않은 척하면서요. 단밤은 수저를 꺼내고 잔에 물을 따르며 말했습니다.

그래서 집에선 섹스를 못 해.

그 정도로 불편해?

응. 나는 사실 많은 게 불편해.

단밤은 냅킨을 하나 집어 들더니 그것을 작게, 더 작게 접으며 말했습니다.

잘 모르는 사람은 불편해. 잘 아는 사람이지만 생일을 맞이했다면 그 사람도 불편해. 내가 뭔가를 해줘야 할 것 같아서. 사람뿐 아니라 사물도 불편해. 지우개도 불편하고 담배도 불편해. 버려야 하는 것을 꼭 남기잖아. 커피도 가끔은 불편해. 너무 까매서 불안해져. 그리고 특정 단어도 불편해. 아까 네가 말한 귀족이라는 단어도 불편했어.

귀족도 불편해?

불편해. 귀족이라는 말을 들으면 소화가 안 돼. 그런 단어는 쓰지 마.

누룽지 언니는 정말 귀족 같았어.

단밤은 한숨을 내쉬며 냅킨을 꽁꽁 뭉치더니 말했습니다.

그건 네가 어릴 때부터《백설공주》《인어공주》같은 온갖 공주가 나오는 동화를 많이 봐서 그래. 귀족이 좋은 줄 알았

던 거지. 근데 바보야, 귀족이라는 단어를 요즘 누가 쓴다고
그래.

누룽지 언니를 귀족이 아니면 뭐라고 표현해야 하지?

범접할 수 없는 아우라, 뭐 그런 단어로.

그게 더 후지게 들리는데.

그래도 귀족은 아니야. 손칼국숫집에서 귀족이라는 말은
하지 마.

저는 알겠노라고 고개를 끄덕였습니다. 그러나 마음속으
론 반발심도 조금 들었지요. 단밤은 귀족이라는 단어를 들
으면 소화가 안 된다고 말했지만 저는 반대였습니다. 그 단
어를 들으면 고향 음식을 먹은 것처럼 속이 편안해지고 표
정도 활짝 펴졌지요. 아무래도 저에게 귀족은 누룽지 언니
와 연결된 단어인 것 같았습니다. 귀족의 사전적 의미가 사
회적으로 특권을 가진 사람들이라는 것을 잘 알면서도 그랬
습니다.

저는 귀족이었던 적이 없지만 한 번쯤 귀족을 탈취해보
고 싶었습니다. 그것을 취해서 마치 귀족인 것처럼 살 수 있
다면……. 그러나 제가 떠올리는 귀족은 부와 권력을 거머
쥔 자가 아니라 누군가를 꼼짝 못 하게 할 정도의 매력을 풍
기는 자, 누룽지 언니였지요. 그런 말을 하면 단밤은 어릴 때
읽은 동화들을 또다시 나열할지도 모르지만 저는 귀족을 제

뜻대로 취하고 싶었습니다. 탈취해보고 싶었습니다. 의미를 전복시켜서라도 기꺼이요. 단밤은 손칼국숫집에서 그런 말은 하지 말라고 했지만요. 귀족은 손칼국수를 먹지 않는 것일까요. 그런 상상은 차치하고서라도 저는 귀족이라는 단어를 입 밖으로 내뱉는 순간 제 몸이 누구도 침범할 수 없는 견고한 성이 된 것 같아 안온한 기분이 들곤 했습니다. 감히 어디서, 귀족의 몸에 함부로.

단밤이 가위로 배추김치를 숭덩숭덩 자르는 동안 손칼국수가 나왔습니다. 김을 피워 올리는 뽀얀 국물 안에 통통하고 하얀 면발이 잠겨 있었지요. 손으로 만든 면발이라 그런지 모양이 울퉁불퉁했고, 젓가락으로 휘저으니 올챙이처럼 짤막한 것들도 왕왕 보였습니다. 메뉴판의 저렴한 가격을 확인하고 나서야 굵기가 고르지 못한 면발을 용서하는 스스로를 가소롭게 느끼면서 젓가락으로 면발을 집어 들고 후루룩 먹었지요. 입안에 가득 찬 손칼국수. 누군가가 손으로 비비고 치대고 누르고 밀어낸 손칼국수. 누군가의 손놀림도 입속에서 면발과 함께 뒤섞이는 기분이 들었습니다. 누군가의 손놀림을, 손을, 놀림을 먹는 것 같았습니다. 그것은 과히 귀족적인 것이라 할 만했습니다. 마음이 안정되었고, 누군가 저를 위해 정성껏 만들어준 음식이라는 생각이 강하게 들었습니다. 단밤 역시 말없이 면발을 건져 먹고 국물을 후

루룩 마시고 깍두기를 베어 물었습니다. 단밤의 이마에 땀이 송골송골 맺혔습니다.

칼국수를 다 먹고 나서 우리는 고춧가루가 둥둥 떠다니는 국물을 가만히 바라보다가 동시에 냅킨을 뽑아 들고 입가를 닦았습니다. 단밤이 자리에서 일어나기 전에 재빨리 말했습니다.

나는 집에선 못 해. 그러니까 어디서 할지 생각해봐.

저는 얼굴을 붉히지 않고 의자에서 일어나는 데 성공했습니다. 그런 말을 먼저 꺼내다니 용감하기도 하다고 생각하면서요. 어쩌면 그 말을 하기 위해 집과 버스킹과 무대와 귀족을 돌고 돌아 여기까지 왔다는 생각을 하면서요. 저는 아무렇지도 않은 어조로 알겠어,라고 답했습니다. 좋아하지만 친분이 없을 순 있고, 친분이 없지만 섹스는 할 수 있는가 고심했지만 그건 별로 중요하지 않은 것 같았습니다. 중요한 건 우리의 의지와 마음이 기우는 방향이었지요. 손칼국숫집을 나서며 저는 단밤에게 물었습니다.

혹시나 해서 묻는 건데 호텔도 안 되겠지?

당연히 안 되지. 손님이 수시로 오는 집이랑 뭐가 달라?

그러면 넓은 곳이 좋아?

넓은 곳이 좋겠지. 탁 트인 곳. 그러면 몸도 탁 트이고.

마음도 탁 트이고.

마음은 지금도 트였어.

단밤은 그렇게 말하며 저의 손등을 물끄러미 쳐다보았으나 손을 잡진 않았습니다. 머쓱해진 저는 주머니 안에서 스카치 캔디 두 개를 발견했고, 마늘이 듬뿍 들어간 김치를 먹고서 입안이 매워진 데다 입 냄새가 날 것을 걱정해 말을 아낄지도 모를 단밤에게 캔디 한 개를 건넸습니다. 그러나 반짝거리는 포장지를 벗기자 녹아서 뭉개진 캔디가 보였습니다. 저는 오래된 것을 건넸다는 오해를 받을까 봐서 얼굴을 붉혔습니다.

지난주에 새로 문 연 식당에서 받은 건데.

날씨가 덥잖아.

단밤은 녹은 캔디를 포장지에서 떼어내 입안에 쏙 넣더니 콧등에 잔주름을 만들며 웃었습니다. 그건 과히 귀족적인 매력이라 할 만했습니다. 저를 꼼짝 못 하게 만드는 미소였지요.

*

단밤의 엄마는 사계절 밀리터리룩만 입었고, 동두천에서 토스트를 팔았습니다. 단밤은 가끔 엄마를 찾아가 칠리 토스트 만드는 법을 배웠는데, 집으로 돌아와 알려준 대로 해봐도 똑같은 맛이 나지 않아 결국 다시 엄마를 찾아갔지요. 그러면 단밤의 엄마는 특별할 것 없는 비법을 천천히 반복해서 알려주었습니다. 가장 중요한 건 식빵 굽기라고 했습니다. 정성을 다해 여러 번 뒤집으며 구워야 한다고요. 단밤의 엄마가 만든 토스트는 미군들에게 인기가 많았습니다. 매일 먹으러 오는 미군도 있었지요. 한때는 그랬습니다. 부대가 다른 도시로 이전한 뒤론 거리 전체가 한적해졌지만요. 단밤의 엄마는 의정부로 가게를 이전할지 고민하는 중이었어요. 단밤은 엄마가 떠난다면 동두천에 갈 일은 없을 거라고 말했지요.

단밤의 친구를 만났던 날 저는 단밤의 고향 이야기를 처음으로 많이 들었습니다. 단밤은 영어를 꽤 잘했는데 알고 보니 단밤이 다녔던 유치원에 주한미군의 아이들이 많아서 저절로 영어를 익힌 것이었지요. 동두천에서 카페를 오래 운영한 단밤의 친구는 한때 성매매 집결지에 커피를 배달해주며 높은 매상을 올렸다고 자랑스레 말했습니다. 저는 깜짝 놀라서 그런 곳이 아직도 남아 있는지 물었지요. 단밤의 친구는 규모가 많이 줄어들어 매상이 감소했다는 대답을 너무나 태연한 표정으로 했어요. 저는 빨대를 구기며 아무런 대꾸도 하지 않았지요. 단밤의 친구와 헤어지고 난 뒤에 단밤이 저에게 말했습니다. 너무 심각하게 생각하지 마. 개한

202

텐 그냥 단골손님일 뿐이야. 그 말을 듣고서 저는 단밤 친구의 도덕성을 의심했던 제가 싫어졌지요. 성매매 집결지 폐쇄 촉구와 탈성매매 지원 대책에 대해선 관심을 기울여본 적이 없었으니까요. 그저 편견만 쉽게 가졌던 것이지요. 잊고 있던 기억이 떠올라 저는 단밤에게 말했습니다.

예전에 나는 이태원이 고향이라는 걸 숨겼어.

왜 그랬는데?

이태원 경리단길이 사람들에게 많이 알려졌잖아. 그때부턴 괜찮았지만 그전엔 거기서 자랐다고 말하면 의아한 표정을 짓는 사람들이 있었어. 어떤 친구는 내가 이태원에서 자란 걸 모르고서 거긴 한국인이 가면 안 되는 위험한 곳이라고 말하기도 했고, 수업 시간에 선생님이 이태원의 어원을 설명해주면서 오랑캐의 아이를 잉태한 여자들이 많이 살았던 곳이라는 말도 했어. 끊임없이 외세의 침입을 받았던 슬픈 역사가 있는 곳이라고. 그런 말을 들을 때마다 마치 내가 오랑캐의 아이가 된 것 같은 기분이 들었어.

너한테 거긴 어떤 곳인데?

내가 태어나고 자란 곳이지. 유치원 졸업 사진을 찍은 교회가 있는 곳이고, 남산 외인아파트가 폭파되는 걸 구경하려고 어른들과 함께 내리막길을 달려 내려갔던 곳이고, 정화조 푸는 날마다 파란색 호스가 산동네 경사진 계단을 타고 올라가 끝도 없이 길게 연결되어 있는 광경을 보았던 곳이고, 에센뽀득을 줬던 학원이 있던 곳.

에센뽀득?

쉬는 시간이 되면 선생님이 주방에서 에센뽀득 소시지를 데쳐서 기다리고 있던 아이들에게 주었어. 공평하게 하나씩. 소시지를 먹은 아이들은 얌전히 방으로 들어가 문제집을 펼쳤지. 방 안엔 마호메트 초상화가 있었는데 나는 늘 그 근처에 앉아서 수학 문제를 풀었어. 희미한 향냄새가 공기 중에 항상 떠돌았고, 이슬람교 신자였던 선생님은 유일신 알라에 대해 자주 얘기했어. 내용은 기억나지 않지만 표정은 아직도 기억해. 정말 환하게 웃었고 눈빛이 반짝였어. 나는 선생님이 행복한 삶을 사는 어른이라고 생각했어.

단밤은 제 말을 건성으로 듣는 것 같았습니다. 어쩌면 단밤에게 고향은 특별한 의미가 없는 곳이었는지도 모릅니다. 그러나 저에겐 아니었습니다. 어떤 지역에서 나고 자랐는지가 중요하다는 것을 말하려는 게 아니라, 본래의 기질을 따라 몸이 확장되는 데 일조하는 장소적 기제가 있다는 것입니다. 제 몸은 그렇습니다. 경계가 없는 다양성 속에선 확장되고, 상상력이 부재하는 획일성 속에선 축소됩니다.

그건 그렇고 우리가 어디서 할 수 있을지 생각해본 거야?

단밤이 저를 빤히 쳐다보며 말했습니다. 그 문제는 전적으로 저에게 맡기겠다는 태도였어요.

……아직. 어렵더라.

밖이어야 하니까.

맞아. 밖에서 그러긴 쉽지 않지.

그럼 하지 말까?

저는 아무런 대답도 하지 않았습니다. 하지 말아버릴까. 하지 않아도 크게 상관은 없는데. 그런 마음이 들었지요. 하지만 그렇게 답하고 싶지 않았습니다. 밖에서 섹스를 하면 어떤 기분이 들지 궁금했고, 단밤이 말한 몸이 열리는 경험이 뭔지 궁금하기도 했지요. 제 말에 단밤은 별거 아니라고 대꾸하더니 제 얼굴을 지그시 보다가 말했습니다.

어쩌면 경계에 대한 거부감일지도 모르겠어. 집은 경계가 확실하잖아?

그럼 극장은 어때?

단밤은 극장이 어떤지 고심해보는 표정을 지었습니다. 극장은 경계가 확실한가. 번호 붙은 좌석이 나란히 설치되어 있고, 붉은 카펫이 깔린 계단이 길게 이어진 극장은 경계가 확실한가. 결국 단밤은 고개를 저었습니다.

그럼 차 안은?

단밤은 곧바로 고개를 저었습니다. 경계가 확실하다는 의미였습니다.

공터는 어때?

공터? 그런 곳이 있어?

그런 곳이 있는지 뒤늦게 생각해봤지만 보지 못한 것 같았습니다. 이제 모든 땅은 쓰임이 있고, 쓰임을 골몰하는 주인이 있으니까요.

그럼 목욕탕은?

거기서 어떻게 해?

거기도 경계가 확실해?

단밤은 고심하는 표정을 지었습니다. 목욕탕은 경계가 확실한가, 아닌가. 냉탕과 온탕이 나뉘어 있고, 샤워기와 수도 꼭지가 나란히 정렬되어 있는 목욕탕은 경계가 확실한가.

거기선 아무도 옷을 입지 않잖아.

단밤은 고개를 희미하게 끄덕였습니다. 뜻밖에 긍정적인 반응이 돌아와 저는 단밤이 말한 '경계'의 의미가 무엇인지 영영 알 수 없을지도 모르겠다는 생각이 들었습니다.

영업이 시작되자마자 가는 거야. 목욕탕은 감시 카메라가 없으니까 누군가 들어오기 전까진 우리가 뭘 하는지 아무도 모를 거야.

제 말에 단밤은 얼굴을 붉히며 웃다가 말했습니다.

어릴 때 친척들이랑 목욕탕에 간 적이 있었어. 지방 유원지에서 가족 모임이 있었는데 근처에 온천탕이 있다면서 다

같이 가자는 거야. 나만 빼고 다들 동의했어. 나는 어쩔 수 없이 끌려갔지. 옷을 벗고 목욕탕으로 들어갔는데 그때부터 나는 바닥만 봤어. 사촌이나 숙모가 내 몸을 빤히 보는 게 싫었고, 나도 그들 몸을 보는 게 싫었거든. 나는 그게 폭력이라고 생각했어. 원하지 않는데 벗은 몸을 보여주고 같이 씻어야 했던 게. 엄마한테 너무 싫다고 말했더니 엄마가 등 좀 똑바로 펴라고 말하는 거야. 내 몸이 왜소해 보이는 게 싫었던 거지. 그날의 목욕탕은 숙모들이랑 엄마가 딸들의 몸이 얼마나 잘 자랐는지 은연중에 과시하고 경쟁하는 장소가 되어버렸어.

저런. 그럼 가지 말까?

단밤은 고개를 저었습니다.

너랑 가는 건 괜찮아.

단밤과 헤어지고 집으로 돌아오는 길에 어릴 적 목욕탕에서 겪었던 일이 떠올랐습니다. 목욕탕이란 곳은 필연적으로 그럴 수밖에 없는 곳이라 알몸으로 돌아다니던 중 같은 반 남자애와 불시에 맞닥뜨린 적이 있었지요. 저는 온몸이 굳어버렸고, 남자애는 눈을 동그랗게 뜨고 제 몸을 위아래로 쳐다보았습니다. 저는 곧바로 엄마에게 달려가서 집으로 가자고 졸라댔어요. 그 남자애가 제 몸을 쳐다보고 있을 것 같

아서 눈물이 나려고 했습니다. 엄마는 왜 그러느냐고 재차
물었고, 저는 사실대로 말했습니다. 아는 남자애가 여기 있
어. 엄마는 잠시 말문이 막힌 표정을 짓다가 좋아하는 애야?
하고 물었습니다. 저는 그 말에 웃지도 울지도 못하고 기묘
한 표정으로 엄마를 쳐다보았지요.

엄마는 제게 목욕 바구니를 챙기라고 말하더니 목욕탕을
휘둘러보다가 어딘가로 재빨리 걸어갔습니다. 그 남자애를
발견했던 것이지요. 엄마는 곧장 남자애의 엄마에게 따지고
들었습니다. 도대체 왜 남자애를 여탕에 데려오느냐, 여기
서 내 딸과 마주쳤는데 정말 몰상식하기 이를 데가 없다고
말했어요. 아줌마는 눈을 동그랗게 뜨고 아직 열 살도 안 된
애인데 왜 그런 식으로 몰아붙이냐고 씩씩거렸지요. 그럼
이 어린애를 혼자 남탕에 보내서 때를 밀게 해야겠느냐고
말하면서요. 저는 목욕 바구니로 다리 사이를 가리고 엄마
의 등 뒤로 쭈뼛거리며 걸어가서 속삭이듯 말했습니다. 엄
마, 저 아줌마가 뻥쳤어. 쟤도 열 살이야. 그러자 엄마는 아
줌마에게 나이를 속이고 들어왔으니 당장 나가라고 소리쳤
습니다. 다른 아주머니들이 엄마를 돌아보았지만 말리는 사
람은 아무도 없었습니다. 얼굴이 붉어진 남자애가 자기 엄
마 뒤에 붙어 서서 저를 노려보았지요.

그날부터 저는 목욕탕에 갈 때마다 고뇌가 한 가지 더 늘

었습니다. 아는 남자애와 마주치면 어쩌지. 그 애의 고추는 보고 싶지 않은데. 저는 그런 걱정을 안고 목욕탕으로 들어섰지요. 그 전엔 다른 고뇌가 있었습니다. 엄마를 따라 자연스레 여탕으로 들어갔지만, 과연 제가 여탕을 원하는지에 대한 문제였어요. 저는 남탕은 죽어도 가기 싫었지만 당연히 여탕에 가야 한다고 생각하지도 않았습니다. 그건 선택할 수 있는 문제 같았고, 남탕을 택하지 않았다고 해서 반드시 여탕을 택해야 하는 것처럼 보이진 않았습니다. 저는 매번 여탕을 선택해서 들어갔으나 마음은 여탕도 남탕도 마땅치 않다는 쪽이었습니다. 물론 남탕에서 아는 남자애들과 마주치는 것이 더욱 끔찍했지만요.

엄마는 저의 이런 고민을 몰랐습니다. 엄마는 한 번도 저에게 여탕에 가고 싶니, 남탕에 가고 싶니, 아니면 여탕도 남탕도 아닌 곳으로 갈래, 하고 묻지 않았습니다. 그렇게 물을 수가 없었겠지요. 그런 생각은 상상조차 하지 못했겠지요. 엄마는 저를 낳자마자 의사로부터 딸이에요,라는 말을 들었을 것이고, 그때부터 저를 여자로 생각했을 것입니다. 하지만 저는 아니었습니다. 만일 제가 태어나자마자 말을 할 수 있었다면 의사가 딸이에요,라고 말하던 순간에 아닙니다, 저는 딸이 아닙니다! 하고 외쳤을지도 모릅니다. 하지만 저는 인간인지라 말을 뒤늦게 배웠고, 본인이 성별을 정하는 것이 아니라 산부인과 의사가 정해주는 세계에 태어났고, 둘 중 하나를 선택해야 하는 것에 늘 의문을 가졌지만 그런 내색은 하지 않고서 마음속으로 조용히 고심했지요. 도대체 나는 왜 성별을 선택해야 하는 문제를 맞닥뜨릴 때마다 새하얀 도화지 앞에 선 것 같은 마음이 들까. 그러나 무겁고 답답한 마음만 있는 것은 아니었습니다. 어떤 색이든 칠할 수 있는 종이라는 것이 더 중요했지요. 색종이처럼 이미 색상이 정해져 있는 종이가 아니라 제가 느끼고 인지하는 색을 칠해볼 수 있는 종이 말입니다. 게다가 덧칠도 가능하고, 색을 마음껏 섞어볼 수도 있었지요. 흔히 말하는 색채의 마술사처럼요. 그것이 저라는 사람의 정체성에 관하여 유일하게 일관된 것이었습니다. 어떤 색이든 괜찮다. 색은 선과 악이 없다. 색은 구별 가능하지만 우등과 열등이 없으며 섞이면 또 다른 색이 탄생한다. 저는 은밀히 그렇게 했고, 조용히 멈추었고, 묵묵히 다시 실행했고, 때로는 저를 모른 척했고, 잘 아는 척했습니다. 그리고 그런 마음은 누군가를 좋아할 때면 뭉글뭉글 피어올랐지요. 구름처럼 하얗게 피어올라 석양에 붉게 물들고 어둠 속에 삼켜졌지요. 그 모든 과정은 혀 위에 태양을 올려놓은 것과 같아 삼킬 수 없을 정도로 뜨거웠고, 뱉을 수 없을 정도로 과하게 빛이 났습니다. 태양의 성별이 무언지는 중요하지 않았어요. 제가 좋아했던 사람들은 저에겐 그저 태양이었습니다. 단밤과 첫사랑들 모두가 그랬습니다.

*

저의 두 번째 첫사랑은 붕괴된 소련에서 온 아이였습니다. 그 애는 한국어를 하나밖에 알지 못했습니다. 안녕하세요. 한국어로 인사만 겨우 했고 다른 말은 전혀 하지 못했습니다. 종일 교과서를 펴놓고 가만히 앉아 있기만 했습니다. 담임은 그 애를 어떻게 대해야 할지 모르는 것 같았습니다. 어쩌면 잘 아는 것도 같았습니다. 담임은 그 애를 가만히 내버려두었습니다. 발표를 시키지 않았고, 숙제를 해오지 않아도 손바닥을 때리지 않았습니다. 단체로 벌을 세울 땐 그 애만 제외시켰습니다. 반 아이들 모두 책상 위에 올라가 무릎을 꿇은 상태로 두 팔을 들고 있을 때도 그 애는 의자에 가만히 앉아 있었습니다. 체벌이 뭔지 모르는 듯한 표정으로요. 그럴 때마다 반 아이들은 그 애를 몹시 미워했지요.

그 애의 이름이 뭐였는지 지금은 기억나지 않습니다. 아무도 그 애의 이름을 부르지 않았기에 출석부를 봐야만 이름을 알 수 있었어요. 그 애의 머리칼은 옅은 황갈색이었고, 눈동자는 초록빛이 감돌았습니다. 저는 학기 초부터 그 애를 좋아했지만 다정하게 이름을 부르거나 다가가 말을 걸지 못했습니다. 저는 소련 말을 할 줄 몰랐고, 그 애가 할 줄 아는 한국어라곤 안녕하세요,뿐이었으니까요. 그런 우리가 짝이 되었습니다.

저는 그 애가 교과서의 엉뚱한 페이지를 펴놓고 멀뚱히 앉아 있는 것을 발견할 때마다 팔을 뻗어 낱장을 넘겨주곤 했습니다. 여기가 아니야. 제가 올바른 페이지를 펼쳐주면 그 애는 제 얼굴을 보다가 다시 교과서를 보았지만 여전히 이해할 수 없다는 표정으로 멍멍히 앉아 있었지요. 저는 그 애가 무슨 이유로 외국인 학교로 가지 않고 한국인이 대다수인 학교로 온 것인지 알 수가 없었습니다. 입학 시기를 놓친 건지, 입학 절차에 문제가 생긴 건지 궁금했지만 물을 수도 없었지요. 그 애와 짝이 된 뒤로 저는 그 애의 침묵과 가만한 몸짓에 점점 마음이 쓰였습니다. 급기야 그 애가 벌을 받고 있는 것일지도 모르겠다는 생각마저 했지요. 부모가 벌을 주기 위해 말이 전혀 통하지 않고 친구도 사귈 수 없는 학교에 보낸 건지도 모른다고요. 저는 소련이 붕괴되어 이제 소련이라는 나라가 존재하지 않게 되었다는 어른들의 말을 들었고, 냉전 종식이라든지 공산주의 패망이라는 말도 귀동냥으로 들었지만 그 의미를 알았던 것은 아니기에 그 애의 조국에 대단히 비극적인 일이 벌어졌다고 생각했습니다. 저는 그 일에 대해 그 애가 어떤 마음일지 궁금했지만 당연히 아무것도 물을 수가 없었기에 그저 그 애가 국어 시간에 사회 교과서를 펼쳐놓은 것을 보고 가슴 아픈 표정을 숨기면서 올바른 교과서를 찾아주기만 했습니다. 그렇게 해도 그 애는 한 번도 저에게 고맙다고 말하거나 미소를 짓지 않았지요. 저에게 도우려는 마음이 있다는 것을 모른 척하는 것도 같았습니다. 그러나 저는 대가를 바라지 않고 묵묵히 그 애를 도왔어요. 물론 좋아했기 때문에 가능한 것이었습니다. 만일 좋아하지 않았다면 사회 시간에 자연 교과서를 펴놓은 걸 보고서 킥킥거리며 웃거나 한숨을 내쉬기만 했겠지요. 한편으로 저는 그 애가 한국어를 조금도 이해할 수 없어서 연신 실수를 할 때마다 마음이 놓이기도 했습니다. 제가 도울 일이 늘 있다는 건 가까워질 수 있는 기회가 많다는 의미였으니까요.

미술 시간에 그 애는 자연 풍경을 그리라는 담임의 말을 알아듣지 못해 혼자 초상화를 그렸습니다. 자화상인지 아니면 아는 사람을 그린 것인지는 알 수 없었지만 머리칼은 노란색으로 칠하고, 눈은 하늘색으로 그렸지요. 치마를 입혀 놓은 걸 보고서 저는 그 애의 여동생인지 누나인지 혹은 엄마인지 궁금했고, 어쩌면 붕괴되었다는 소련이라는 나라에 두고 온 친구일지도 모르겠다는 생각에 약간 슬퍼졌으나,

어쨌든 완성한 그림을 교실 뒤편에 걸어놓았을 때 그 그림만 우스꽝스러워 보일 거라는 사실에 괴로워졌습니다. 그래서 제가 그리고 있던 나무를 가리키며 말했지요. 이런 걸 그려. 나무, 산, 강, 바다. 그 애는 저를 돌아보았지만 당연히 제 말의 의미를 알아듣진 못했어요. 저는 다시 제 그림의 나무를 가리키고 연이어 구름을 가리켰지만 그 애는 가만히 고개를 젓기만 했습니다. 고집마저 엿보였지요. 어째서 그런 생각이 들었는지 모르겠으나 저는 그 애가 한국어를 다 알아듣고도 모른 척하는 것일 수 있다고 순간 생각했습니다. 그래서 붓을 들어 그 애의 스케치북 귀퉁이에 나무를 그렸지요. 한쪽 구석에 나무 두 그루를 그리고 연이어 다른 귀퉁이에 태양을 그렸습니다. 그 애는 제가 하는 양을 가만히 보고만 있었지요. 마침내 미술 시간이 끝났을 때 우리는 물감이 마른 그림을 교실 뒤편에 나란히 걸었고, 그 애의 그림 한가운데 그려진 인물이 유독 도드라져 보이긴 했지만 그래도 귀퉁이에 나무와 구름과 태양과 별이 있기에 풍경화라고 우겨볼 수가 있었지요. 저는 그것이 몹시 뿌듯하게 느껴져 그 애의 팔을 붙잡고 말했습니다. 고마워. 그 애가 저에게 마땅히 해야 할 말을 제가 그 애에게 재차 들려주었지요. 고마워. 그러자 그 애가 제 얼굴을 빤히 보더니 빙그레 웃는 것이었습니다. 저는 도무지 왜 웃는 것인지 알 수가 없어서 어리둥절한 표정을 지었지요. 혹시 고마워,라는 말을 알아들은 것일까. 그 뒤로 저는 그 애에게 도움을 줄 때마다 고마워,라고 말했고 그때마다 그 애는 저를 보며 빙긋이 웃었습니다. 저는 이렇게 생각했지요. 불쌍한 녀석. 내가 너에게 고마움을 느낄 일이 뭐가 있겠니. 너는 항상 내 도움을 받기만 하는데.

불량 식품을 나누어 먹는 아이들 사이에서 혼자 소외되어 책상만 가만히 내려다보고 있는 그 애에게 저는 노란색 아폴로를 슬쩍 건네주었습니다. 그 애는 처음엔 그걸 빤히 쳐다보기만 하다가 나중엔 조심스레 손을 내밀었고, 먹는 방법을 몰라서 그런 것일 수도 있지만 먹지 않고 손에 움켜쥐고 있기만 했습니다. 저는 그 애가 그걸 언제까지 쥐고 있는지 계속 지켜봤는데 그날 수업이 끝날 때까지 그러고 있는 것을 보고서 정말이지 착한 아이라고 생각했지요. 고마워, 같이 놀자, 그런 말은 할 줄 모르지만 착하긴 하구나. 여자아이들은 그 애를 힐끔힐끔 훔쳐보고, 남자아이들은 그 애를 투명 인간으로 취급했던 학교에서 저는 그 애가 가장 좋았습니다. 그 애의 모든 걸 알고 싶었지요.

여름방학이 끝나고 학교로 돌아가니 옆자리가 비어 있었습니다. 담임은 그 애가 조국으로 돌아갔으며, 반 아이들 모두에게 매우 고마워했다고 말했습니다. 좋은 추억을 많이 만들었다며 그 말을 꼭 전해달라고 했다고요. 저는 선생님이 소련 말을 알아들은 것인지 아니면 그 애가 한국어로 그런 말을 한 것인지 궁금했지만 묻지 못했습니다. 마음 한구석에선 그 애가 아무런 말도 하지 않고 떠났을 거라고 생각했지만요.

제 옆자리는 한동안 비어 있었습니다. 어느 날 담임이 자리 변동을 지시했을 때 비로소 다시 짝이 생겼고, 저는 새로 짝이 된 남자애를 심드렁하게 쳐다보았지요. 왜 그땐 여자와 남자만 짝이 될 수 있고, 여자와 여자, 남자와 남자는 짝이 될 수 없었는지 모르겠습니다. 여하튼 제 옆자리에 앉은 남자애가 서랍에 교과서를 넣다가 그 안에서 반으로 접힌 도화지를 발견했습니다. 거기엔 뜻을 알 수 없는 고불고불한 문자가 가득 쓰여 있었지요. 저는 그 애가 저에게 남긴 작별 편지일 거라는 생각에 얼른 달라고 말했지만, 새로운 짝은 혀를 쏙 내밀더니 도화지를 공처럼 뭉쳐서 교실 뒤편으로 휙 던져버렸습니다. 저는 그것을 주워 오지 못했습니다. 만일 그렇게 한다면 그 애를 좋아한다고 모두에게 외치는 것이나 다름없었으니까요. 저는 그 애가 소련 말로 작별 편지를 남긴 것이 아쉬웠고, 주워 와도 무슨 내용인지 알지 못할 거라고 생각하며 스스로를 위로했습니다.

그 애가 떠난 뒤에야 저는 그 애의 조국을 자주 떠올렸고, 그곳에서 그 애가 어떤 모습으로 살아가고 있을지 종종 상상했습니다. 그 애가 사는 집과 뛰어노는 놀이터는 어떤 모습일지, 어른들이 가지 말라고 하는 곳에 그 애도 발을 들일지, 친구와 어떤 대화를 나누며 웃을지, 한국에 왔을 때 어떤 마음이 들었고, 어떤 기대를 했으며, 어떤 두려움을 느꼈는지. 그리고 나와 짝이 되었을 때 어땠는지. 솔직하게 정말로 어땠는지. 내가 교과서를 펼쳐주고 알아듣지 못할 한국어로 말을 걸 때 어떤 기분이었는지. 방학이 끝나고 붕괴된 소련으로 돌아가게 된다는 사실을 알았을 때 나를 떠올렸는지.

그리고 그곳의 학교에서도 필통을 열 때 조심스러운 표정으로 주변을 살피는지. 필통 안에 붙여놓은 스티커가 죄다 드레스 입은 공주님이라는 것을 들키지 않으려고 여전히 주의를 기울이는지. 내가 그걸 발견하고서 예쁘다, 귀족, 누룽지 언니, 공주 같은 말을 했을 때 알아듣지 못했을 게 분명함에도 한 손으로 턱을 괴고 초록빛 눈동자를 반짝이며 나를 지그시 쳐다본 이유가 무엇인지. 입가에 미소가 떠오르고 얇은 분홍빛 입술이 자꾸만 옆으로 길게 늘어난 이유가 무엇인지. 내가 공주님 종이 인형을 교과서 사이에 끼워서 건네주었을 때, 얼른 자기 교과서로 옮기고 나서 두 손으로 입을 가리고 웃은 이유가 무엇인지.

저는 이런 것들에 대해 묻는 대신 나는 너를 사랑했으며, 언어가 전혀 통하지 않았음에도 내 몸은 항상 달떴다고 말하고 싶었습니다. 아폴로를 먹지 않고 온종일 손에 쥐고 있는 모습이 안쓰러우면서도 좋았다고요. 끈적끈적해진 손을 닦지 못해 이리저리 고개를 돌리는 모습에 심장이 쿵쿵 뛰었다고요. 나중엔 산수 문제의 답을 알려주는 척하면서 슬쩍슬쩍 손등을 건드리고, 손가락을 살며시 잡아보고, 옷을 뚫고 나오는 체취를 슬그머니 맡았다고요. 그리고 무엇보다 누룽지 언니의 귀족적인 모습에 대해 말하면 누구보다 열심히 동의해줄 사람이 너라는 것을 알아서 마음이 든든했다고요.

겨울방학이 막 시작되었을 때 저는 엄마의 손을 잡고 연탄재 뿌린 빙판길을 조심조심 걸어가면서 물었습니다.

엄마, 소련에도 눈이 많이 오지? 거기도 연탄이 있어?

엄마는 걸음을 멈추고 저를 가만히 보더니 다시 앞을 보고 자박자박 소리 내며 걷다가 말했습니다.

거기도 연탄이 있어.

저는 그제야 비로소 안도했습니다.

그 애를 조금씩 잊어도 될 것 같았습니다.

*

국민학교에 입학하기 전에 엄마는 저를 데리고 경서 언니

집으로 종종 놀러 갔습니다. 언니는 뇌성마비 장애인이었고 온종일 집에만 있었습니다. 언니의 엄마 역시 언니와 함께 집에만 있었습니다. 처음 언니를 만났던 날 저는 황경서,라고 외치듯 크게 이름을 불렀지요. 저에게 집중하지 않는 언니의 주의를 끌 속셈으로요. 그러자 엄마가 미안해하는 표정으로 아줌마를 슬쩍 보더니 저에게 말했습니다. 세진아, 언니라고 해야지. 그러자 아줌마가 웃으며 말했습니다. 그래, 너보다 나이가 많아. 언니라고 불러야 돼.

그 뒤로 제가 그 집에 놀러 갈 때마다 아줌마는 저를 반기며 말했습니다. 경서가 세진이를 참 좋아해. 실제로 언니는 저를 볼 때마다 입을 크게 벌리고 침을 흘리며 웃었어요. 병증으로 인한 찡그림과 저를 반기는 표정이 미묘하게 다르다는 것을 저도 얼마 지나지 않아 알아챘지요. 대답이 돌아오지 않을 것을 알면서도 저는 언니에게 이것저것 묻곤 했습니다. 언니는 의미를 알 수 없는 어, 오, 아, 우 소리만 길게 냈지만 저는 언니가 대답해주었다는 걸 알았어요. 다만 그 말을 해석할 능력이 제게 없었을 뿐이지요. 언니와 함께 있을 때마다 저는 언니의 언어를 해석할 수 없어 난감했고 제가 무능하다고 느꼈습니다. 언니의 언어를 알아들을 수 있다면 얼마나 좋을까. 언어라는 것은 크게 두 종류로 나뉠지도 모른다는 생각을 그때 처음으로 했습니다. 지금 제가 하는 말처럼 경직된 의미를 품고 있는 제한된 언어가 있는 반면에 표정과 눈빛, 제스처와 주로 모음 어 오 아 우로 전달되는 확장된 언어가 있다는 것을요. 저는 전자만 구사할 수 있을 뿐 후자에 속하는 언어 능력은 젬병이었지요.

제 눈에 언니의 몸은 불편해 보이지 않았습니다. 이상한 말 같지요? 그 당시 아무도 저에게 언니가 아픈 사람이라고 말해주지 않았습니다. 엄마도 아줌마도 그에 대해선 아무런 말도 하지 않았지요. 그저 언니의 이름을 알려주었고, 언니라고 부르라고만 했어요. 그게 다였습니다. 제가 알아야 할 다른 것은 없다는 듯이요. 그래서 저는 언니가 자신의 몸을 불편하게 여기리라 생각하지 않았습니다. 처음엔 약간 불편해 보였지만 나중엔 그것이 언니의 몸이 존재하는 방식이라고 생각했습니다. 물론 일곱 살의 나이에 존재나 방식이라는 단어를 떠올릴 수 있었던 건 아닙니다. 그 당시 제가 언니의 몸에 대해 가졌던 생각을 성인이 된 지금 어른의 언어로 해석해보면 그렇다는 것입니다. 저에게 경서 언니는 뒤틀린 팔과 다리를 가진 언니였고, 대다수의 사람들과 다른 언어를 쓰는 사람이었지요. 언니의 의중을 알려면 표정과 눈빛을 유심히 살필 수밖에 없었는데 그런 소통 방식이 익숙하지 않았지만 흥미롭게 느껴지기도 했습니다. 타인과 대화할 수 있는 새로운 방법을 찾은 것 같았지요. 저는 점점 언니가 편해졌고, 언니의 팔과 다리가 제 것과 다른 방식으로 움직인다는 걸 크게 의식하지 않았고, 단말마 같은 모음 위주의 언어와 비명 비슷한 소리를 내는 것에도 익숙해졌습니다. 언니가 자신의 감정을 뚜렷하게 표현하는 방법이라고 생각했지요.

판잣집 세 개의 단칸방 중 가장 구석진 방에 살았던 경서 언니. 출입문을 열면 재래식 부엌이 나오고, 그곳 바닥에 깔아놓은 돗자리 위에 눕듯이 앉아 있는 언니를 찾아가 저는 놀러 온 아이가 으레 하듯이 곁에 엎드려 놀았지요. 한 번씩 고개 들어 언니를 올려다보면 언니는 미간을 찡그리고 입은 크게 벌린 채로 침을 흘리고 있었어요. 저는 언니가 저를 좋아한다고 굳게 믿었습니다. 언니가 더 이상 저를 좋아하지 않으면 반드시 의사를 표현하리라고 생각했어요. 언니는 자신의 감정을 잘 드러내는 솔직하고 호기심 넘치는 사람이었으니까요. 그러므로 목소리가 그렇게 클 수밖에 없고, 방 안에 누워 있는 것보다 부엌 바닥에 앉아 마당을 오가는 사람들을 구경하는 걸 좋아하는 거라고요. 언니 집의 문이 닫혀 있었던 건 겨울을 제외하고 단 하루뿐이었는데, 외신 기자들이 산동네를 취재하러 와서 동네에서도 가장 낡은 그 집을 촬영했던 날이었어요. 그때 동네 어른들은 그 집을 둘러싸고 서서 혀를 차며 나라 망신 저 집이 다 시킨다고 수군거렸지요.

학교에 들어가고 나서부터 저는 경서 언니의 집에 놀러 가는 일이 뜸해졌습니다. 제가 사는 동네가 가난한 사람들이 사는 구역이라는 걸 처음으로 깨달았던 시기였어요. 저는 산동네에서 등하교하는 아이들에게 깊은 친밀감을 느꼈지만 학교에선 어울려 지내지 않았습니다. 서로가 서로를 모른 척했지요. 그건 담임선생이 반 아이들에게 집 주소에 '산'이라는 단어가 포함되어 있는 아이는 손을 들어보라고 말한 뒤에 벌어진 일이었어요. 저는 손을 번쩍 들었고, 곧이어 아이들의 묘한 시선을 받고서 설명할 수 없는 복잡한 감정이 밀려와 무거워진 손을 내렸지요. 의외로 저희 반엔 산동네에 사는 아이가 많지 않았습니다. 그 뒤로 저는 아랫동네에 사는 아이들, 그중에서도 학교 앞 육교를 건너면 나오는 부자 동네에 사는 아이들을 구별하기 시작했지요. 그 애들은 옷차림이 달라 보였고 머리 모양도 멋졌어요. 새 옷을 자주 입었고, 학용품도 수시로 바뀌었지요. 저는 멋을 부리는 것에 관심이 많은 아이였지만 부자 동네 아이들과 비교하면 아무리 노력해도 스스로가 남루해 보이는 것 같았어요. 아이들 사이에 산불처럼 번져갔던 경계심에 저까지 물든 것이지요. 그런 일은 어느 곳에 사는지 손을 들어보라고 말한 순간 불시에 시작되었습니다. 가정환경 조사를 가장한 분리 시스템이 있었고, 아이들은 어른들이 나누어놓은 보이지 않는 경계선을 금세 알아보았던 것이지요. 그 뒤로 담임의 태도는 크게 달라지지 않았지만 저는 어른들이 우리에게 이렇게 말하는 것만 같았습니다. 분리했으되 너희들은 모두 평등하다. 중요한 건 앞부분입니다. 분리했으되.

그 뒤로 저는 반 아이들과 가까워질 때마다 부자 동네, 아랫동네, 산동네 중 어디에 사는 아이인지 판단부터 내렸어요. 다른 아이들은 그러지 않았을지 몰라도 저는 매번 그렇게 했습니다. 그들을 차별한 것이 아니라 그들로부터 차별당할 가능성을 미리 헤아려봤던 거라고 말하면 변명으로 들리겠지만요. 저는 아랫동네에 사는 아이와 친해졌지만 부자 동네에 사는 아이들과는 가까워지기가 어려웠어요. 그 일이 있기 전까지는 그랬습니다.

부자 동네에 사는 아이들 중 한 명이 저를 짝이라는 이유로 생일 파티에 초대했는데, 반짝이 풀을 포장한 생일 선물을 갖고 있다는 걸 확인한 뒤였지요. 그 집에 도착했을 때 저는 너른 마당 있는 2층짜리 단독주택을 짝의 가족이 통째로 쓰고 있다는 것에 무척 놀랐습니다. 경서 언니가 사는 집은 단칸방 세 칸이 얇은 벽을 사이에 두고 일렬로 이어진 구조였고, 공용 마당도 손바닥만 했으니까요. 저희 집도 여섯 가구가 복작거리며 사는 다가구주택으로 방이 작은 것은 말할 것도 없고, 부엌은 아궁이가 딸린 재래식이었으며, 공용 푸세식 화장실은 위생 상태가 나빴습니다. 그러나 저를 초대한 아이가 사는 집의 거실엔 커다란 소파 세트가 놓여 있었고, 싱크대가 설치된 주방의 널찍한 식탁엔 레이스보가 깔려 있었으며, 냉장고 안엔 온갖 가공식품이 가득 차 있었어요. 저는 가장 좋아하는 티셔츠와 반바지를 입고 있었지만 오랫동안 빨지 않은 옷을 입은 것처럼 부끄러워졌습니다. 케이크와 주스를 먹고, 전기 놀이를 하고, 수건돌리기와 숨바꼭질도 했지만 집에 빨리 돌아가고 싶다는 바람과 영원히 돌아가고 싶지 않다는 소망이 뒤엉켜 마음이 혼란스러웠어요.

혼자 자리를 빠져나왔을 때 주나가 저에게 말을 걸어왔어요. 그때까지 저는 주나와 대화해본 적이 거의 없었습니다. 주나는 반에서 인기가 많기도 했지만 주나의 엄마가 수시로 학교에 먹을 것과 선물을 사 왔기에 거리감을 느꼈지요. 우리 엄마는 학부모 상담이 아니면 절대로 학교에 오지 않았으니까요. 산동네 어른들은 대체로 그러했습니다. 그러나 부자 동네 어른들은 별다른 일이 없더라도 학교에 자주 나타났지요. 교실 문을 열고 들어와 아이들에게 환심을 사기 위해 간식을 나누어주었고 환경 미화의 날을 맞이하여 커다란 화초를 들고 왔어요. 주나 역시 그런 엄마를 두었고, 늘 예쁜 옷을 입고 다녔기에 그 애의 머리카락이 갈색이고 두 눈이 파란색이라는 것은 아이들에게 차별적인 태도를 불러 일으키지 않았습니다.

주나는 주한미군과 한국인 어머니 사이에서 태어났고, 주나의 어머니는 이태원에서 술집을 운영했습니다. 저는 주나가 저만큼 이태원을 잘 아는지, 그곳을 어떻게 생각하는지 궁금했지만 한 번도 먼저 다가가 묻지 못했습니다. 그런데 그날 그곳에서 주나가 저를 가만히 쳐다보다가 먼저 말을 걸어왔던 것이지요. 집에 갈 거야? 나랑 같이 나갈래? 저는 주나가 저에게 먼저 말을 걸어주고 함께 가자고 한 것이 기뻐서 얼른 그러겠다고 답했습니다. 우리는 현관 앞에 나란히 서서 그 집에 사는 아이에게 작별 인사를 하고 대문께로 걸어갔습니다. 밖으로 나오자마자 주나가 말했습니다. 나는 쟤 싫어. 오늘도 억지로 나를 초대한 거야. 저는 이유를 묻는 대신 주나를 질투하는 아이들이 많다는 걸 떠올렸습니다. 주나만큼 부족한 것이 없어 보이는 아이는 찾기 힘들었으니까요. 시험만 보면 늘 만점을 받았고, 온갖 비싼 물건을 다 갖고 있었어요.

도로변을 걸으며 주나는 뜻밖에도 학교로 돌아가야 한다고 말했습니다. 교실로 가서 시험지 채점을 해야 한다고 했어요. 저는 놀란 마음을 숨기고 그걸 왜 네가 하느냐고 물었고, 주나는 담임이 자신을 신뢰하여 채점을 맡겼으며 만일 함께 가준다면 제 시험지 답안을 고쳐줄 수도 있다고 말했습니다. 저는 발밑이 푹 꺼지는 기분이 들었습니다. 주나가 매번 만점을 받았던 건 주나의 실력이 아니라 특권에서 비롯된 것일 수도 있겠다는 생각이 들었지요. 주나가 말했습니다. 선생님은 우리 반에서 내가 가장 정직한 학생이라고 했어. 그래서 나한테 채점을 맡긴 거야. 그러더니 저를 돌아보며 말했습니다. 고치고 싶은 답이 있어? 육교 계단을 오르며 저는 고민에 빠졌고, 주나는 대답을 재촉하는 것처럼 자꾸 저의 얼굴을 돌아보았습니다. 결국 저는 주나와 함께 학교로 갔어요.

주나는 담임의 책상 위에 놓여 있던 시험지 뭉치와 빨간색연필을 들고서 담임이 교탁 옆에 미리 깔아놓은 듯한 돗자리 위에 앉았습니다. 그리고 자신의 필통에서 지우개와 연필을 꺼냈지요. 저는 주나 옆에 앉아 주나가 시험지를 채점하고, 자기 답안지와 친구들의 답안지를 고쳐주는 것을 지켜보았습니다. 주나가 제 시험지를 발견하더니 저를 쳐다보았지요. 저는 시험지를 받아 들고서 떨리는 손으로 오답을 지웠습니다. 그리고 정답을 적었어요. 주나는 아무렇지 않은 표정으로 그 위에 빨간색 동그라미를 그리더니 제 시험 점수를 90점으로 올려주었습니다. 채점을 모두 마친 후 주나는 시험지 뭉치를 담임의 책상 위에 올려놓고서 돗자리를 접어 한구석에 두고 저와 함께 교실 밖으로 나왔지요. 그리고 비밀번호 자물쇠로 문을 잠갔습니다. 주나에겐 그 모든 일들이 심상해 보였어요.

다음 날 학교에 갔을 때 주나가 저를 손짓으로 부르더니 자신의 공책을 내밀며 말했습니다. 숙제를 하지 못했으니 대신해달라고요. 저는 주나의 공책을 가슴 앞으로 끌어당겨 연필을 쥐고 제 숙제 노트를 베껴 쓰기 시작했습니다. 주나가 갑자기 연필 끝을 손으로 쥐더니 자기 연필을 건넸어요. 이게 안 번져. 저는 고개를 끄덕이고 주나의 연필을 받아 들었습니다.

저는 반에서 주나와 가장 친한 사람이 저라고 믿었습니다. 주나가 저에게 다가와 스스럼없이 팔짱을 낄 때나 자신의 학용품을 쓰게 해줄 땐 내심 뿌듯했어요. 주나가 시험지를 채점할 때도 옆을 지켰지요. 나중에 주나는 시험지 채점을 저에게 맡기고 다른 아이들과 어딘가로 놀러 가기도 했습니다. 반 아이들은 저를 가리켜, 주나의 시녀라고 말했습니다.

제가 시녀였다면 주나는 귀족이었던 걸까요. 저는 주나를 사랑했습니다. 주나가 제게 일부러 얄궂게 굴 때가 있다는 걸 알았지만 그 애의 부드러운 미소를 보면 부정적인 감정이 모두 사라졌지요. 주나와 저는 2년 동안 같은 반이었어요. 그 기간 동안 저는 주나의 시녀라는 말을 내내 들었습니다. 그러나 아이들이 뭐라 말하든 우리 사이를 질투해서 그런 거라 생각했어요. 아무도 없는 곳에서 주나는 제 손을 잡았고, 예쁜 낙엽을 주워 저에게 선물했지요. 그런 시기를 지나면서 제 몸이 변화하기 시작했습니다. 가슴이 아팠어요. 열이 오른 것처럼 뜨거웠고, 찌릿하며 둔중한 통증이 매일 계속되었지요. 저는 셔츠를 벗고 바닥에 누워 엄마에게 가슴을 봐달라고 말했습니다. 엄마는 납작한 제 가슴을 유심히 보다가 웃으며 말했지요. 아무것도 없어.

주나는 저와 친해지고 나서야 속마음을 털어놓았습니다. 아빠의 고향인 미국으로 가고 싶다고요. 그곳엔 파란 눈을 가진 사람이 많을 테니 마땅히 거기서 살아야 할 것 같다고요. 그리고 영화에 나오는 미국 소년을 보면 자기에게 꼭 맞는 짝이라는 생각이 든다고도 했습니다. 저는 미국에 가고 싶어 하는 주나를 달래주고, 이곳에도 재미난 일이 많다는 것을 알려주기 위해 아랫동네의 놀이터로 데려갔습니다. 그곳에서 상희를 만나 주나와 함께 어울려 놀았지요.

상희의 집은 고물상이었습니다. 정확히 말하면 고물상 안에 상희의 집이 있었어요. 상희는 아랫동네에 살았고, 저는 고물상일지라도 아랫동네에 산다면 산동네 사람들보다 부자일 거라고 짐작했습니다. 그런 생각으로 상희와 가깝게 지냈어요. 상희는 누구에게나 잘 웃어주었고, 토라지거나 화를 내는 법이 없었고, 해가 지고 난 다음에도 집에 가지 않고 놀이터에서 그네를 탔습니다. 혼자서 논 것은 아니었어요. 놀이터에 자주 오는 동네 오빠들과 어울리는 날이 많았지요. 그들은 중학생이거나 고등학생이었는데 학교엔 거의 가지 않았습니다. 상희가 그네를 탈 때면 다가와 앞에서 그네를 밀어주었어요. 상희는 늘 치마를 입었고, 그네가 크게 움직일 때마다 치마가 뒤집히려 했어요. 앞에서 보면 팬티가 보일 것 같았습니다. 저는 상희에게 치마를 꽉 붙잡고 그네를 타라고 말했지요.

주나가 놀이터에 나타난 뒤로 오빠들은 주나에게 큰 관심을 보였습니다. 저는 주나가 오빠들 앞에서 부끄러운 듯한 표정을 짓는 게 싫었습니다. 주나답지 않았어요. 어느 날 오빠들은 우리에게 이태원 비바백화점 앞에서 만나자고 말했습니다. 주나와 상희를 따라 저도 그곳으로 가서 백화점 앞 마당에서 묘기 부리듯 롤러블레이드를 타는 오빠들을 구경했어요. 주나와 상희는 함성을 지르고 손뼉을 쳤지요.

주나는 오빠들 중 한 명을 짝사랑하게 되었습니다. 그를 따라다니느라 담임선생에게 거짓말하고 조퇴를 하기도 했어요. 결국 주나의 엄마가 그 사실을 알게 되었지요. 놀이터에 불시에 나타난 아줌마는 오빠들과 어울려 놀고 있는 주나에게로 씩씩거리며 걸어왔습니다. 그리고 오빠들에게 따귀를 한 대씩 올려붙였어요. 곧이어 경찰차가 도착했지요. 아줌마는 경찰에게 오빠들이 나쁜 짓을 한 것처럼 말했습니다. 저와 상희에게도 그렇게 했다고 주장했어요. 사실 오빠들은 저에게 말을 건 적이 거의 없었고, 그네를 밀어주려고 다가왔다가도 제가 딱딱한 표정으로 그네에서 뛰어내리곤 했기 때문에 나중엔 저를 본체만체했어요. 하지만 주나와 상희에겐 무척 자상하게 굴었고, 그들끼리 어울려 어딘가로 향하는 모습을 목격한 적도 있었습니다. 비바백화점 앞에서 만난 날도 그랬어요. 저는 그들을 따라가지 않고 집으로 혼자 돌아왔습니다. 그들이 어디서 무얼 했는지 묻지 않았지요. 아줌마는 주나가 초경을 하기 때문에 아이가 아니라고 절규하듯 말했습니다. 경찰은 화난 표정으로 오빠들에게 뭔가를 묻고 적더니 경찰차에 줄줄이 태워서 어딘가로 데려갔습니다. 아무도 저에게 관심을 두지 않는 사이에 저는 얼른 집으로 도망쳤지요.

그날 이후로 주나를 다시 보지 못했습니다. 아이들은 주나가 미국으로 갔다고 말했지만 뒤미처 이상한 오빠들과 어울렸다는 소문이 교내에 퍼졌습니다. 소문 속에서 주나는 어린 나이에 신세 망친 여자애가 되어 있었습니다.

반 아이들이 저에게 다가와 주나를 흉보기 시작했을 때 저는 그 애들을 쏘아보았습니다. 아이들은 주나가 저를 곁에 둔 이유가 시녀가 필요해서였다고 주장했지요. 저 역시 뒤늦게 주나의 마음을 의심하기도 했지만 그렇다고 감정의 색채가 바뀐 것은 아니었습니다. 주나의 마음이 무엇이었든 주나는 제 유년 시절의 마지막 첫사랑입니다.

*

단밤과 함께 목욕탕에 갔습니다. 계획했던 대로 영업이 시작되자마자 안으로 들어갔지요. 단밤은 실로 오랜만에 목욕탕에 와본다면서 마지막으로 방문했던 기억을 떠올렸어요. 상수도 공사 때문에 며칠간 단수가 이어지고 있는 상황에서 그전까진 있는 줄도 몰랐던 옆 동네 목욕탕에 가게 된 것이었지요. 탈의실 로커 앞에 서서 누가 볼세라 서둘러 옷을 벗고 목욕탕으로 들어간 단밤은 후각을 자극하는 염소 냄새와 높은 습도, 뜨거운 수증기, 타일 벽면에 부딪혀 에코와 함께 돌아오는 말소리와 물이 바닥으로 철퍼덕철퍼덕 쏟아지는 소리 때문에 정신이 아득해졌습니다. 단밤은 비척거리며 걸어가 비어 있는 샤워기 자리에 서서 옆 사람에게 시선을 주지 않으려 노력하며 몸을 씻었지요. 다시 탈의실로 나오니 아주머니들이 평상에 속옷 차림으로 앉아 주전부리를 먹고 있는 광경이 보였습니다. 그들은 단밤을 힐긋거렸어요. 어떤 심사가 있었던 것이 아니라 그저 누군가 그곳에 있기에 바라본 것이었습니다. 그걸 알면서도 단밤은 그들이 자신에게 말을 걸어올까 봐 불안해졌고, 간식을 권하면 그것을 먹어야 하나 고민하다가 물이 뚝뚝 떨어지는 머리칼을 수건으로 대충 닦고 신발장 쪽으로 바삐 걸어갔습니다. 샌들을 발에 꿰었을 땐 집으로 돌아간다는 마음이 들어 안도했고, 처음 방문한 낯선 장소에서 옷을 다 벗고 한동안 머물렀다는 사실에 새삼 신기한 마음이 들었지요.

밖으로 나와 거리를 걷다가 나름 목욕 바구니라고 챙겨 간 비닐 봉투 안에 담긴 샴푸 통과 린스 통이 저들끼리 부딪치는 소리를 들으며 단밤의 기분은 점점 상쾌해졌고, 집이 아니라 공중목욕탕에서 몸을 씻으니 어쩐지 해묵은 자아를 한 겹 벗어두고 온 기분마저 들기도 했지요.

그 뒤로 목욕탕은 처음이야.

우리는 텅 빈 목욕탕을 휘둘러보다가 샤워기 앞으로 천천히 걸어갔습니다. 머리에 헤어캡을 쓰고, 스펀지에 비누 거품을 내어 온몸을 문지른 뒤 미지근한 물로 깨끗이 씻어냈어요. 그리고 미끈미끈해 보이는 서로의 젖은 몸을 힐끗거리며 온탕 앞으로 걸어갔지요. 말이 온탕이지, 열탕이나 다름없이 뜨거웠어요. 단밤이 먼저 탕 안에 발끝을 넣고서 우아, 하는 소리를 냈고 저 역시 손끝을 담그고서 앗, 뜨거, 작게 소리를 내질렀지만 결국 탕 안으로 한쪽 발을, 연이어 다른 발을 담갔습니다. 종아리와 허벅지를 담그고 잠시 머뭇거리다 이내 주저앉듯 음모와 아랫배를 담그고, 배꼽이 물속으로 사라지고 명치가 잠기고 유두와 유륜이 보이지 않게 될 때까지 몸을 낮추다가 한쪽 구석 자리에 나란히 앉았습니다. 단밤이 저를 돌아보며 작게 말했습니다.

여기서 그럴 거라고는 아무도 생각 못 하겠지.

잘못 본 거라고 생각하겠지.

지금 할까.

우리는 그런 대화 끝에 서로의 얼굴을 돌아보았지만 열기에 발그레 달아오른 뺨을 보고 결국 웃음을 터뜨렸습니다. 헤어 캡을 쓴 단밤은 꼭 어린아이처럼 보였어요. 아마도 저역시 그랬을 것입니다. 우리는 뜨거운 물에 담긴 두 개의 빨간 자두 같았습니다. 베어 물면 미지근하고 달착지근한 과육이 툭 터질 것 같았지요. 단밤 역시 그렇게 생각하는 기색이 역력했습니다.

냉탕으로 갈걸.

더워?

단밤은 고개를 젓다가 텅 빈 목욕탕을 둘러보더니 말했습니다.

　여기도 아닌 것 같아.

　저 역시 그런 생각이 들었습니다. 그래서 하지 않아도 괜찮다고 말했지요. 섹스를 중요하게 생각하진 말자고 했어요. 아무래도 하고 싶지 않은 기분이 드는 걸 보니 오늘은 아닌 것 같고, 다른 날도 그럴 수 있지만 언제 그러지 않을지는 예상하지 말자고 했어요. 단밤은 묵묵히 고개를 끄덕였습니다.

　뿌연 수증기가 차오르는 목욕탕을 바라보는 동안 저는 점점 마음이 차분해졌고, 몸이 나른하게 이완되었습니다. 벽면에 일렬로 붙어 있는 네모반듯한 거울이 보석처럼 보였습니다. 어릴 적 엄마를 따라 목욕탕에 다녔던 기억이 떠올랐어요. 그땐 목욕탕에 들어가면 물속에 있는 것처럼 귀가 먹먹했고 앞이 뿌옇게 보였습니다. 어찌나 사람이 많은지 걸어 다닐 때마다 아주머니나 언니들의 부드러운 엉덩이며 둥그런 아랫배에 부딪힐 정도였고, 한구석엔 엄마를 잃어버리고 우는 아이도 있었지요. 그 목욕탕은 아랫동네의 유서 깊은 선지해장국집과 같은 건물에 세 들어 있었어요. 목욕을 마친 어른들은 당연히 수순이라는 듯이 해장국집으로 들어갔지요. 엄마를 따라 저도 어릴 때부터 선지해장국을 먹었습니다. 주말 낮이면 알루미늄 포일이 깔린 불판 위에 삼겹살이 지글거리며 익어갔고, 고기 타는 연기와 함께 뿌연 담배 연기가 식당 안에 자욱했지요. 실내 흡연이 전면 허용되던 시절이었습니다. 아버지의 입은 고기를 먹는 것보다 담배를 피우는 것에 더 많이 쓰였습니다. 다른 테이블의 아버지들도 담배를 입에 문 채로 자식들에게 쌈을 싸주느라 바빠 보였지요. 유독 가족 단위 손님이 많았던 식당이었습니다.

저는 단밤에게 어른이 되어 깨달은 사실을 말해주었습니다. 사실 부자들이 사는 곳이라고 생각했던 아랫동네는 상습 침수 구역이기도 했으며, 한강 물이 범람해 허리까지 물이 차올랐던 여름이 종종 있었다고요. 그럼에도 윗동네에서 아랫동네로 이사하려는 욕망은 사그라지지 않았는데, 장마 기간은 1년에 한 달이지만 자격지심은 1년 내내 계속되었기에 그랬던 것 같다고요.

콤플렉스였을까?

단밤의 말에 저는 고개를 저었습니다.

농담으로 승화시킬 수 있었던 콤플렉스였어. 다들 얼마나 잘 웃었는지 몰라. 가난하다고 해서 종일 화만 내고 인상만 쓰며 사는 건 아니야.

저는 단밤에게 윗동네 어른들이 갖고 있던 삶의 자세를 알려주었습니다. 누구나 사연이 있다는 생각으로 이웃에게 적당한 무관심을 유지했던 태도를요. 경서 언니의 병에 관해 아무런 설명도 해주지 않았던 엄마와 귀족적인 언니들을 봐도 심상한 표정을 지었던 어른들과 그 밖의 모든 특수한 상황 앞에서 편견 대신 침묵으로 일관했던 그들의 모습이 가끔 떠오른다고요. 오히려 그런 태도로 인해 저는 선입견 없이 이웃을 대할 수 있었습니다. 윗동네 어른들이 가졌던 편견은 단 하나였습니다. 부자들은 아랫동네에 산다. 오로지 이것뿐이었어요.

이제 와서 생각해보니, 내 고향은 내가 온전한 나로 자랄 수 있게 해준 곳 같아.

온전한 너는 어떤 사람인데?

남자도 여자도 아닌 제3의 무엇.

그런데 왜 여탕에 온 거야?

단밤이 웃으며 물었고, 저는 반칙이라는 걸 알면서도 여탕과 여자 화장실을 선택할 수밖에 없다고 말했습니다. 단밤은 이유를 묻지 않았습니다. 묻지 않더라도 알았겠지요.

근데 세진아, 너는 남자나 여자를 사랑하는 게 아니라 그냥 그 사람을 사랑한다고 했잖아. 마치 사람은……

태양 같다고.

맞아. 근데 그건 좀 미묘한 말 같아. 누군가를 수십 년간 깊이 사랑하게 되면 남자인지 여자인지 떠올리는 일은 거의 없을 것 같거든. 우리 엄마만 봐도 그래. 엄마는 이제 아빠를 남자로 생각하고 사랑하는 게 아니랬어. 박상기라는 인간이 오랫동안 어른인 척하는 아이였다는 걸 알아서 애틋한 마음이 더 크다고 했어. 그래서 잠들어 있는 걸 볼 때면 가끔…….

볼에 뽀뽀라도 하시나?

아니. 평화롭게 죽게 해달라고 기도한대. 자다가 고통 없이 평온하게 죽기를, 그렇게 생을 마감하게 해달라고 기도한대.

도대체 그게 무슨 감정이야?

사랑이지. 오랫동안 어떤 존재를 사랑한 끝에 오래 살기를 바라기보다 고통 없이 죽기를 바라는 마음이 더 커진 것.

그게 사랑이라면 나는 아직 사랑을 해본 적이 없네.

나도. 나에게 사랑은 곁에 있는 사람이 건강하게 오래 살았으면 하는 것인데.

나에게 사랑은 두 사람이 서로만 바라보는 것인데.

단밤은 저를 빤히 보다가 가까이 다가와 입을 맞췄습니다. 저는 누군가 목욕탕 문을 열고 들어오진 않나 눈으로 바삐 살폈지요. 단밤이 입술을 떼어내더니 말했습니다.

처음 내 몸을 보여준 건데 왜 부끄럽지가 않지. 내 몸 어때?

둥글둥글해. 내 몸은?

말랐어. 넘어지면 뼈가 부러질 것 같아.

앞뒤가 구별 안 된다거나 그러진 않아?

참 이상한 말이다. 젖꼭지가 빤히 보이는데 왜 구별이 안 돼?

그때 문을 열고 누군가 목욕탕으로 들어왔습니다. 나이가 지긋한 할머니들이었습니다. 그들은 앉아서 씻을 수 있는 자리로 걸어가더니 목욕 의자에 물을 몇 차례 끼얹고 나서 의자에 앉았습니다. 그리고 물을 세차게 틀어 대야에 받았습니다. 허리께에 붙은 두툼한 살과 움직일 때마다 흔들리는 팔뚝 살이 보였지요. 그들을 바라보는 동안 문득 떠오르는 장면이 있었습니다.

예전에 본 영화에 공용 샤워실 장면이 나온 적이 있어. 나이, 피부색, 체중, 체격이 다양한 사람들이 일렬로 서서 몸을 씻고 있는 장면이었어. 어떤 사람은 어깨가 무척 넓은데 가슴은 거의 없고 허벅지가 통나무만 했어. 어떤 사람은 상체가 고목처럼 우람한데 하체는 묘목처럼 가느다랬어. 어떤 사람은 가슴이 늘어져서 기다란 주머니를 매달고 있는 것 같았고, 어떤 사람은 엉덩이가 범선만 하고 아랫배는 거대한 돛처럼 툭 튀어나와 있었어. 누가 여자이고 남자인지 언뜻 봐선 구별이 안 됐어. 머리칼이 죄다 짧았거든. 일부러 고유한 개성이 잘 드러나는 몸을 가진 사람들 위주로 캐스팅

한 것 같았어.

단밤은 생각에 잠긴 표정을 지었습니다. 저는 연이어 말
했습니다.

사람들은 내 몸을 보고 나를 여자라고 생각하겠지. 하지
만 보이는 게 전부가 아니라고 말하고 싶어. 본다는 게 실은
보지 않는 것일 수도 있다는 걸 말이야.

단밤은 조용히 고개를 끄덕이다가 탕 속에 얼굴을 담갔습
니다.

*

목욕탕을 나와 콩나물국밥집으로 갔습니다. 우리의 얼굴
엔 온탕의 열기가 남아 있었어요. 찬물을 몸에 끼얹었을 때
사라졌던 발그레함이 다시 서서히 올라왔지요. 그럼에도 콩
나물국밥이라는 뜨거운 메뉴를 택해 김이 모락모락 피어오
르는 국밥을 숟가락으로 뒤적거렸습니다. 수북하게 쌓여 있
는 콩나물을 옆으로 걷고서 점원이 가져다준 날달걀을 깨뜨
려 넣었지요. 노른자 위에 뜨거운 국물을 연거푸 끼얹는 단
밤을 바라보다 국물을 한 숟갈 떠서 넘겼어요. 편안하면서
도 깊은 맛이었습니다. 콩나물국밥은 아무 때나 먹어도 소
화가 잘되고 항상 무심한 마음으로 대할 수 있는 음식입니

다. 소화기관이나 그날의 기분에 부담스럽다거나 하는 일은 거의 없지요. 저는 문득 단밤에게 콩나물국밥 같은 사람이 되고 싶은 마음이 들었습니다. 하지만 아무리 생각해도 그렇게 될 수는 없을 것 같았어요. 콩나물국밥은 어느 모로 보아도 평범하다고 말할 수밖에 없는, 콩나물국밥에게 약간 미안한 마음이 들긴 하더라도 끝까지 평범하다고 주장할 수 있는 음식이지만 저는 그리 평범한 사람이 아니었으니까요.

그렇다고 해서 저는 구석진 곳에 웅크리고 있고 싶진 않았습니다. 나는 곧 나로 대변될 수 있는 사람들의 집합이며, 그들은 곧 나이기도 하다는 생각도 하지 않았습니다. 나는 다른 누구도 아닌 나라는 생각도 하지 않았습니다. 그것은 비대해진 주체를 드러내는 표현 같았습니다. 그러면 나는 과연 어떤 상태인 걸까요. 나는 없고, 현재의 모습이 이러하다는 것만 있다면요. 경계 없는 확장만 끝없이 계속된다면요.

콩나물국밥을 거의 다 먹고 나서 단밤이 접시에 남은 오징어젓갈을 젓가락으로 휘저으며 말했습니다.

고등학생 때 집에 애인을 데려왔다가 가족한테 들킨 적이 있어. 노크도 없이 내 방 문을 벌컥 연 거야. 나는 애인하고 옷을 벗은 채로 잠들어 있었고 누가 들어오는 소리를 듣지 못했어. 그때부터인 것 같아. 집에선 안전하지 않다는 생각이 들기 시작한 게. 경계가 없는 곳이 더 안전할 수 있다는 생각을 했어. 경계가 없다는 건 자격이나 조건 같은 게 없다는 거잖아.

단밤은 오징어젓갈을 더욱 거칠게 휘젓더니 혈연이라는 것은 마치 오징어젓갈 같다고 말했습니다.

시뻘겋고 발효된 냄새가 나고 들러붙을 것 같고 강렬한 짠맛이 나잖아. 나는 혈연 기반의 원가족이 얼마나 멀어질 수 있는지 잘 알아. 웃으면서 내 삶을 전적으로 부정하는 얼굴들이 얼마나 밉고 원망스러운지. 자기들만 행복하면 그만이라는 태도가 너무 싫었어. 어릴 때부터 집에서 빨리 도망쳐 나와 내 가족을 이루고 싶었고. 당연히 혈연일 필요는 없고, 지금은 사랑일 필요도 없다고 생각해. 그런 의미에서 네 감정이 뭔지 묻지 않고서 나랑 같이 살겠냐고 물어도 될까?

내 감정은 이제 사랑인데. 저는 그런 말을 하는 대신 단밤의 말이 부담스럽다는 듯이 달걀 껍데기만 쳐다보았습니다. 알맹이가 빠져나가 텅 빈 껍데기의 쓸모가 어디에 있을까 생각하면서요. 그러다 엄마가 그것을 비료처럼 잘게 바수어 키우던 식물 화분에 던져두었던 것이 떠올랐습니다. 껍데기도 알뜰한 쓰임이 있는데……. 저는 단밤에게 말했습니다.

내가 껍데기뿐이라도 괜찮아?

네가 왜 껍데기야?

알맹이가 없어서.

알맹이는 어디로 갔는데?

알맹이는 확장되기 위해 바깥을 돌아다니는 중이야.

단밤은 고개를 기울이다가 이윽고 말했습니다.

나도 같이 돌아다니면 되겠네.

*

두 사람이 앉으면 꼭 붙어 앉을 수밖에 없는 작은 소파가 있는 집으로 단밤과 함께 돌아왔습니다. 단밤은 오늘부터 집에 가지 않겠다고 말했습니다. 누군가와 함께 있는 훈련을 당장 시작하겠다고요. 저는 약간의 부담감을 느꼈지만, 그것은 결국 믿기지 않는 행복에 발을 걸어 넘어뜨리려는 비관임을 깨닫고 방이 하나밖에 없는 집에서 단밤과 어떻게 동거할 수 있을지 열심히 고민했습니다.

내가 거실에서 잘게.

단밤은 접이식 매트리스를 침대 아래 보관해두었다가 잘 때만 거실 바닥에 펼치겠다고 말했습니다. 아주 기발한 아이디어라도 되는 것처럼 손뼉을 쳤지요. 저는 다른 의견을 내놓았습니다.

이사를 하자.

어디로?

방이 하나 더 있고, 큰 소파를 놓을 수 있는 거실이 있는 집으로. 타인과 함께 있어도 불편함을 느끼지 않을 만큼 평수가 넉넉한 집으로.

단밤은 뜻밖이라는 표정으로 저를 보며 말했습니다.

그런 집을 구하려면 형편이 지금보다 나아져야 하는데 나는 가망이 없어.

나도 그래.

그럼 어떻게 하려고?

서울을 떠나면 되지 않을까.

서울을 떠나서 어디로.

서울로 통근이 가능한 어딘가로.

출퇴근 시간만 세 시간 넘게 걸릴 텐데.

그래도 주말엔 온종일 넓은 집에 같이 있을 수 있잖아. 한 달을 기준으로 하면 8일이야. 결코 짧지 않아.

저는 단밤에게 방을 마련해주고 싶었습니다. 거실에서 매트리스를 펼쳐놓고 자다니요. 그런 식으로 동거 생활을 시작하고 싶지 않았습니다. 그러나 우리 형편으론 서울에서 방 두 개에 널찍한 거실이 있는 집은 구하기 어려울 게 분명했지요.

단밤은 결국 그러자고 답하며 창가에 놓여 있는 스투키 화분으로 가까이 걸어가 흙을 만지작거렸습니다. 저는 단밤의 곁으로 가서 창문을 활짝 열고 바깥 공기가 우리의 두 볼을 식혀주기를 기다렸습니다. 저만큼이나 단밤의 얼굴도 발그레했어요. 목욕탕과 콩나물국밥집에 이어 집에서도 여전히 우리의 얼굴은 두 개의 자두처럼 붉었습니다.

새로 정착하게 될 동네는 어떤 곳일까요. 그곳에서 저와 단밤의 기질은 얼마나 발현되고 확장되고 소거되고 움츠러들까요.

저는 단밤의 손을 잡았습니다. 집에 누군가와 함께 있으면 불편한 마음이 들어 한 시간을 참기가 힘든 단밤은 이제 거의 한계치에 도달하고 있었습니다. 그러나 이 집을 뛰쳐나가진 않을 것입니다. 이젠 단밤의 집이기도 하니까요. 이 공간이 진정한 우리의 집이라는 것을 단밤은 언제쯤 깨달을까요. 누군가 문을 벌컥 열고 들어오더라도 썩 나가시오, 호통을 친 뒤 다시 이불을 덮고 나른하게 누워 있을 권리가 우리에게 있다는 것을요.

얘는 잎이야, 줄기야?

단밤이 스투키를 만지작거리며 저에게 물었습니다. 저 역시 스투키를 볼 때마다 그게 궁금했지요. 이것은 잎인가, 줄기인가. 설마 뿌리는 아닐 것이고. 그렇게 구분 지어보려고 할 때마다 스투키가 한 발을 흙에서 뽑아내 저의 손등을 걸어찰 것 같았어요. 잎이며 줄기라는 것은 인간 종자의 구별

법. 몇 세기에 걸쳐 분류에 열중하는 광경을 지켜보며 얼마나 지겨웠을까요.

단밤이 검지로 창틀의 먼지를 그러모아 창밖으로 날려 보냈습니다. 부스스 낙하하는 먼지를 바라보는 동안 눈이 오면 좋을 것 같다고 생각했어요. 모든 경계를 사라지게 하는 눈이요. 매섭고 차가운 바람이 불어 사람이든 사물이든 한없이 움츠러들고 뻣뻣해질 때 경계를 부드럽게 감싸 안아 모두가 선분 없이, 모서리나 그늘 없이 하얗게 이어지게 만드는 눈이요. 마치 단밤과 함께 있는 시간 같은 그런 눈이요.

표정 없는 눈을 그러모아 표정 있는 눈사람으로 만드는 건 인간뿐이야.

제 말에서 부정적인 뉘앙스를 감지했는지 단밤은 쓸쓸한 미소를 지으며 말했습니다.

표정이 없으면 불안해져서 그런 거야. 상대의 표정에서 마음을 읽고, 그걸 곧장 따라 하기도 하니까. 인간은 가여운 존재야.

단밤은 그렇게 말하며 제 어깨에 머리를 기댔습니다.

*

지금 밖으로 나가면 눈이 내리고 있을지도 모르겠습니다.

저녁에 눈이 올 거라는 예보가 있었거든요. 집으로 돌아가실 때 미끄러지지 않게 조심하세요. 아니면 썰매를 탄 것처럼 신나게 미끄러져보는 것도 나쁘지 않을 것 같습니다. 예상하지 못한 곳으로 향하는 순간을 기꺼이 받아들이면서요. 그렇게 해보고 나서 다시 이 자리로 돌아와 홍조 띤 얼굴로 서로의 말에 귀 기울여주는 건 어떨까요.

저는 이제 무대 아래로 내려가 여러분들 곁에 앉겠습니다. 어떤 표정을 지을지 마음속으로 정하세요. 제가 그 표정을 그대로 따라 하게 될 테니까요. ■

전춘화

여기는 서울

전춘화
중국 길림성 화룡시에서 태어났다. 2023년 소설집《야버즈》로 국내 작품 활동
을 시작했다.

차이나타운 반지하 원룸에 짐을 풀었을 때 저는 막막했습니다. 아버지가 넘겨준 바통을 들고 이어달리기를 하는 것처럼 차오른 숨을 고르며 한참을 방문 앞에 서 있었습니다. 불확실한 미래에 불안과 두려움조차 느낄 수 없었고 그저 자포자기의 마음뿐이었습니다. 며칠 동안 구직공고를 들여다보며 이제 막 대학을 졸업한 앳된 교포 청년이 제대로 된 일자리를 구할 가능성이 희박하다는 것을 뒤늦게 알았지요. 제가 받은 재외동포 비자로는 단순 노무조차 할 수 없었습니다.

아버지가 대학원 첫 학기 등록금만 지원해주기로 하고 쫓아내듯 보낸 서울 생활의 처음 일주일 동안 저는 유학 온 몇 명의 친구들을 만나 그들의 생존 스킬을 물으며 수다를 떠는 것 외에 어찌할 방도를 찾지 못했습니다. 대학교 시절부터 아르바이트를 시작한다는 한국 청년들은 식당에서 길고 어려운 메뉴들을 자연스럽게 읊으며 주문을 척척 받고 남은 닭갈비에 밥과 김, 그리고 계란을 섞어 맛있는 볶음밥도 야무지게 뚝딱 만들어주더군요.

서울에 온 둘째 날 저는 고향 친구와 만나 근사한 레스토랑에서 밥을 먹으며 외국어로 된 음식 이름이 어렵다고 투덜거렸습니다. 서울에서 생활한 지 2년이 된 그 친구가 그러더군요. 분위기 좋은 레스토랑에서 재즈 음악을 깔아놓고 '마늘 기름과 해물을 넣은 매운 볶음면'이라고 써놓으면 '있어빌리티'가 가능하겠냐고요. 친구는 스파이시 시푸드 알리오올리오가 얼마나 깔끔하고 입에 착 달라붙는 이름이냐며 면을 포크로 돌돌 말아 앙증맞게 벌린 입으로 흡입했습니다. 저는 포크를 연길에서 뭐라고 불렀는지도 잠시 잊은 채 메뉴판 속 낯선 이름에서 눈을 떼지 못했답니다.

"연길에서는 다 중국어였잖아. 서울에 왔으니 이젠 영어에 적응해야 돼. 꼭 기억해. 스파이시 시푸드 알리오올리오."

서울 말투를 쓰는 친구의 모습은 꽤 근사해 보였습니다. 긴 수다를 이어가다 단어가 생각나지 않을 때마다 불쑥 튀어나오는 연변 사투리나 중국어도 어색해 보이지 않았습니다. 친구에게 아르바이트를 소개해달라고 했지만 마땅히 추천할 자리가 없는지 난감해하더군요. 중국인 여행객들이 붐

볐던 호시절에는 명동이나 동대문쇼핑거리에 화장품 판매원이 언제나 필요했고 24시간 운영하는 마라탕 가게에서도 직원 모집 공고가 항상 떠 있었다네요. 하지만 코로나 이후에 경기가 한풀 꺾여서 사장이 직접 응대하는 가게가 많아졌다고 하더군요. 한국 청년들과 경쟁할 필요가 없는 중국인 가게에서 일하고 싶었지만 아버지는 한국인들과 함께 일해야 배울 게 많다며 단호히 반대하셨지요. 아버지의 고집에 스파이시 시푸드 알리오올리오에 대한 거부감과 두려움이 등골을 타고 흘러내리는 것 같았습니다. 하지만 나름 일리가 있는 말이었기에 서울 올 때 아버지가 손수 챙겨주신 북한 마른낙지에 고량주 한 모금을 들이켜며 밤늦게까지 이력서를 넣어보았습니다. 이건 제가 할 수 있는 최선의 용기였답니다. 대학원 입학 날짜가 한 달 정도 남은 시점에 한국인들과 함께 일할 수 있으며 시간 조율도 가능한 일을 찾을 수 있을지 의문이었습니다. 구직 사이트에 시간을 자유롭게 선택할 수 있다는 곳만 선별해 검색했더니 스무 곳 정도가 나오더군요. 일일이 클릭해서 확인하지 않고 스무 곳 모두 이력서를 발송했지요. 제발 저 중에 한두 개만이라도 걸렸으면 싶은 일말의 희망을 품고 말입니다. 하지만 다음 날 연락해온 곳은 교육비 백만 원을 우선 입금하라는 정체 모를 업체와 '진상 손님 없고 근무 시간 노 터치, 분위기 좋은 우아한 바'에서 온 이상한 문자 몇 통이 전부였습니다. 그 이후로도 며칠간 이상한 전화와 문자가 자꾸 오길래 저는 아예 핸드폰을 꺼버리고 말았지요.

연락이 닿지 않던 며칠 동안 아버지는 걱정이 많으셨나 봅니다. 늦은 밤 북한 마른낙지를 잘근잘근 씹으며 전화했더니 아버지는 대뜸 화부터 내셨지요. 그러고는 서울의 한 시민 단체 회장님과 안면이 있어 부탁을 해놨으니 내일 당장 방문해보라며 주소를 불러주셨어요. 친분이 있는 한국인 회장님이 계시다니 의아했습니다. 아버지는 고작 두 주 동안 여행객으로 한국에 잠깐 다녀간 경험밖에 없을 텐데 말이지요.

"거봐라, 아버지는 여행만 해도 회장님과 친분을 쌓잖니. 너도 겁먹지 말고 서울 생활 잘해봐라. 건투를 빈다."

아버지가 한껏 뿌듯해 보였기 때문에 저는 영문도 모른 채 서울에 올 때 연길에서 급하게 맞춘 상복 같은 검정 양복을 꺼내 툭툭 턴 뒤 옷장 손잡이에 반듯하게 걸어두었습니다.

버스를 타고 아버지가 직접 가보았노라 자랑하셨던 신촌 번화가에 내려서 손차양을 한 채 쉼 없이 달리는 도로변 차들과 아스라하게 높은 건물들을 번갈아 쳐다보았습니다. 주소대로 잘 찾아갈 수 있을지 약간 긴장되었답니다. 얼마 못가 괜한 걱정이었음에 안도하게 된 건 지도 앱이 이내 번화가를 비켜난 작은 골목으로 제 걸음을 이끌었기 때문이었습니다. 번화가를 거쳐 와서였는지는 모르겠지만 오래된 빌라와 꼬마 빌딩들이 짜리몽땅해 보여서 저는 왠지 반갑고 안심이 되었습니다. 가파르다고 하기엔 애매한 오르막길을 넘은 뒤에야 5층짜리 근린생활시설 건물 맨 꼭대기 층에 쓰여 있는 시민 단체의 이름을 확인할 수 있었습니다. 아버지가 단체명을 정확히 몰라 얼버무리셨기 때문에 저는 1층에 있는 미나네 미용실과 김밥집, 2층의 독립 서점, 3층의 김 뇌 연구소와 같은 간판 이름들을 천천히 입속말로 읊으며 올라갔습니다.

열려 있는 문을 노크하며 이번이 스물다섯 살 제 인생의 첫 면접이라는 사실을 상기하고는 긴장감에 심장박동수가 빨라졌습니다. 20평쯤 되어 보이는 사무실은 옆 건물에 가로막힌 탓인지 우중충한 느낌이었습니다. 사십대 중반 정도로 보이는 한국인 남성이 다가오기에 깍듯하게 허리 굽혀 인사를 하며 회장님이라고 호칭했더니 그분은 웃으며 자신을 사무국장이라고 소개했습니다. 회의실로 안내받아 딱딱한 장의자에 앉자마자 믹스커피와 둥굴레차 중에 어떤 것을 선호하냐는 여자 직원의 건조한 질문을 받고 엉겁결에 "아무거나 다 됩니다"라고 대답을 했지요. 둥굴레차 티백을 우려낸 따뜻한 종이컵을 두 손으로 감싸 쥔 저와 마주 앉은 사

무국장님 사이에 서울에는 언제 왔는지, 입학 예정인 대학
원은 어딘지 등 가벼운 안부 몇 마디가 먼지처럼 부유하다
가 본격적인 질문이 이어졌습니다.

"혹시 증조부나 증조모의 이주사에 대해 구체적으로 알
고 있나요?"

아무도 저에게 던져본 적 없는 질문이었습니다. 구체적
으로,라는 단어를 힘주어 말했기 때문에 저는 사무국장님이
성의 있는 긴 답변을 원한다고 이해했습니다. 그러다 보니
조선 역사가 흙탕물 속 낡은 수레바퀴처럼 힘겹게 굴러가던
배경하에 증조부는 만주 땅까지 어떤 연유로 어느 코스로
어떤 교통 방식으로 도착했는지부터 얼마나 굴곡진 시대를
통과했으며 그것이 궁극적으로 우리 가문의 어떠한 정신으
로 이어졌다는 식의 구구절절한 서사를 스파이시 시푸드 알
리오올리오처럼 깔끔하게 설명해야 할 것 같은 압박감이 몰
려왔습니다. 머릿속으로 북한 마른낙지를 씹을 때의 여유를
떠올리며 힘껏 고민해봐도 마땅히 이야기할 서사가 없었습
니다. 학교에서 민족 역사를 배운 적이 없고 집에서도 아버
지는 우리가 그저 아픈 역사의 가장 약한 고리, 남부여대의
후손일 뿐이라고 일축했기 때문에 저는 초침이 재깍재깍 움
직이는 동안 무력감마저 느끼고 말았습니다. 남부여대의 후
손에게 무슨 그럴듯한 서사가 있을까요. 그 시절엔 다들 배

고파서 만주 땅으로 이주하고 먹고살고자 순응해서 살았을 뿐일 텐데요.

"모르겠습니다"라고 대답하면 갓 세차장을 나온 듯 반짝반짝 광이 나던 제 자존심에 흠집이 생길 것 같아 저어되었고, 게다가 서울에서 만났던 친구들이 '진정성과 센스, 예의'를 서울에서의 생존 스킬이라며 반복해서 알려줬던 탓에 머릿속이 복잡해지고 말았습니다.

"이주사에 대해 궁금해한 적도, 부모님으로부터 세세하게 들어본 적도 없습니다. 아마 조선족들이 가장 약한 부분이 민족사나 가족 이주사에 대한 질문일 것입니다."

"왜죠?"

입가에 미소를 띤 듯 만 듯한 사무국장님은 이미 정답을 알면서 공연히 궁금해하는 표정인 것 같아서 일순간 묘하게 불쾌한 기분이 들었습니다.

"중국은 소수민족 동화 정책을 펼치고 있잖아요. 민족 역사와 이주사를 언급하는 건 소수민족의 생존에 불리하지 않을까요."

저도 모르게 조금 언짢은 투로 대답하자마자 부끄럽고 미안한 감정이 종종걸음으로 제 마음을 훑고 지나는 것 같아 이내 사무국장님의 시선을 피해 둥굴레차 한 모금을 마셨습니다. 사무국장님은 흥미롭다는 듯이 웃으면서 또 묻더군요. 왜 우리 민족 서로 돕기의 오랜 역사를 가진 시민 단체에서 일할 생각을 하게 되었냐고요. 여기가 어떤 시민 단체인지도 모르고 아버지의 성화에 등 떠밀려 왔다고 솔직히 말하며 머저리 인증을 할 수도 없는 노릇이었습니다. 스스로의 선택이라고 하기엔 이미 그와 모순되는 대답을 했기에 어떻게든 이 상황을 잘 모면해보고 싶었지만 뇌는 기발한 아이디어나 설득력 있는 언어가 바닥이 난 듯 버그 상태에 빠졌습니다.

"여기는…… 서울이니깐요."

제가 생각해도 맹랑하고 애매한 답변이었습니다. 얼결에 입에서 튀어나왔기 때문에 저 또한 제 뇌에서 어떤 맥락으로 흘러나온 말인지 알 수가 없었습니다. 사무국장님이 행여 이 무슨 엉뚱한 소리냐 싶어 바투 질문한다면 말문이 막힐 듯싶었는데 다행히 "아, 그래요?" 하곤 넘어가셨습니다.

사무국장님과 옆에 앉아 있던 직원에게 인사는 제대로 하고 나왔는지 기억나지 않을 만큼 부랴부랴 건물을 빠져나왔습니다. 바깥 공기를 마시며 정신을 차렸을 즈음에야 5층 계단을 엎어질 듯 걸어 내려왔다는 것을 알아차렸답니다. 아버지는 면접이 어땠냐고 꼬치꼬치 캐물으셨지만 저는 코대답을 하곤 이제부터 서울 생활에서의 모든 결정은 스스로 하기로 마음을 먹었습니다. 최소한 이런 상황을 또 직면하게 될 때 부끄럽든 겁이 나든 그것이 온전히 제 스스로의 선택과 결단에 의한 결과물이면 덜 억울할 것 같다는 생각이 들었거든요.

시민 단체에서의 일을 재빨리 잊고 다시 아르바이트를 찾아 나섰지만 여전히 녹록지 않았습니다. 중국어 초벌 번역을 한다는 친구에게 도움을 요청해봤지만 아직 한국식 외래어나 맞춤법이 익숙하지 않으니 최소한 1년 정도는 학교를 다니며 한국어를 익힌 후 시도해보라는 답변을 들었습니다. 연길에서 호기롭게 장전하고 온 에너지가 거의 고갈된 것 같아 고심 끝에 첫 학기 생활비까지만 지원해달라 사정하려고 아버지에게 다시 전화를 걸었더랬지요. 발신음이 두 번도 들리기 전에 전화를 받은 아버지는 시민 단체의 회장님께 다시 장문의 메일을 보냈더니 흔쾌히 일하라고 하셨다고, 그러니 월요일부터 바로 사무실로 가도 된다며 한껏 들떠 말씀하셨습니다. 아버지는 서울에서 새 출발을 하는 교포 아이가 한 달 넘도록 아르바이트 자리를 찾지 못해 대림동 차이나타운의 반지하방에서 울고 있다며 기회를 달라고 사정하듯 구구절절 쓰고는 회장님과 어디서 어떻게 몇 분이나 마주했는지 그 기억마저 모조리 상기시킨 뒤 나중에 서울에 들르면 중국술을 들고 인사하러 찾아가겠다며 마무리하는 아버지 특유의 연변식 일 처리를 구사했을 것이 분명해 보였습니다. 아버지는 오래전부터 그렇게 살아오셨겠지만 서울에 오고 나니 그런 아버지가 새삼스럽게 촌스럽고 창피하게 느껴졌어요. 깊은 한숨을 내쉬며 아버지, 제발, 하고 뒷말을 이으려는 제 태도가 아버지 눈엔 그저 피 끓는 청춘인 철없는 어린 딸의 얄팍한 자존심과 아직도 세상 험한 줄 모르는 투정으로 느껴졌겠지요. 살다 보면 똥밭에서 구를 각오 정도는 해야 한다는 아버지의 설득에 전 이게 정말 마지막 개입이길 바란다고 못 박아버리고 말았네요.

사무국장님과의 두 번째 눈맞춤과 인사는 어색하기 그지없었지만, 사무국장님은 종이컵에 믹스커피를 직접 타주시면서 그날 면접을 마치고 연락을 해볼 마음이 있었던 참에 잘됐다고 말씀해주셨습니다. 저는 그 말의 의미가 한국인의 미덕이라는 배려와 진정성 중에 어느 쪽에 해당할까 잠깐 생각해봤습니다. 사무국장님은 저에게 굳이 진정성을 보여줘야 할 입장은 아니니 배려가 맞겠다 싶더군요. 첫날은 한 아름 간사님과 인사를 나누고 스프링으로 분철된 책 세 권을 전달받았습니다. 초창기부터 정리해온 활동 기록지라고 짧은 설명을 듣긴 했지만 받아보니 기록지의 무게에 당황스럽더라고요. 아버지, 제가 첫 페이지 '단체의 발족 배경'에서 어떤 사진을 보았는지 아십니까? 1990년대 연변의 어느 시골 초가집 온돌방에 앉아 오열하는 사십대 조선족 부부의 모습이었습니다. 한중수교 후 산업 연수생 제도로 많은 조선족들이 한국에 건너왔던 시기에 국가의 제도를 악용해 비자를 해결해준다며 감당하기 어려운 수수료를 받고 도망간 사기꾼들이 있었나 봅니다. 이상한 일입니다. 오래전 아버지가 얼핏 이 사건에 관해 들려주셨을 때 우리 가족의 일이 아니었기에 무수하게 많은 불운했던 지난날의 이슈 하나 정도로만 알고 흘렸는데 구체적인 시간과 장소, 몇 장의 생생한 사진과 세세한 사건 개요, 사기 금액과 피해자 인원수까지 명확하게 기록된 눈앞의 활자를 보니 가슴이 먹먹해질 정도로 아팠습니다. 구체적인 역사 기록을 읽는 건 처음이었습니다. 모금 활동으로 모은 돈을 전달하고 피해 규모를 조사하기 위해 직접 연변에 방문했던 일이 이 단체의 발족 배경이었습니다. 뒤 페이지로 넘어가자 짧은 체류 기간 동안 비싼 비자 수수료를 갚지 못해 어쩔 수 없이 불법 체류자가 된 한국 거주 조선족들의 어려움을 해결하고자 함께 모여 시위를 하거나, 일본 교포들과의 생생한 현장 인터뷰를 전달함으로써 모국과의 이해 간극을 메우고자 노력한 흔적이 기록되어 있었습니다. 또 고려인 마을에 거주하는 고려인들에게 생필품을 제공하는 등 민족돕기활동은 2000년대 이후로도 활발히 이어진 것으로 보였습니다. 그때의 기록에 사무국장만 다섯 명이었던 걸로 보아 큰 단체였었나 봅니다. 두 번째 책부터는 더 이상 조선족이 등장하지 않았습니다. 고려인들 위주의 지원 활동을 이어오다가 마지막 기록지를 훑었을 때는 새터민들의 교류 모임을 운영하고 그들이 자립할 수 있도록 자격증 취득을 지원하거나 한국 생활에서 겪는 어려움을 인터뷰한 내용들이 담겨 있었습니다.

홀린 듯 모든 기록을 훑어보고 두꺼운 하드 커버를 쉬이 덮지 못한 채 만지작거리고 있자니 외근을 다녀온 사무국장님이 무심히 묻더군요. "어때?"라고요. 여전히 면접 후유증이 남아 있었던 탓에 어물쩍하다가 제게 질문할 때 가능하시다면 더 구체적으로 해달라고 말했답니다. 저는 아직까지 상대방이 궁금해하는 포인트만 골라서 말하는 센스를 미처 장착하지 못했기에 대답을 잘하고 싶어질수록 더 구구절절 늘어놓는다는 걸 서울 생활 한 달 만에 깨달았기 때문입니다. 저는 그날 자정이 지나 창밖에 청소차가 쓰레기를 담아가는 소리가 들릴 때까지 잠들지 못하고 뒤척였습니다. 기록지에서 봤던 내용과 사진들이 오래된 필름처럼 머릿속에서 자동 생성되면서 이 단체가 30년의 민족사가 이어질 수 있도록 잘 버텨준 굴 길처럼 느껴져서 벅찬 감동을 느꼈다가 그날 하루 목도했던 단체의 이미지와의 괴리감을 해석할 힘이 없어 착잡해졌습니다. 게다가 왜 조선족의 중요한 역사 기록을 이제야 서울의 시민 단체에서 우연히 봐야만 했는지에 대한 당혹감과 혼란스러운 마음이 며칠이 지나도 쉬이 가시지 않았습니다.

아버지는 제가 시민 단체에서 근무하기 시작한 시점부터 서빙보다 훨씬 의미 있는 일을 하고 있다고 자랑스러워하시면서 통화할 때마다 그날 한 일에 대해 몹시 궁금해하셨지요. 단체에서의 첫 한 달은 일을 배우느라 분주했습니다. 면접을 보던 날 사무국장님 옆에 무표정하게 앉아 있던 아름 간사님은 멀티플레이어였습니다. 하필이면 저와 동갑에 대학원 휴학생인 간사님은 MS오피스를 능수능란하게 다루고 매달 후원자들에게 보내는 온라인 활동 보고서도 야무지게 작성했으며, 회계 일과 인터뷰까지 소화하는 데다가 매주 회의 때마다 활동 기획이나 모금 계획까지 고안해내 사무국장님을 설득했으니 말입니다. 제가 입사하고 나서 아름 간사님은 더 바빠진 듯 보였습니다. 인사를 나눈 첫날 간사님은 입술을 잘근잘근 씹으며 제게 무엇부터 하고 싶으냐고 묻더군요. 저는 시키는 건 뭐든 할 각오는 되어 있었지만 선택권이 주어지니 당황하고 말았더랬지요.

"글쎄요. 뭐부터 하면 좋을까요. 쉬운 것부터 하는 게 좋지 않을까요?"

"어떤 일이 쉬울지는 본인이 더 잘 아실 테니 글쓰기가 편하면 소식지나 활동 보고서 작성부터 배우시면 되고요, 계산에 밝으시면 회계 일부터 배우셔도 돼요. 저희는 워낙 작은 단체라 전문성이 필요할 만큼 크게 어려운 건 없거든요."

제가 뭘 잘하는지 모르겠다며 뚱해 있자 아름 간사님은 한숨을 내쉬곤 그렇다면 영수증 처리부터 배우라고 했지요.

아름 간사님은 무뚝뚝한 사람이었습니다. 그만큼 일을 야무지게 했기 때문에 사무국장님마저 아름 간사님을 의지하고 눈치 본다는 것을 저는 첫날부터 알아챘답니다. 사무국장님이 외부에서 활동한 뒤 지출영수증을 챙기지 않자 아름 간사님이 아무렇지 않게 짜증을 내는 모습도 여러 번 봤었고요.

첫 두 주간 저는 가르쳐준 대로 반복 학습을 통해 익힐 수 있는 일들은 쉽게 소화했지만 이내 난관에 봉착하게 되었습니다. 자잘한 일들이 익숙해지자 사무국장님으로부터 이 사회에서는 시민 단체든 일반 직장이든 주체적이고 자발적으로 일해야 성장할 수 있다는 생존 이치를 전해 들었기 때문입니다. 그건 제가 연길에서 감각해온 것과는 전혀 다른 의미였습니다. 농사꾼이었던 할아버지가 매일 아침 밭일을 나갔던 것도 굳이 따지자면 주체적이고 자발적이었던 것이고

10년째 전통시장에서 건어물을 판매하는 어머니에게도 주체성과 자발성은 필요했을 테지 말입니다. 정작 이 단어들과 매칭이 되지 않는 건 시청의 말단 공무원이었던 아버지였습니다. 매번 빨간 도장이 찍힌 지시가 당에서 내려올 때마다 아버지는 그대로 실행하면 되었을 테니까요. 제 머릿속의 주체성과 자발성은 매일 당연하게 반복되는 일상에 성실함 정도만 덧입힌 형태인데 사무국장님이 말씀하신 건 실체를 알 수도 없고 감을 잡을 수도 없었습니다. 아마도……아마도 그건 동물원에 갇혀 있던 호랑이를 정글에 풀어놓고 눈앞에 보이지 않는 사냥물을 잡아 오라고 주문할 때 해당하는 야생적인 주체성이 아닐까요. 한국은 경쟁이 너무 치열하니 정글이 맞을 거라며 아버지는 허허 웃으셨는데 저는 처음으로 그동안 제가 안일하게 살아왔던 게 아닐까 자책을 하고 말았답니다.

언젠가 제가 한국의 자본주의에 적응하기 어렵다고 말했더니 아름 간사님이 머리를 갸우뚱하며 "중국도 자본주의 체제 아닌가요?"라고 묻더군요. "아유, 그거야 뭐 대도시에나 해당하는 거고요. 워낙 땅덩어리가 넓다 보니 제 고향까지는 자본주의가 미처 착륙을 못 했네요." 농담 반 진담 반으로 했던 대답인데 간사님은 흥미롭다는 듯이 그럼 연변에서는 뭐가 발달했냐고 또 묻더라고요.

"송금 경제요."

"네? 그게 뭐예요?"

본능적으로 튀어나온 당황스러움을 미처 감추지 못한 간사님은 실례라도 한 듯 급히 죄송하다고 사과했지만 저는 사과할 일은 아니라고 머리를 절레절레 저었어요. 서울에 오고 나서야, 그리고 간사님께 '송금 경제'라는 용어를 꺼내고 나서야 저도 비로소 이게 맞나 하는 성찰을 하게 되었답니다. 순응하고 안일했던 우리 삶에는 경쟁력 있는 브랜드나 기업이나 세계적인 석학이나 예술 작품 하나 없었으니 주체적이고 자발적이 되라는 그 말이 저에겐 요통에 맞은 한방 침처럼 뼛속 깊이 저릿하게 다가왔습니다. 그러나 이제 와서 삶의 방식을 바꾸자니 양계장 속 닭 같던 자아가 갑자기 날개를 만들어 비상이라도 해야 할 것처럼 막막하고 좌절스럽고 무기력한 기분에 빠져들었습니다. 이 시궁창 같은 기분을 딛고 저는 냉장고 자석 메모지에 '주체성'이라는 단어를 빨간 펜으로 적어두고 매일 한국 포털사이트에서 조선족 기사 다섯 개씩을 검색해 꼼꼼히 읽고 민족사와 한국 근현대사 공부를 시작했습니다. 서울의 장점 중 하나는 어떤 정보든 쉽게 얻을 수 있다는 점이었는데 주체성을 획득하는 방법을 검색했더니 유명한 유튜버가 주체성은 또렷한 정체성에서 비롯된다는 어느 사상가의 말을 인용하더라고요. 저는 옳거니 하며 빠르게 수긍하고는 제 자신을 역사와 사회의 맥락 속에서 이해하고 설명할 수 있게 되기를 바라게 되었습니다.

사무국장님은 연변 출신 간사가 입사했는데 정작 이 단체에서 재한조선족을 위한 지원 활동은 10년 전부터 자연스럽게 사라졌다며 혹시 후원자들이 공감할 만한 지원 프로그램이 있으면 언제든 제안해달라고 말씀하셨습니다. 아름 간사님은 "중국 동포는 딱히 지원이…… 글쎄 뭐가 필요할까요?"라고 물었습니다. 저는 6·25전쟁 때 조선족들이 중국군의 앞잡이가 되어 같은 동족에 총부리를 겨눴다는 표면적인 관점이 바뀔 수 있도록 참전군인의 가족들을 인터뷰한 책자를 제작해 배포하거나 중국 동포들을 대상으로 우리 민족의 역사를 가르치는 야학을 개설하는 건 어떠냐고 제안했더랬지요.

"6·25를 한국 단체가 나서서 조선족 입장으로 해석하는 건 예민한 문제야. 어떤 취지인지는 알겠지만 영화 씨가 한국 생활을 더 경험해보면서 한국 입장에서 한국전쟁 때 어떤 사건들이 있었는지를 배우고 이해하는 게 우선인 것 같아. 꼭 필요하다 싶으면 이건 국내에 있는 조선족 단체가 주체적으로 해결해야 할 문제인 것 같기도 하고."

"조선족은 한국전쟁을 항미원조라고 하잖아요. 자발적으

로 그 용어를 바꿔야 저희도 뭐라도 할 수 있을 것 같아요."

사무국장님의 말에 덩달아 한마디를 거드는 간사님의 표정에 이미 많은 시도를 해보며 맛문함과 분노까지 겪은 뒤 해탈의 경지에 이른 듯한 덤덤함이 언뜻 비쳤습니다. 간사님은 중국 동포라거나 교포라고 표현하다가 사무국장님이 한 번씩 주의를 주면 금세 조선족이라는 지칭으로 자연스럽게 돌아섰습니다. 저는 이들이 평소와 다르게 감정적으로 반응하고 있음을 알고는 크게 당황했습니다. 공격을 당하고 있다는 섭섭한 느낌까지 받았을 정도였으니까요. 한국 근현대사를 공부하며 제가 이해할 수 있었던 부분은 그들에게 6·25전쟁 하면 떠오르는 구체적인 사건들이 있으며 아픔과 분노, 연민 같은 감정들이 자연스럽게 느껴진다는 것이었습니다. 반면에 제 머릿속에는 항미원조 하면 연상되는 구체적인 사건과 감정들이 결여되어 있었습니다. 그저 자발적인 참전이라는 공식적인 발표와 달리 할아버지 세대가 복잡한 형세에서 암묵적으로 차출당했고 강력한 이념 교육하에 선출당한 과거가 기록도 미미한 마당에 부정까지 당하는 것 같아 내심 속상했을 뿐입니다. 그러고 보니 학교에서 중국 역사와 세계 역사를 배우는 동안 늘 덤덤하고 무감정했던 기억이 떠오릅니다. 몇 년 동안 암기하고 요약하며 배웠던 역사 지식들은 대입 시험과 함께 기억 속에서 먼지처럼 날아갔고 깊은 감정으로 남은 역사 기록은 시민 단체에 와서 처음 본 조선족 부부의 오열하는 사진뿐이었으니까요.

처음 서울에 발을 디뎠을 때는 언제나 그랬듯 먹고사는 문제를 걱정했더랬지요. 지금은 세끼 걱정은 없지만 사무국장님과 간사님의 섭섭한 반응을 마주한 이후로 그동안 어떻게 쌓아 올렸는지 알 수 없는 견고한 자아가 매일 요동치듯 흔들립니다. 마치 썩은 이가 때가 되어 신경을 긁으며 흔들리듯 말입니다. 그럴수록 역사적 맥락 속에서 자아를 이해해보고 싶은 갈증도 더 커지고요. 사춘기 때보다 더 격렬한 이 혼란을 저는 어떻게든 잠재우기 위해 퇴근길 지하철역까지 걷는 동안만큼은 일부러 아무 생각도 하지 않으려고 도보 오른쪽에 줄느런히 서 있는 간판 이름들을 속삭이듯 읽었습니다. 하필이면 첫 사회생활을 낯선 서울에서 시작해서, 또 하필이면 첫 직장이 시민 단체라서 그런 것뿐이라고 위로도 해봤지만 대학원 생활까지 겸하면서 자아가 믹서기에 사정없이 갈리는 듯한 느낌을 받고 말았답니다.

사무국장님의 배려로 이틀은 대학원 수업을 듣고 사흘만 근무하기로 스케줄을 조율한 데 안도한 것도 잠시, 첫 수업부터 강의 내용을 이해하고 과제를 작성하는 것이 저에겐 버거웠습니다. 선배나 동기들이 과제물을 발표할 때면 저는 머리를 숙인 채 숨죽여 들으면서 니체 사상을 비판적 관점으로 들여다보고 지그문트 바우만의 이론을 확대해석하는 것에 위압감을 느끼고 말았답니다. 첫 학기를 마칠 즈음 제가 발표할 차례가 왔고 저는 거의 울먹이듯 자리에서 일어섰습니다. 교수님은 연변에서 왔다는 교포 학생의 처우를 배려해 발표 순서를 가장 마지막에 넣어주신 것인데 정작 저는 한 학기 내내 수업을 듣고 지그문트 바우만의 책을 곱씹어 읽고도 책 내용을 이해하고 과제물을 작성하기엔 어려움이 많다는 깊은 낙심과 마주했을 뿐입니다. 저는 그때껏 학교에서 읽었던 책들의 모든 문장과 글귀에 대해 단 한 번도 의심해보거나 질문을 가져본 적이 없었습니다. 두꺼운 책은 저에게 죄다 교과서였습니다. 교과서란 모름지기 진리이며 그대로 수용하고 암기하고 요약해야 하는 것인데 말입니다. 발표 며칠 전부터 저는 모지리 같고 멍청이 같은 자신을 통탄하며 어떻게든 비판적으로 사고하며 저만의 관점을 글로 적어보려고 했지만 다섯 달의 시간으로는 턱없이 부족했나 봅니다. 교수님께 아직은 어렵다고 낮은 목소리로 이실직고하고 감상문을 쓰는 것으로 대체 과제를 받았는데 그날 저녁 함께 밥을 먹은 한국인 선배들이 그러더군요. 우리도 쉽지는 않다고, 그냥 하는 거라고. 창피해할까 봐 위로해주려 하는 말인 것 같아 내심 감사하면서도 저는 그냥 하는 것조차 어렵다고 대답했습니다. J선배가 연변의 교육 커리큘럼을 묻더군요. 노자 공자 맹자 순자와 같은 자 돌림의 고대 철학과 맑스 레닌주의 모택동 사상 등소평 이론을 거론했더니 선배는 말없이 머리를 숙이고 남은 라면 국물을 들이켰습니다. 어떻게 말해주는 것이 도움이 될지 생각해보고 언제나 한 템포 늦게 대답하는 사려 깊은 선배인지라 저는 그다음 말을 기다렸지요.

"여기서는 이승만 사상 박정희 이론 이런 식으로 배우진 않지. 그렇게 배우면 난리 나지."

정곡을 찌르는 말이었기에 제 안에 오랫동안 흔들림 없이 굳건히 버티던 벽에 균열이 생기고 있음을 느끼며 당황하던 참에 옆에 있던 다른 선배가 이내 말을 돌렸습니다.

"고대 철학을 배우면서 비판적 사고방식을 키울 수도 있는 거잖아. 난 장자 사상 좋던데."

장자 사상을 배워도 암기와 요약 위주라고, 비판적 사고방식을 제고하는 교육은 아니었다고 설명했더니 선배들은 이내 한국식 교육도 문제점이 많다며 이것저것 나열하더군요.

"그게 비판적 사고방식 아닌가요? 전 뭐가 문제인지도 몰랐던걸요." 아, 그런가 하며 선배들은 뻘쭘한 듯 웃었습니다.

학교에서도 어떻게든 한국인 선배들과 어울리는 노력이

필요하다는 아버지의 응원에 저는 학기 초부터 매번 선배들과의 식사 자리에 눈치껏 끼어 꿰다놓은 보릿자루처럼 테이블 맨 끝 출입구 쪽에 가만히 앉아 있었답니다. 제가 어릴 적 아버지는 친구나 지인의 집을 방문할 때마다 저를 데리고 가셨지요. 그러곤 문 입구에서 과하다 싶을 정도로 매번 주의를 주셨어요. 우린 손님이라고, 주인이 아무리 편하게 대해줘도 신발 신고 다시 밖에 나올 때까지 우린 손님이라는 사실을 기억하고 경계를 늦추면 안 된다고. 그게 어느 집에 가서든 환대받는 첫 번째 방법이라고 강조하셨지요. 처음엔 이해할 수가 없었습니다. 아버지가 스스로를 내려놓으면서까지 타인의 감정을 너무 의식한다고 생각했으니까요. 하지만 아버지는 커다란 두 손으로 제 어깨를 잡고 최대한 몸을 낮추어 제 눈을 똑바로 보면서 말씀하셨지요. 이건 감정의 문제가 아니라 생존의 문제라고요. 덕분에 전 손님 집 화장실을 사용할 때도 어렵게 양해를 구하고 볼일을 본 뒤에도 양변기 내림 버튼을 꼭 두 번씩 누르고 사용한 슬리퍼도 다시 가지런히 놓았습니다. 주인이 말을 할 때는 그 내용이 이해할 수 없는 어른들의 관심사일지라도 얌전히 앉아 주인의 얼굴을 바라보며 경청하는 척을 하기도 했고요. 그 집을 나올 때는 쑥스러워도 환대에 감사하다는 인사를 또랑또랑하게 했기 때문에 주인들은 한결같이 자녀 교육에 성공하셨다며 아버지를 칭찬했더랬지요. 저는 그때의 기억과 경험에 의존해 한국인 선배들과 함께 밥 먹는 테이블에서 손님이 되기로 마음먹었답니다.

처음에 그들은 점잖게 제 고향은 어딘지 물었어요. 연변이라고 하니 "만주?"라고 되묻는 사람도 있었고 윤동주 생가에 가봤다며 반색하는 분도 있었지요. 상하이와 베이징에 가봤냐며 제가 그 도시들에 대해 당연히 알 것이라 확신하고 더 자연스러운 대화가 이어지길 기대하는 선배도 있었고요. 전 상하이와 베이징에 가본 적이 없으며 해외에서 인권이슈와 여행지로 유명한 티베트나 위구르에 대해서도 크게관심이 없었어요. 접점을 찾지 못한 선배들은 멋쩍게 다시그들의 수다로 돌아갔고 저는 한마디도 허투루 끼지 않았지만 그 대신 경청하며 열심히 리액션을 했답니다. 평소엔 말이든 태도든 늘 공손하던 분들이 취기가 돌면 흐트러지고아무 말 대잔치를 벌이는 게 재미있어서 저도 술자리에 끝까지 남는 횟수가 늘게 되었고 그러다 자연스럽게 뒷정리담당이 되었답니다. 어떤 선배는 제게 치킨 한 조각을 건네주며 "넌 말은 거의 안 하면서 병아리처럼 졸래졸래 어쩜 이렇게 잘 따라다니냐?"라고 신기한 듯 묻기도 했고 서울 생활에 적응은 잘하고 있는지 따뜻하게 물어주는 선배도 있었지요.

어쩌다 한 번씩 선배들의 이목이 제게 집중될 때면 준비하고 있던 질문들을 하나씩 풀었습니다. 이를테면 선배들은 언제부터 비판적 사고와 자기만의 관점을 배우게 되었는지를요. 농담을 정색하며 하는 습관이 있는 M선배가 대뜸 이 나라의 정치가 강제로 비판적 사고방식을 갖게 만든다면서 매일 밤 뉴스를 보다 보면 비판적 사고방식이 저절로 생기게 될 것이라고 말했을 때 다른 선배들은 별 저항 없이 웃더군요. 전 뉴스를 보며 비판적 사고방식을 배운다는 선배들의 말이 내심 부러웠습니다. 제가 태어나 자란 곳에서는 매일 밤 7시면 거의 모든 채널에서 똑같은 공영 뉴스가 흘러나오는데 그걸 20년 이상을 보고 자랐다고 얘기했더니 갑자기 분위기가 숙연해지더군요. 평소와 다름없이 제 특유의 명랑한 목소리로 일상 수다를 떨듯 말했을 뿐인데 가라앉은 분위기에 몸 둘 바를 몰랐답니다. 같은 상황에도 제가 느끼는 감정의 결이 투박하거나 무디다는 것은 알고 있었지만 저조차 문제의식을 갖지 못했던 성장 배경에 선배들이 어슷비슷하게 느끼는 무언의 감정이 있다는 사실을 본능적으로 알아챈 순간이었습니다.

선배들과 같은 식탁에 앉아 밥을 먹는 시간이 많아졌던 탓일까요. 어느 순간 저는 침묵하기보다 저에 대해 설명하고 싶은 욕심에 자주 입이 근질거렸습니다. 다행히 머릿속으로 스파이시 시푸드 알리오올리오에 대한 긴장감을 늦추지 않았기 때문에 한 학기가 거의 끝날 때까지 묵묵히 선배들의 대화를 듣고만 있었습니다. 선배들의 관심은 온통 미국이나 유럽 국가들의 정치와 교육, 그리고 무엇이든 더 성장하도록 이끄는 요소들이었습니다. 그들은 한국에 대해 부정적인 반응을 많이 보이며 그다지 자랑스러워하지 않는 것 같아서 오히려 조국에 대해 근거 없는 자부심을 느끼는 제 모습이 바보스러워 곱씹어 생각해보게 되었습니다. J선배에게 왜 이토록 나라에 불만이 많냐고, 애국심은 없냐고 여쭤봤더니 선배가 제게 애국심이 뭐냐고 되묻더라고요. "국가를 사랑하는 마음"이라고 당연하다는 듯 대답했더니 국가란 무엇이냐고 끈질기게 묻더라고요. 떨떠름해 있는 제게 다른 선배들이 야유하며 연변에서 온 순수한 교포 후배에게 너의 저질스러운 사상을 물들이지 말라며 웃는데…… 그러게요, 국가란 무엇일까요. 나라에서 정의하는 국가의 개념과 스스로 생각하는 국가의 개념은 다를 수도 있고 달라도 된다는 걸 그제야 깨달은 저는 허망한 기분이 들었답니다. 한 번쯤 해볼 수 있는 질문인데도 미처 거기까지 닿지 못한 저의 사고방식의 근원을 천천히 거슬러 올라가다가 저는 뒤늦게 그날 선배들에게서 느꼈던 숙연한 분위기가 무엇이었는지를 희미하게나마 알 것 같았습니다.

종강하던 날 선배들이 제가 식사 자리에 끼는 것을 자연스럽게 생각하고 장난스레 팔을 잡아당길 때 문득 우리 부모님 세대가 떠올랐습니다. 일찌감치 한국에 와서 3D 산업에 종사했을 부모님들은 한국인들과 웃으며 수다를 떨고 같은 식탁에 앉아 밥을 먹지 못했을 거라는 생각에 기분이 울적해지더군요. 부모님 세대는 한국인들의 식탁에 요리를 올려주고 그들이 먹고 마신 뒷자리를 깨끗하게 정리하거나 설거지를 했을 테니까요. 그렇게 한국에서 늙어간 그들은 지금 똑같이 늙어갔을 한국인들의 간병인이 되어 있을 테고요. 조선족은 한국에 몇십 년을 살아도 중화사상을 버리지 못하고 동화되지 않는다고 일갈했던 어떤 댓글이 생각나 저는 슬그머니 화가 났답니다. 지금의 저처럼 한국인 선배들의 꽁무니를 쫓아다니며 이야기를 듣고 마주 앉아 밥을 먹고 수다를 떠는 시간들이 쌓여야 마음이 열리고 뭐라도 바뀌지 않았겠냐고요. 떨쳐내지 못한 복잡한 기분은 맥주 한잔을 다 비우니 슬퍼지기까지 했습니다. 눈가가 촉촉해지길래 몰래 휴지로 닦아냈지만 그날따라 걷잡을 수 없이 눈물이 계속 흐르더군요. 옆에 앉아 있던 M선배가 "야, 너 울어?" 하며 깜짝 놀란 듯 큰 소리로 호들갑을 떨었기 때문에 일순간 정적이 흐르고 저는 그만 부끄러워지고 말았답니다.

마침 맞은편에 앉아 있던 P선배가 휴지 한 장을 내밀면서 근데 왜 우는 거야? 궁금하긴 하다,라고 말했습니다. 다른 선배들이 '극T'냐고 야유하는 사이 전 눈물을 뚝 멈추고 머리를 들었습니다. 그리고 "여기는 서울"이라며 사무국장님께 맥락 없는 즉흥 답변을 했던 그날처럼 "고조할아버지가 만주에 건너갔으면 조선족, 러시아에 끌려갔으면 고려인, 일본에 강제 징용당했으면 일본 교포, 남쪽에 남았으면 한국인, 북쪽에 건너갔다 돌아오면 새터민 아닙니까"라고 넋두리를 해버리고 말았습니다. 세련된 스파이시 시푸드 알리오올리오가 그동안 지켜주었던 절제가 숨기운 탓인지 안드로메다로 멀리 도망간 뒤의 일이었습니다.

저는 지금도 이 일이 생각날 때마다 '이불 킥'을 합니다. 일찌감치 한국에 건너온 부모님 세대의 노고가 깃든 서사를 저의 알량한 연민에 가두려고 했던 것, 선조들이 겪었을 현대사의 질곡을 불평하듯 경솔하게 발언했던 건 제 내면의 방황이 밖으로 흘러넘쳐 추태로 변질된 탓인 듯해서요.

제가 시민 단체에서 일한 지 여섯 달이 흘러도 아름 간사님의 일은 줄지 않았습니다. 제가 보고서를 작성하면 아름 간사님은 한국에서 잘 사용하지 않는 문법이나 단어들을 일일이 표기하고 우리 단체의 성격과 맞지 않는 주장과 후원자들이 예민해할 만한 문구들에 모조리 빨간 펜으로 줄을 그었지요. 반복해서 수정을 받았지만 여전히 아름 간사님을 거치지 않고서는 보고서를 발행하기 어려울 정도로 저는 제자리걸음이었습니다. 간사님은 간혹 짜증을 내듯 언성을 높였다가 이내 배려심 넘치는 사람으로 돌아오기를 시계추처럼 반복했습니다. 영화 간사님께 짜증을 낸 건 아니고요, 그냥 상황이, 상황이 버거워서,라고 하며 슬며시 웃어주던 아름 간사님은 자신의 '본캐'는 상냥함으로 기억해달라며 농담도 했더랬지요. 그때 저는 한계를 느끼고 단체에 이토록 민폐가 될 거면 일을 그만두는 게 맞다는 결론에 닿았습니다. 아름 간사님이 두 달만 더 근무하고 다음 학기에 복학할 거라 하셨을 때 결국 사무국장님께 제가 먼저 그만두겠다고 말해버리고 말았답니다. 제가 비운 자리에 한국인 신입 간사를 영입하면 두 달이면 충분히 업무를 숙달할 수 있을 테니까요. 아버지와는 상의하지 않은 일입니다. 이 편지를 읽고 깜짝 놀라시거나 섭섭해하실지 모르겠지만, 아버지는 언제나 쉽게 포기하지 말고 버티라는 말씀을 해주시는 분이기 때문에 이 일에도 예외가 없을 것 같았습니다. 사무국장님은 두 달 안에 더 성장할 수 있다는 의욕을 보여주면 될 일을 너무 쉽게 도망간다고 처음으로 저를 꾸중하셨습니다.

"이 정도에서 물러서면 나중엔 더 힘들어질 텐데."

민폐를 끼쳐 죄송하다고 울먹이면서 어렵사리 한마디를 꺼내고 감정을 추스르고 있는데 양복 입은 노인이 손에 아메리카노 세 잔을 들고 뜬금없이 나타나 막 입을 열려던 사무국장님의 말을 가로챘습니다.

"사람은 나서부터 허구한 날 똥오줌만 싸대니 원래 민폐야. 민폐 안 끼치고 어떻게 배우려 그래."

사무국장님과 간사님이 이사장님이라며 인사를 하시길래 저도 허리를 폴더처럼 굽히는 동안 그분은 커피를 건네주셨습니다. 지나가는 길에 잠깐 들렀다가 단체가 잘 돌아가는 재미있는 꼴을 보게 됐다며 농담인지 진담인지 구분이 어려운 화법을 구사하시더군요.

"이 간사가 조선족 친구인가? 이 친구 아버지가 내게 장문의 메일을 썼던⋯⋯?"

사무국장님이 그렇다며 맞장구를 치고 아름 간사님은 처음 듣는 얘기인지 눈치를 살피는 동안 저는 아버지가 말씀하셨던 회장님이 이사장님이었다는 사실에 어리둥절해졌습니다. 어렵사리 얻은 취직의 기회를 스스로 발로 차버리겠다는 발언을 하필 이사장님이 들으셨기에 슬그머니 두 손을 배 위에 모아 공손히 겹치고 벌받듯 꼼짝 않고 그 자리에 서 있었습니다. 이사장님의 등장으로 사무실은 이내 어르신의 한 말씀을 듣는 차분한 분위기로 바뀌고 말았습니다.

"이 친구 아버지가 말이야."

이사장님은 분주한 오전에 아무렇지 않게 사적인 이야기를 술술 풀어놓기 시작하셨고 아름 간사님은 "이사장님, 죄송한데 저는 오전에 마무리해야 할 업무가 있어서 타이핑하면서 들을게요!" 하곤 야무지게 자리에 착석했습니다. 저는 이사장님의 회상을 들으며 2년 전 그날 아버지와 이사장님의 만남을 머릿속에 그려볼 수 있었습니다. 아버지가 한국 여행을 마치기 이틀 전이었겠죠, 아마. 그때 제가 마침 방학이라 매일 집에서 책을 보고 있어서였는지 아버지는 하루에도 몇 번씩 전화를 하셨지요. 영화야, 아버지가 지금 뭘 봤는 줄 아니? 첫마디부터 숲속 탐험을 나온 개구쟁이 소년처럼 매번 들떠 있었던 아버지는 제게 그날의 날씨와 주위 풍경을 세세히 설명해주셨어요. 스스로 의식할 수 없을 만큼 자주 중국과 한국의 다른 점을 비교하시기도 했고요. 그날 정오쯤에 아버지는 서울의 여름은 사면이 온통 빌딩으로 둘러싸인 탓인지 바람 한 점 없이 찜통이라며 지친 목소리로 전화를 거셨어요. 점심 메뉴로 고기에 냉면을 드셨다며 연변 냉면과 한국 냉면의 차이점을 열거하시기도 했고요. 한국 냉면이 종류가 참 많다는 설명도 보태면서 10년 전 북쪽에 여행 갔을 때 먹어봤던 평양냉면 얘기까지 하던 중에 "어!

영화야. 잠깐 끊을게" 하곤 급작스럽게 전화를 끊으셨지요. 그리고 저녁쯤에 다시 온 전화에서는 그날 오후에 있었던 일에 대해 아무 언급이 없으셨습니다. 그 이후에도 들은 적이 없어 기억 속 공백이었던 그 시간을 저는 이사장님의 회상을 들으며 조심스럽게 상상해볼 수 있었습니다.

　서울의 어느 길거리에서 구매한 검정 미니 선풍기를 목에 건 아버지는 최대한 여행객 티를 내려고 챙이 넓은 휴양지 모자를 눌러쓰고 선글라스까지 착용한 채 저와 통화하며 동료들과 광장까지 걸어갔을 테지요. 연길의 여름은 건조하게 덥지만 송골송골 땀이 난 이마를 이따금 여름 바람이 시원하게 훑고 갈 때가 있어 견딜 만했습니다. 아버지는 고향의 여름과 달리 찌물쿠기만 한 그날의 날씨에 미간을 잔뜩 찌푸리고 광장에서 앉을 곳을 찾아 쉬고 가기로 마음을 먹었을지도 모르는 일입니다. 그러다 우연히 넓은 광장의 반 이상을 차지한 채 현수막을 내걸고 홍보 전단지를 나눠주는 여러 시민 단체들을 보았을 것이고요. 연길에서는 한 번도 본 적 없는 광경이기에 아버지는 홀리듯 걸어가 자라목을 빼고 여러 부스를 돌며 책과 영상으로 제작된 단체 활동 자료들을 구경했을 테지요. 십시일반의 마음으로 후원자가 되어달라며 내미는 후원 신청서에 슬그머니 다른 부스로 걸음을 옮기지 않았을까요.

그러다 아버지는 별다른 홍보 없이 나이 많은 어르신 한 명과 젊은 남자만 태연하게 앉아 있는 맨 끝 부스를 발견했겠지요. 어르신은 아버지처럼 선글라스를 착용하고 휴양지에서나 볼 법한, 한껏 뒤로 젖힌 스윙체어에 몸을 기대고 부채질을 하고 계셨고 지금의 사무국장님으로 유추되는 젊은 남자도 다른 부스들을 응시하며 구경을 하고 있었겠지요. 젊은 남자는 먼저 다가온 아버지에게 깍듯이 인사하곤 단체를 간단히 소개하면서 활동 책자를 내밀었을 테고요. 그 책자 마지막에는 후원 신청서가 반듯하고 자연스럽게 끼어 있었을 겁니다. 이사장님은 아버지가 첫 페이지를 펼치자마자 낯선 부부가 오열하는 사진을 보고는 깜짝 놀란 듯 선글라스를 벗었다고 하셨습니다. 그러곤 젊은 남자에게 이 사람들 조선족이냐고 물었다지요. 젊은 남자는 아무 경계심 없이 튀어나온 아버지의 당황한 말투에 감을 잡고는 그 사건에 대해 세세히 설명을 했고 아버지는 머리를 끄덕이며 열심히 듣다가 스스로를 '연길에서 온 조선족 공무원'이라고 자랑스럽게 소개하셨고요. 뒤늦게 손을 내밀어 젊은 남자에게 악수를 청하고 이사장님과도 축축한 손바닥으로 끈적한 악수를 나눈 아버지는 작은 부스를 둘러싼 활동 사진들을 발견하고는 쪼그리고 앉아 한 장 한 장 유심히 살펴보았지요. 땡볕에 땀이 뺨을 타고 흘러내려서 이사장님이 손수건

을 내밀었지만 아버지는 괜찮다며 손으로 대충 땀을 닦아내
셨다네요. 마지막 사진까지 다 보고 난 뒤 아버지는 모자를
벗고 납작하게 붙은 머리카락을 마구 헝클여 성기게 하고는
지갑에 있는 한화를 모조리 꺼내 두 손으로 공손히 젊은 남
자에게 드렸다지요. "동포들을 위해 노고가 많으십니다"라
는 한마디와 함께 말이죠.

　제가 봤던 그 사진을 아버지도 봤다는 사실에 깜짝 놀랐
습니다. 뒤늦게 기억을 돌려보니 아버지는 한국 여행을 다
녀온 뒤 제게 서울의 골목 서점에서 우연히 문화대혁명 때
조선족들이 핍박당하는 사진을 담은 책을 발견했다며 빨간
표지의 책을 몰래 보여준 적이 있었네요. 얼마 뒤 아버지가
제게 대학을 졸업하고 서울에서 사는 건 어때,라고 말했을
때 저는 온 가족이 이민이라도 가겠다는 줄 알았습니다. 딱
히 나쁘지는 않을 것 같아서 부모님도 같이 가느냐고 되물
었더니 아버지는 우리야 여기서 살다 죽어야지, 우리 말고
너만,이라고 단호하게 선을 그으셨지요. 아버지가 바깥세상
으로 저를 힘껏 밀쳐내려는 듯한 느낌을 받았지만 왜냐고
더 묻지 않았습니다. 당장 코앞의 미래도 아니었고 아버지
가 한국에 여행을 다녀온 뒤라 즉흥적으로 한 말이기를 내
심 바랐으니까요.

　"내일이면 옌지에 돌아간다며 나중에 연락하겠다고 하길

래 내 명함을 줬더니 딸내미 구직 때문에 연락 올 줄은 꿈에
도 몰랐지. 가만있자…… 한데 공무원이면 당원 아니여? 사
회주의자인가?"

잠깐 아버지의 서울행 모습을 머릿속에 그리며 눈앞의 긴
장감을 잊었던 저는 사회주의자라는 말에 움찔 놀라 헛기침
을 하고 말았습니다.

"그 동네야 뭐 워낙 다들 사회주의자니까 아버지의 사상
이 어떤지 궁금해서 물어본 거야. 대답하기 곤란하면 안 해
도 돼."

이사장님이 안심을 시켜주셨지만 제가 당황한 이유는 아
버지가 한 번도 사회주의자라고 생각해본 적 없었기 때문이
었습니다. 사회주의 이론을 달달 암기하고 필기시험과 면접
에 합격해 당원이 된 아버지는 사회주의자가 맞을까요. 당
원이어야만 정부기관이든 기업체에서든 근무할 수 있기 때
문에 무늬만 사회주의자라고 이사장님께 설명드리려고 했
습니다만, 아버지는 매일 7시 뉴스를 열혈 시청하시기 때문
에 사회주의자가 맞는 것 같기도 하고, 아버지의 일상은 사
회주의자와 무관하기 때문에 또 아닌 것 같기도 하고, 무엇
보다 아버지는 사회주의 이론은 그저 통치 수단임을 자각하
고 공산주의의 도래는 방귀처럼 썩은 냄새만 진동하는 허상
이라고 비판했기 때문에 도저히 갈피를 잡을 수가 없었습

니다. 단 한 가지 확실한 것이 있다면 아버지도 저도 국가의 역사에 일말의 감정이입을 하지 않고 방관만 하며 주체적이지 않은 인민의 삶을 성실히 영위해나가는 사람들이라는 점일 것입니다. 저는 결국 이사장님께 아버지가 '무늬만 사회주의자'라고 말씀드렸습니다. 아버지의 입장을 직접 들어보지 않고 제멋대로 해석을 한 데 대해 뭐라 하실지 모르겠지만 이건 그동안 옆에서 아버지의 삶을 지켜본 딸의 평가랍니다.

연길에 살고 계시는 아버지는 누군가에게 "사회주의자인가?"라는 정치적 질문을 들어본 적이 있었으려나 모르겠습니다. 서울에선 누군가 어떤 식의 질문을 하든 연길에서 들을 때와는 전혀 다른 느낌입니다. 그 질문들 때문에 저는 의도치 않게 고향에서의 삶을 재해석하게 되고 저의 '저 됨'에 대해 반추해보게 됩니다.

이사장님은 그날 점심 식사를 하고 가셨습니다. 사무국장님은 이미 n번 들은 얘기들인지 초반에는 적당히 추임새를 넣으시다가 핸드폰을 들여다보셨고 처음 들어보는 저만 연신 머리를 끄덕이며 계속 듣게 되었지요. 많은 노인이 그러하듯 내 인생 얘기는 책 한 권으로는 부족하다는 말씀으로 시작해 1950년대에 태어나 만주 명동촌에서 자랐고 간신히 고향으로 돌아온 이야기부터 이전 날 동포들이 겪은 참상을 생생하게 증언하는 이사장님의 얘기를 노곤하게 듣다 보니 그런 생각이 들더군요. 이사장님은 격변했던 시대와 사회의 흐름을 개인사와 자연스럽게 엮어서 그분의 관점으로 말씀하시는 분이라고요. 이런 이야기를 저는 할아버지에게서든 아버지에게서든 어떤 어르신에게서도 들어본 적이 없었습니다. 우리는 언제나 시대정신과 정치가 우리와 무관한 것처럼 굴어야만 했고 겨우 개인인 우리가 국가에 얼마나 영향을 줄 수 있는지를 감히 캐물을 수도 없었고 주어진 삶을 침묵하며 묵묵히 사는 일이 도덕인 줄로 알았으니까요.

사무국장님의 손에서 주문서를 기어코 빼앗아 계산을 마친 이사장님은 김밥집을 나서면서 제게 손을 내밀었습니다.

"한국에 온 걸 환영한다. 사무국장님 말씀 잘 듣고 뒤로 뺄 생각 마라."

이사장님이 국회의원처럼 제 손을 꽉 잡고 요란하게 흔들었기 때문에 저는 울 것 같은 기분이 들었다가 피식 웃고 말았습니다. 그러고 보니 저는 서울에 와서 단 한 번도 누군가에게 환대받을 거라는 기대를 해본 적이 없었네요.

서울에서의 생활도 어언 1년을 맞았습니다. 처음엔 매일 아버지와 통화하며 투명하게 일상을 재잘재잘 말하던 딸이

서서히 연락이 뜸해지고 어느 순간부터 자주 코대답을 하는 것에 아버지는 이해한다고 하시면서도 어쩔 수 없이 섭섭했을 것임을 알고 있습니다.

아름 간사님의 부재가 커서 첫 한 달 동안 저는 매일 불안함을 친구 삼아 홀로 사무실에 앉아 있었습니다. 주체적으로, 자발적으로 뭔가를 해야 한다는 압박감에 초조해지는 날도 있었고요. 한국인 고등학생들이 학교 과제라며 찾아와 시민 단체의 방향성이나 저의 업무에 대해, 그리고 조선족이라는 아이덴티티에 대해 질문했던 날에는 제가 간사로서 적절한 답변을 하고 있는지 몰라 몰려드는 의구심을 손에 땀을 쥐고 떨쳐내야만 했답니다. 대학원 동기가 넌 졸업하면 최종 학력이 서울 소재 대학원에 중국어도 유창하고 아르바이트도 사무직이니 이 정도면 한국 청년들이 오히려 부러워할 것 같다고 웃으며 뼈있는 말을 한 이후로 저는 누구 앞에서도 힘들다는 내색을 하지 않으려고 애쓰는 중입니다. 각자의 힘듦은 다르겠지만 동기의 말 한마디에 정신이 번쩍 들면서 이 서울에서 손님이어야 하는 제 위치를 다시 한번 되새김하게 되었습니다.

선배들의 권유로 매일 밤 9시 뉴스를 시청하기 시작한 지도 벌써 반년이 흘렀습니다. 선배들의 말이 맞았던 것 같습니다. 나만의 관점과 비판의식은 반년 만에 큰 노력 없이도

의식 속에 자리 잡더군요. 적나라하고 비극적인 내용조차 아무렇지 않게 경쟁하듯 자극적으로 쏟아내는 뉴스 화면을 쳐다보며 저는 한국에 계신 삼촌이 왜 한국 뉴스와 중국 뉴스 모두 과유불급이라 말씀하셨는지 이해할 수 있었습니다. 체감상 서울의 일상은 살아볼 만한 것인데 뉴스를 보면 아주 많이 불안하게 느껴지고, 연길에서의 일상은 대단히 풍족하지 않은데도 뉴스를 보면 직접 경험해본 적 없는 중국의 부강함을 확신하며 안도하게 되니까요.

선배들은 그날의 일을 까맣게 잊은 듯 예전과 다름없이 수업이 끝난 후 "어이, 영화! 같이 밥 먹을 거야?"하며 저를 찾았습니다. 호프집에 몇 번 따라다니자 선배들은 삐쩍 마른 제가 주량이 세다고 깜짝 놀라더군요. 동북의 겨울은 몹시 추운데 백주를 마시면 몸이 이내 따뜻해지니 추운 겨울이면 아버지와 마주 앉아 도수 높은 고량주 한두 잔에 북한 마른낙지를 뜯어 먹었다는 얘기를 선배들에게 들려주었습니다. 그들은 이내 눈이 동그래지면서 묻더라고요. 왜 북한 마른낙지를 먹냐고요. 그거야 연변은 접경지역이라 북한과 가까운 데다 중국과는 무역 교류를 하니 싸고 질 좋은 북한 마른낙지가 술안주로 인기가 좋아서 그렇다고 대답했지요. 아버지에게 인편으로 북한 마른낙지를 부탁한 것도 이 때문이었습니다. 고량주는 차이나타운의 중국 마트에서 살 수 있으니 선배들에게 연변식 술과 안주를 맛보게 하고 싶었습니다. 구구절절 자꾸 설명하는 쪽이 아쉬운 쪽이라는데 현재로서 저는 그래야만 할 것 같습니다. 한국에서는 이를 '셀프 어필'이라고 고급지게 표현하기도 한답니다. 구질구질하다고 느끼던 감정에 '셀프 어필'이라는 외래어를 코팅하니 어쩐지 괜찮아진 것 같기도 합니다. 사람과 사람이 얼굴을 맞대고 밥을 먹는 것만으로 서로를 기분 좋게 알아갈 수 있다는 사실이 저로서는 안도할 만하고 감사한 일입니다.

요즘의 전 일찌감치 한국에 나온 친구들과 지인에게 지나가는 말처럼 처음 마주한 서울은 어땠냐고 묻게 됩니다. 그들도 저처럼 지나온 날들과 연결점을 찾을 수 없는 낯선 서울에서의 삶이 불빛 한 점 없는 어두운 골목을 걷듯 혼란스러웠는지 궁금했거든요. 그들의 입에서 들은 각자의 서울은 모두 달라서 마치 만화경 같았습니다. 서울의 한 모퉁이에 고정된 듯 오래 머문 사람에게는 그 자리에서만 보이는 불변하는 서울의 기하학적인 무늬가 있나 봅니다. 누군가는 연변에서 살아왔던 모습 그대로를 지키려고 안간힘을 쓰는 듯했고 또 누군가는 조국과 모국의 상이한 모습을 시소의 양쪽 끝에 올려놓고 그 격차 앞에 분열되지도, 그것을 외면하지도 않기 위해 모질음을 쓰고 있었고요, 또 누군가는 이전의 삶을 힘껏 부인하며 서울의 모습을 배워가고 닮아가고 있었습니다. 친구들이 서울 생활 중에 그들을 차별하거나 아프게 하는 사람들의 이야기를 들려줄 때 저는 제 주위 사람들의 얼굴을 하나씩 떠올려보다가 이들은 저를 선대하는 사람들이라는 것에 새삼 놀랐습니다. 이들은 제가 옆에 머물도록 자리를 내어줬고 얼굴을 마주하고 같이 밥을 먹으며 잠깐이지만 제 이야기에 깊이 귀를 기울이기도 했고요. 무엇보다 서울에서 살아가는 법을 무심한 듯 디테일하게 알려주는 사람들이었으니까요. 제가 지금 괴로워하며 겪어내고 있는 자아와의 싸움을 같은 고향 친구들이 이해 못 하는 것에 어리둥절해한 적도 있었는데 어느 한 친구가 그러더군요.

"부러워. 에너지가 남아돌아야 그런 고민이라도 해보지."

저는 서울에서 잘 지내고 있습니다. 배고프지 않고 따뜻하게 누울 곳이 있으며 선대하는 사람들이 주위에 있고 자아 성찰을 할 수 있는 에너지와 저를 둘러싼 환경을 탐색할 의욕이 아직 남아 있으니까요. 서울이 만화경처럼 복잡한 세상이라면 저는 아주 천천히 셔터를 계속 눌러 기하학적인 그 무늬들을 남김없이 오래도록 응시할 것입니다. 서울이 회전무대처럼 느껴져서 멀미를 느끼는 날도 있지만 줄을 꼭 잡고 그 속도를 견뎌보려 합니다. 연변에서 민족 교육이 곧 사라진다는 소식을 공문으로 확인하고 제게 알려주던 아버지의 무덤덤한 목소리를 전화기 너머로 들으며 아버지는 이미 몇해 전부터 낌새를 채고 저를 힘껏 이곳으로 등 떠밀어 보낸 게 아닐까 싶었습니다.

며칠 전 아버지에게 장문의 편지를 쓰고 싶다는 생각이 불쑥 들어 타이핑을 시작했는데 이렇게 길어질 줄은 몰랐습니다. 1년 사이에 아버지에게 요즘의 저를 설명하기 위해 장문의 편지가 필요해질 줄은 예상도 못 한 일입니다만, 이곳에서 저는 혼란 속에서 과거와 연결되기도 하고 주위에 감응하여 확장되기도 하며, 가끔은 볼품없이 축소되고 부정당하는 자아를 견디며 살아가는 중입니다.

아버지, 여기는 서울입니다. ■

바우키스의 말

1판 1쇄 발행 2024년 10월 10일

지은이 · 배수아 문지혁 박지영 예소연 이서수 전춘화
펴낸이 · 주연선

(주)은행나무
04035 서울특별시 마포구 양화로11길 54
전화 · 02)3143-0651~3 ┃ 팩스 · 02)3143-0654
신고번호 · 제 1997—000168호(1997. 12. 12)
www.ehbook.co.kr
ehbook@ehbook.co.kr

ISBN 979-11-6737-475-2 (03810)